Anna Johannsen
Nach der Zeit

EDITION M

Das Buch

In der Lüneburger Heide werden kurz nacheinander zwei Männer tot aufgefunden. Dem ersten Anschein nach haben beide Suizid begangen, die Obduktionsergebnisse lassen jedoch Zweifel aufkommen. Schnell finden die Ermittler heraus, dass die Männer in ihren Jugendjahren befreundet waren. Kann das ein Zufall sein?

Hanna Will und der Kriminalpsychologe Jan de Bruyn werden als Spezialisten zu den Ermittlungen hinzugezogen. Die beiden arbeiten mit Hochdruck daran, ein mögliches Mordmotiv zu finden und ein Täterprofil zu erstellen. Ein weiterer Leichenfund bestätigt ihre Befürchtungen, dass der Mörder noch mehr Menschen ins Visier genommen hat. Können sie ihn stoppen, bevor er das nächste Mal zuschlägt?

Die Autorin

Anna Johannsen lebt seit ihrer Kindheit in Nordfriesland. Sie liebt die Landschaft und die Menschen der Region, besonders verbunden ist sie den Nordfriesischen Inseln, auf denen die Krimireihe »Die Inselkommissarin« spielt. Nun liefert die Autorin den zweiten gemeinsamen Fall für die Hauptkommissarin Hanna Will und den Kriminalpsychologen Jan de Bruyn.

ANNA JOHANNSEN

NACH DER ZEIT

KRIMINALROMAN

EDITION M

Deutsche Erstveröffentlichung bei
Edition M, Amazon Media EU S.à r.l.
38, avenue John F. Kennedy, L-1855 Luxembourg
August 2023

Umschlaggestaltung: semper smile, München, www.sempersmile.de
Umschlagmotiv: © getgg/Shutterstock; © Anelina/Shutterstock;
© fokke baarssen/Shutterstock; © Jan Martin Will/Shutterstock
1. Lektorat: Kanut Kirches
2. Lektorat und Korrektorat: Rotkel Textwerkstatt
Gedruckt durch:
Amazon Distribution GmbH, Amazonstraße 1, 04347 Leipzig /
Canon Deutschland Business Services GmbH, Ferdinand-Jühlke-Str. 7,
99095 Erfurt /
CPI books GmbH, Birkstraße 10, 25917 Leck

ISBN: 978-2-49671-216-2
e-ISBN: 978-2-49671-215-5

www.edition-m-verlag.de

Eins

Jan de Bruyn kurbelte das Seitenfenster des alten VW Käfer wenige Zentimeter nach unten. Trotz der frühen Stunde waren die Temperaturen bereits auf weit über zwanzig Grad gestiegen. Ohne Klimaanlage wurde da die Fahrt schnell zum Saunabesuch.

George, der neben ihm saß, wischte sich mit der flachen Hand über die feuchte Stirn. Sein zehnjähriger Sohn war seit zwei Wochen bei ihm zu Besuch. In drei Stunden sollte das Flugzeug starten, das ihn zurück zu seiner Mutter nach London bringen würde.

Das Display seines Handys zeigte einen Anruf an. Hanna Will, Hauptkommissarin und Kollegin von Jan, rief zum wiederholten Mal an. Er drückte das Gespräch weg.

»War das wieder Hanna?«, fragte George. »Warum sprichst du nicht mit ihr?« Hanna hatte sie vor drei Tagen besucht und einen Nachmittag mit ihnen verbracht.

»Ich habe Urlaub«, sagte Jan, der ahnte, was Hanna von ihm wollte. Sie würde ihn nicht stören, wenn es sich nicht um einen neuen Fall handeln würde. »Außerdem bringe ich dich gerade zum Flughafen.« Er grinste. »Falls der Oldtimer hier mitspielt. Ich muss mir wohl bald einen neuen Wagen anschaffen.«

George schüttelte den Kopf. »Das Auto hat doch Oma gehört.«

Nicht zum ersten Mal wunderte sich Jan, wie erwachsen sein Sohn geworden war, seitdem Jan London verlassen hatte und im Haus seines verstorbenen Vaters lebte. Der Stich ins Herz ließ ihn leicht zusammenzucken. Was verpasste er noch alles, während er in der Norddeutschen Tiefebene seine Wunden leckte und Kriminelle jagte?

»Ja, deshalb fällt es mir auch so schwer, es wegzugeben«, sagte Jan. »Aber irgendwann ist nun mal der Zeitpunkt dafür gekommen.«

George schwieg eine Weile und Jan ahnte, was in ihm vorging.

»So wie bei dir und Mama?«

Jan schluckte. Er hatte in den letzten zwei Wochen mehrere Anläufe unternommen, um mit seinem Sohn über die Trennung zu sprechen. George hatte jedes Mal abgeblockt und das Thema gewechselt.

»Wir sind keine Maschinen«, antwortete Jan. »Es ist schon etwas komplizierter.« Die Fahrt von Bad Zwischenahn zum Bremer Flughafen würde eine gute Stunde dauern, von der die ersten zehn Minuten bereits um waren.

»Du kommst nicht wieder, oder?«, fragte George so leise, dass Jan ihn kaum verstehen konnte.

»Ich bin nicht davongerannt, George. Das haben Mama und ich gemeinsam beschlossen. Und ob sich daran noch etwas ändert, kann ich nicht alleine entscheiden.«

»Du willst aber zurück?«

Jan ließ sich Zeit mit der Antwort. Sein Drang, nach London zurückzuziehen, war gerade in den letzten zwei Wochen Tag für Tag gewachsen. Das war die eine Seite der Medaille, die andere war die Tatsache, dass Violet und er vor dem Scherbenhaufen ihrer Ehe gestanden hatten. Seine Flucht nach Deutschland war der einzige Weg gewesen, um ein noch größeres Drama zu verhindern. George hatte unter der Situation so gelitten, dass Jan Angst gehabt hatte, ihn vollends zu verlieren.

»Ja und nein«, sagte Jan schließlich. »Ohne groß nachzudenken, würde ich sofort mit dir fliegen. Aber das geht leider nicht. Du weißt sicher noch, wie sehr Mama und ich uns gestritten haben. Selbst, als ich nicht mehr im Haus wohnte, war es ganz schwierig mit uns. Das muss man dann irgendwann akzeptieren. Jetzt, wo wir weiter auseinander wohnen, geht es viel besser.«

George seufzte. »Dann vertragt ihr euch halt wieder.«

Jan lächelte. »Wenn das so einfach wäre wie bei dir und deinen Freunden, dann würden wir es sicher sofort tun. Aber das ist es leider nicht.« *Und das ist vor allem meine Schuld*, fügte Jan im Stillen hinzu. *Ich hätte viel eher einer Paartherapie zustimmen und mein verdammtes Psychologen-Getue vergessen sollen.*

George schwieg.

»Du kannst mich immer besuchen und ich komme natürlich auch weiter alle vier Wochen nach London. Vielleicht kann ich nächstes Mal ein paar Tage bleiben und vielleicht …« Jan schluckte den Rest des Satzes herunter. Er sollte besser nicht über Violets Kopf entscheiden und auch keine Vorschläge machen, die er möglicherweise nicht einhalten konnte.

Er stieß George spielerisch in die Seite. »Jetzt komm schon. Wir beide schaffen das. Und du weißt doch, dass ich hier einen Job habe.«

»Den hattest du in London auch.«

»Ja, das stimmt.« Jan hielt kurz inne. »Glaub mir, George, ich würde nichts lieber tun, als dir deinen Wunsch zu erfüllen. Aber ich weiß auch, dass das nicht so einfach geht. Ich schließe ja nicht aus, dass ich irgendwann zurückkommen kann, aber nicht jetzt.«

George nickte, aber seine Miene verriet, was er von den Worten seines Vaters hielt.

»Du hättest gerne etwas anderes von mir gehört?«, fragte Jan, nachdem sie eine Weile geschwiegen hatten.

George zuckte mit den Schultern.

»Ich könnte mir eine neue Wohnung suchen, die näher an deiner Schule ist. Vielleicht kannst du dann, wenn ich hin und wieder für ein oder zwei Wochen in London bin, bei mir wohnen.«

George wandte sich vom Seitenfenster ab und sah seinen Vater direkt an. »Das würdest du tun?«

»Ich muss natürlich erst mit Mama sprechen, aber ja, ich kann auch für mehrere Wochen kommen. Mit der Arbeit ist das kein Problem.«

»Mama hat bestimmt nichts dagegen. Ich fra…«

»Nein, George«, unterbrach Jan ihn. »Das muss ich schon machen. Ja? Wartest du, bis ich Mama gefragt habe?«

»Wenn es sein muss«, murmelte George, er schien aber dank Jans Vorschlag erheblich besser gelaunt zu sein.

Jan stand auf der Aussichtsplattform und winkte dem startenden Flugzeug zu. Als es in den Wolken verschwunden war, wischte er sich über die feuchten Augen und machte sich schweren Herzens auf den Weg zum Parkplatz.

Auf der Rückfahrt stellte er das Radio so laut wie möglich, suchte immer wieder einen neuen Sender, aber keiner gefiel ihm. Kurz bevor er Bad Zwischenahn erreichte, machte sich sein Handy bemerkbar. George war in Heathrow gelandet und schickte ihm drei Herzen.

Seine Gedanken wanderten zu dem Haus seines Vaters. Es lag in traumhafter Umgebung direkt am Zwischenahner Meer. Alleinlage, über dreihundertfünfzig Quadratmeter, unzählige Räume, von denen er noch nicht einmal alle gesehen hatte. Der von ihm engagierte Makler hatte das Haus für fünf Millionen auf diverse Angebotsseiten im Internet gestellt. Bisher hatte es zwar einige Anfragen, aber nur einen Besichtigungstermin gegeben. Ein Ehepaar, er Anfang sechzig, sie mindestens fünfundzwanzig Jahre jünger, war durchs Haus gerauscht und hatte vor allem die Aussicht aufs Wasser bestaunt. Der Makler hatte ihn am nächsten Tag angerufen und verkündet, dass er mit den Interessenten weiter im Gespräch sei und er durchaus ein gesteigertes Interesse wahrgenommen habe.

Jan bog von der Hauptstraße in den langen Privatweg ab, der zu seinem Haus führte. Was machte er hier? Warum war er nicht mit nach London geflogen? Die Maschine war nicht ausgebucht und er hätte problemlos einen Platz bekommen.

Durch das halbhohe Gebüsch unmittelbar vor dem Eingangstor zum Grundstück leuchtete weißer Lack in der Sonne. Jan stöhnte leise. Dort stand Hanna Will, angelehnt an ihr Wohnmobil, und hob jetzt die Hand zum Gruß. Jan stoppte den VW Käfer, stellte den Motor ab und stieg aus.

Hanna kam auf ihn zu. »Alles gut?«

»Nein.«

Hanna rollte mit den Augen. »Jetzt mach aber mal einen Punkt. Du warst gerade zwei Wochen mit deinem Sohn zusammen. Und wahrscheinlich hast du schon deinen Flug für den nächsten Trip nach London gebucht. Ich kenne Väter, die sehen ihre Kinder viel seltener als du.«

»Wie tröstlich«, murmelte Jan, ging zum Tor, schloss es auf und schob beide Flügel zur Seite. »Soll mich das jetzt aufmuntern?«

»Keine Ahnung«, sagte Hanna. »Du bist der Psychologe, ich habe nur eine Waffe.« Sie klopfte auf das Holster, in dem ihre SFP9 von Heckler & Koch steckte.

»Kaffee?«, fragte Jan.

»Dafür wird keine Zeit sein. Pack deine Sachen, wir müssen nach Lüneburg. Die Heide ruft!«

Jan verzog keine Miene, stieg in seinen Wagen und fuhr durchs Tor. Hanna folgte in ihrem Wohnmobil und parkte hinter dem Käfer. Jan beobachtete im Rückspiegel, wie sie aus dem Führerhaus sprang und auf ihn wartete. Es hatte eine Weile gedauert, bis er mit der oft schroffen und direkten Art seiner Kollegin umgehen konnte. Bei ihrem ersten gemeinsamen Fall in Stade, wo sie die örtlichen Kollegen bei der Suche nach einem Serientäter unterstützt hatten, war die Zusammenarbeit anfangs holprig, aber letztlich erfolgreich verlaufen.

Hanna ging neben Jan her auf das Haus zu. »Du fragst gar nicht, worum es geht?«

»Ich habe noch zwei Tage Urlaub. Außerdem ist heute Sonntag. Kannst du nicht einen an…«

»Nein, kann ich nicht. Und jetzt reiß dich zusammen, pack deine verdammten Sachen und lass uns losfahren.«

Zwei

Hanna beobachtete Jan aus den Augenwinkeln. Seit sie aus Bad Zwischenahn losgefahren waren, hatte er kein Wort gesprochen und überwiegend aus dem Seitenfenster gestarrt.

Hanna warf einen Kugelschreiber an seine Schulter. »Genug gegrübelt, Herr de Bruyn. Die Arbeit ruft.«

Jan wandte sich ihr zu. »Um was geht es?«

»Zwei tote Männer. Einer lebte in der Nähe von Lüneburg, der andere direkt in der Stadt. Zweiundvierzig beziehungsweise dreiundvierzig Jahre. Daniel Albers ist vor zehn Tagen tot in seinem Haus aufgefunden worden. Alles sah nach einem Suizid aus. Er hing an einem Seil, der Hocker unter ihm war zur Seite gekippt. Die Kollegen aus Lüneburg haben einen Abschiedsbrief gefunden und sind, zusammen mit dem Arzt, der vor Ort war, zu dem Ergebnis gekommen, dass es keine Fremdeinwirkung gegeben hat.«

»Was aber nicht so war, vermute ich mal.«

»Die Schwester des Mannes hat auf einer Obduktion bestanden, die dann auch sieben Tage nach dem Auffinden durchgeführt wurde. Um es kurz zu machen, Albers hat nicht selbst Hand angelegt. Jemand hat nachgeholfen – und zwar sehr geschickt.«

»Seit wann steht das fest?«

»Heute haben wir Sonntag, das Ergebnis aus der Rechtsmedizin kam am Freitagnachmittag.«

»Es gab ein weiteres Opfer?«

Jan de Bruyn schien wie ausgewechselt. Von seinem bisher deutlich demonstrierten Desinteresse war nichts mehr zu spüren. Hanna unterdrückte ein Schmunzeln und nickte. »André Borchert. Er wurde mit aufgeschnittenen Pulsadern in seiner Wohnung in Lüneburg gefunden. Seine Frau und sein vierjähriger Sohn waren über Nacht bei Freunden in Hamburg. Er war also alleine zu Hause.«

»Abschiedsbrief?«

»Ja. Borchert ist am Donnerstag gegen elf Uhr gefunden worden. Da war er bereits zwölf bis vierzehn Stunden tot. Auch bei ihm sind die Kollegen von einem Suizid ausgegangen.«

»Inzwischen sind sie sich nicht mehr so sicher?« Jan wartete, bis Hanna genickt hatte, und fuhr fort: »Ich vermute mal, dass die beiden Männer sich kannten und dass dieser Umstand erst festgestellt wurde, als der Obduktionsbericht und damit die ersten Zweifel kamen.«

»Genauso ist es gelaufen. Jetzt haben wohl einige kalte Füße bekommen und einen Fallanalytiker angefordert. Ich bin sozusagen nur die Zugabe.«

»Klingt doch erst mal, als wenn wir ausnahmsweise erwünscht wären«, sagte Jan und zeigte auf Hannas Tasche. »Hast du schon Unterlagen?«

Hanna nickte. »Es gibt nicht viel, aber greif zu.«

Jan vertiefte sich in die Ermittlungsakten, während Hanna an die letzten Tage zurückdachte. Der Besuch bei ihrer Schwester Lisa und ihren beiden Töchtern war entspannt gewesen. Bis zu dem Zeitpunkt, als ihre Mutter vor der Tür stand, unangekündigt und mit einer Reisetasche in der Hand. Zuerst hatte Hanna vermutet, dass ihre Schwester alles eingefädelt hatte, aber als sie sah, wie überrascht Lisa war, wurde ihr klar, dass es sich um eine zufällige Begegnung handelte. Lisa gab sich alle Mühe, um zwischen ihnen zu vermitteln, aber nach einem halben Tag gab Hanna auf und verabschiedete sich von ihrer Familie.

»Und?«, fragte Hanna, als Jan die Mappe zuklappte.

»Wirklich nicht viel Material. Eigentlich in erster Linie über Daniel Albers. Er lebte alleine in einem alten Bauernhaus in der Nähe von Bispingen. Eine Notiz deutet an, dass er geerbt hat. Von wem und wann, steht hier nicht. Auf jeden Fall konnte er sich leisten, nicht mehr zu arbeiten. Eine vier Jahre jüngere Schwester, die ja auch die Geschichte ins Rollen gebracht hat, Vater tot, Mutter im Pflegeheim. Er scheint kaum Kontakt zur Nachbarschaft gehabt zu haben. Dort konnte keiner was über ihn sagen.«

»Die Schwester?«

»Sie lebt und arbeitet in Hamburg. Ärztin in St. Georg, ledig und kinderlos. Zu ihrem Bruder hatte sie Kontakt, aber nicht übermäßig.«

»Keine Aussage zum psychischen Zustand ihres Bruders?«

»Sie hat bestritten, dass ihr Bruder suizidgefährdet gewesen wäre. Zwischen den Zeilen wird deutlich, dass die Lüneburger Kollegen ihr nicht geglaubt haben. Es gibt wohl eine Lebensversicherung auf den Namen der Schwester, die bei Suizid nicht zahlt.«

Hanna nickte. »Verstehe. Da wurde dann messerscharf geschlossen, dass sie ein Motiv hat, die Behauptung aufzustellen.«

»Genau. Um ein Haar wäre auch der zweite Todesfall als Suizid durchgegangen. Nach ersten Ermittlungen war Borchert Linkshänder. Der Schnitt ist allerdings am linken Handgelenk. Zusätzlich ist er nicht quer, sondern längs, was zwar die effektivere Variante ist, aber in der Praxis kaum vorkommt. Also scheint jemand gewusst zu haben, was die sicherere Methode ist.« Jan hob seinen Zeigefinger. »Vorausgesetzt, es handelt sich nicht doch um einen Suizid.«

»War Borchert auch Privatier?«

»Nein, er war selbstständiger Versicherungskaufmann mit einem eigenen Büro und einer Mitarbeiterin. Er ist verheiratet, hat ein vier Jahre altes Kind. Julia Borchert ist acht Jahre jünger als ihr Mann.«

»Bei dem Beruf wird er sicher eine Lebensversicherung gehabt haben«, warf Hanna ein.

»Zwei Millionen. Bei ihm ist allerdings Suizid mit abgedeckt.«

»Interessant.«

»Viel mehr Informationen geben die Ermittlungsakten nicht her«, sagte Jan. »Also gut, gehen wir einmal davon aus, dass es sich um zwei Tötungsdelikte handelt. Die beiden Männer kannten sich, wie die erste Befragung von Julia Borchert ergeben hat. Sie kommen beide aus Amelinghausen.«

»Ein Dorf? Irgendwo habe ich den Namen schon mal gehört.«

»Dorf wohl eher nicht. Knapp viertausend Einwohner. Etwas über zwanzig Kilometer von Lüneburg entfernt. Dort wird jedes Jahr die Heidekönigin gekürt.«

»Stimmt, das war es.« Hanna verdrehte die Augen. »Dass es so was noch gibt. War da nicht einmal so ein C-Promi Königin?«

Jan grinste. »Da fragst du den Falschen.« Er griff nach seinem Handy. »Soll ich nachschauen?«

»Nicht nötig. Das wird wohl kaum Relevanz für unseren Fall haben. Die beiden Männer kannten sich also.«

»Sie waren befreundet, zumindest in der Jugend und als junge Männer. Mehr konnte die Ehefrau nicht dazu sagen.« Jan tippte auf die Mappe. »Ein Täterprofil lässt sich mit den wenigen Informationen nicht erstellen.«

Hanna überholte zwei Lkw und fädelte sich wieder rechts ein. »Ach, lass uns etwas rumspinnen. Ein paar Fakten sind doch schon da.«

»Auch wenn du es nicht glaubst, Täterprofile sind kein Blick in die Glaskugel, sondern ernsthafte Wissenschaft.«

Hanna ignorierte Jans Bemerkung. »Was haben wir? Zwei Männer im fast gleichen Alter, die in jungen Jahren befreundet waren und sich – gehen wir einmal davon aus – aus den Augen verloren haben. Beide sind – wieder eine Annahme – getötet worden. Bei beiden sollte ein Suizid vorgetäuscht werden.«

»Schon jetzt hast du zu viele Spekulationen. So funktioniert das nicht, Hanna. Da kannst du genauso gut das Täterprofil auslosen.«

Hanna stöhnte theatralisch. »Wir fahren noch fast eine Stunde. Warum sollen wir nicht …«

»Seit wann bist du so ein Quälgeist? Kannst du nicht die paar Minuten ruhig sitzen und an was anderes denken?«

Hanna grinste. »Spielverderber. Hast du dieses Mal wenigstens deine Waffe dabei?« Bei den Ermittlungen in ihrem ersten gemeinsamen Fall hatte Jan die Waffe bewusst in Oldenburg im Polizeipräsidium zurückgelassen. In einer brenzligen Situation wäre Hanna um ein Haar zu Schaden gekommen.

Jan deutete mit dem Kopf auf seine Tasche. »Zufrieden?«

»Noch nicht ganz, aber es ist ein erster Schritt.« Sie sah ihn kurz an. »Also, was ist jetzt. Weiterrätseln?«

Jan schüttelte fast unmerklich den Kopf und schien sich geschlagen zu geben. »Du fragst dich jetzt natürlich, warum die beiden sich nicht mehr gesehen haben. Das kann alle möglichen Gründe haben. Vielleicht waren sie nur gute Bekannte oder sie haben sich wegen einer Frau gestritten oder es ging um was weiß ich.«

»Oder es ist etwas passiert, das beide vergessen wollten. Deshalb kein Kontakt, trotz der räumlichen Nähe.«

»Wenn es unbedingt sein muss.« Jan legte eine kleine Pause ein. »Es ist also etwas passiert, das beiden unangenehm war oder sogar hätte gefährlich werden können.«

Hanna nickte.

»Okay«, fuhr er mit hörbarem Widerwillen fort. »Dieses Ereignis, was immer es auch gewesen sein könnte, muss relativ lange zurückliegen. Beide Männer waren über vierzig. Borcherts Ehefrau sprach von einer Freundschaft in jungen Jahren, also machen wir mal bei zweiundzwanzig bis vierundzwanzig Jahren einen Break.«

»Einverstanden«, warf Hanna ein.

»Das Ereignis läge somit mindestens zwanzig Jahre zurück. Wie wahrscheinlich ist es, dass erst jetzt eine solch massive Reaktion von einer – wie auch immer – beteiligten Person erfolgt?«

»Sehr gering«, sagte Hanna. »Die allermeisten Straftaten – ja, ich weiß, wieder eine Annahme – wären inzwischen verjährt und könnten allenfalls zur gesellschaftlichen Ächtung führen.«

»Und die Frage ist, warum sollte jemand so lange warten, um sich zu rächen?«, fragte Jan. »Genau daran hast du doch gedacht, oder? Rache?«

»Nicht unbedingt. Stell dir vor, Albers, Borchert und eine dritte Person haben eine Bank ausgeraubt. Eventuell ist jemand dabei zu Schaden gekommen, vielleicht sogar getötet worden. Albers und Borchert – oder einer von ihnen – wollen sich stellen. Was unweigerlich die dritte Person mit reinziehen würde. Oder wie wäre es mit einem Verkehrsunfall mit Fahrerflucht. Dabei ist jema…«

»Stopp! Das sind schon nicht mal mehr Vermutungen, das ist inzwischen die reinste Räuberpistole. Wir sollten uns ein paar Tage Zeit lassen. Wenn wir mehr Fakten haben, wer…«

»Und wenn wir keine Zeit haben?«, warf Hanna ein. »Vielleicht gibt es noch mehr potenzielle Opfer.«

Jan schwieg und Hanna beschloss, klein beizugeben, um den Bogen nicht zu überspannen. Jan und sie hatten einen schwierigen Weg hinter sich gebracht. Sie hatten es von gegenseitiger Abneigung zu einer freundschaftlichen Zusammenarbeit geschafft. Mehr noch: Jan war Hanna ans Herz gewachsen und sie mochte ihn nach nunmehr drei gemeinsamen Fällen nicht mehr missen, auch wenn sie das Jan gegenüber kaum offen zugeben würde.

»Hotel oder darf ich dir wieder einen bescheidenen Schlafplatz bei mir anbieten?« Bei ihrem ersten Fall hatte Jan mehrfach auf ihrer Besucherliege im Wohnmobil geschlafen, da sie häufig nachts im Alten Land bei Stade unterwegs gewesen waren.

»Danke fürs Angebot. Vielleicht nehme ich mir doch lieber ein Hotelzimmer.«

Hanna grinste. »Habe ich geschnarcht oder im Schlaf gesprochen?«

»Keins von beiden. Ich will dir aber auch nicht zur Last fallen.« Er fuhr sich mit der Hand durch die Haare. »Wir werden von den Kollegen erwartet?«

Hanna wunderte sich über den schnellen Themenwechsel. War sie ihm mit ihrem Angebot zu nahe getreten? Oder wollte er im Moment einfach nur seine Ruhe haben? »Ja«, antwortete sie auf seine Frage. »Ich habe uns für dreizehn Uhr angekündigt. Erst mal nur im kleinen Kreis. Dann sehen wir weiter.«

»Gut.« Jan lehnte sich auf dem Sitz zurück und schloss die Augen.

Drei

Hanna parkte das Wohnmobil vor dem fünfstöckigen Klotz, in dem die Polizeiinspektion untergebracht war. Sie reckte sich. »Auf in den Kampf.«

Jan griff nach seiner Umhängetasche, in der er die Ermittlungsakten verstaut hatte. »Wie heißt der Leiter der SoKo?«

»Robert Möller. Ich habe kurz mit ihm gesprochen. Klang ganz nett.«

Sie stiegen aus und suchten nach dem Haupteingang. Kurz nachdem sie sich angemeldet hatten, kam ein schlanker Mann mit einem Kurzhaarschnitt auf sie zu und begrüßte sie freundlich. Jan schätzte ihn auf Mitte fünfzig.

»Wir gehen am besten schon in den Besprechungsraum«, schlug Möller vor. »Ich rufe die Kollegen gleich dazu. Nach dem Obduktionsbericht am Freitagnachmittag habe ich das Wochenende gestrichen. Danke, dass Sie gleich gekommen sind. Sonntagsarbeit ist nicht selbstverständlich.«

Hanna nickte und folgte Möller zum Aufzug. Jan lief den beiden hinterher, die mit offen gehaltener Fahrstuhltür auf ihn warteten.

»Ich habe die Ermittlungen in Stade verfolgt«, sagte Möller. »Respekt. Wirklich gute Arbeit.«

»Danke.« Hanna lächelte. »Mein Kollege hatte entscheidenden Anteil an der Aufklärung.«

Möller wandte sich Jan zu. »Ist mir bekannt. Stade gehört ja auch zur Polizeidirektion Lüneburg. Da gibt es schon die eine oder andere gute Verbindung zwischen den beiden Städten.«

Jan hörte nur mit einem Ohr zu. Seine Gedanken kreisten wieder um seinen Sohn und das Versprechen, das er ihm gegeben hatte. Er würde Violet am Abend anrufen müssen. Wie würde sie reagieren?

»Kommst du?«

Jan sah auf, die Fahrstuhltür stand offen und Hanna und der Lüneburger Kollege warteten bereits auf dem Flur. Er trat aus dem Aufzug und folgte den beiden.

Im Besprechungsraum stand eine lange Tischreihe mit Stühlen zu beiden Seiten, an der Wand dahinter hing eine Leinwand mit Beamer. An der Schmalseite des Zimmers befand sich eine kleine Teeküche.

»Bedienen Sie sich«, sagte Möller mit Blick auf eine professionelle Kaffeemaschine. »Unsere neuste Anschaffung. Einfach auf einen der Knöpfe drücken und genießen.« Er zog sein Handy aus der Tasche und tippte etwas ein. »Die Kollegen kommen auch gleich.«

»Kaffee?«, fragte Hanna und trat auf Jan zu. »Du wirkst so abwesend«, fügte sie leise hinzu.

Jan nickte. »Kaffee ist eine gute Idee.«

Hanna sah ihn stirnrunzelnd an, ging dann aber zur Teeküche und griff nach zwei Gläsern, in die sie Latte macchiato laufen ließ.

Jan hatte sich währenddessen einen Platz gesucht und tippte eine Nachricht an Georges Mutter. Auf seine Frage kam umgehend eine Antwort. Violet schlug vor, dass sie gegen zwanzig Uhr telefonieren könnten.

Hanna reichte Jan eins der Gläser und setzte sich neben ihn. »Bitte!« Sie beugte sich zu ihm und fragte leise: »Kann ich irgendetwas tun, damit es dir besser geht?«

Jan lächelte matt. »Danke, aber es geht schon.« Hanna schien sich tatsächlich Sorgen um ihn zu machen. Es war lange her, dass eine Frau sich so um ihn bemüht hatte. Wirkte er so abweisend und distanziert, dass die Menschen um ihn einen großen Bogen machten?

Die Tür öffnete sich. Zwei Männer und eine Frau traten ein. Sie nickten Hanna und ihm zu und setzten sich ihnen gegenüber an den Tisch.

Robert Möller stand auf. »Vielleicht stellen wir uns kurz vor.«

Oberkommissar Thomas Kleist, ein kleiner Mann Ende vierzig mit deutlichem Bauchansatz und schütterem Haar, machte den Anfang und übergab nach wenigen Worten an seinen Sitznachbarn. Jörg Krause, schlank, Dreitagebart, Anfang vierzig, schien besser gelaunt zu sein als sein Kollege und gab den Stab weiter an Nina Jacobi, eine Kommissarin Anfang dreißig mit dunklen schulterlangen Haaren und einem offenen Lächeln.

»Wie wahrscheinlich schon bekannt: Ich bin Hanna Will und das ist mein Kollege Jan de Bruyn. Wir sind seit einigen Monaten fürs LKA Niedersachsen im Einsatz und unterstützen Kollegen vor Ort. Um es gleich vorwegzunehmen, es geht ausschließlich um Unterstützung. Wir sehen uns als einfache Mitglieder des SoKo-Teams und wollen und haben keine Sonderstellung.«

»Gut zu wissen«, murmelte Thomas Kleist. »Können wir jetzt anfangen?«

Robert Möller warf Kleist einen strengen Blick zu, bog den Rücken durch und räusperte sich. Mit wenigen Worten fasste er die bisherigen Ermittlungsergebnisse zusammen, die Jan bereits aus den beiden Akten kannte, und berichtete von dem Anruf aus der Rechtsmedizin am selben Morgen.

»Es gibt deutliche Anzeichen, dass es sich auch bei André Borchert um einen vorgetäuschten Suizid handelt. Dass er als Linkshänder eigentlich das rechte Handgelenk bevorzugt haben müsste, wussten wir ja schon. Der Schnitt ist allerdings so tief, dass die Rechtsmedizinerin sagt, er müsse schon unter extrem starken Schmerzmitteln gestanden haben, um sich das selbst zuzufügen.«

»Und?«, warf Thomas Kleist ein. »Stand er?«

»Nein, es sind keine Rückstände gefunden worden.« Möller holte tief Luft. »Weiter geht Dr. Lohmann davon aus, dass Borchert betäubt gewesen sein muss, da es keinerlei Abwehrspuren gibt.« Thomas Kleist schien wieder etwas einwerfen zu wollen, aber sein Chef war schneller und hob die Hand. »Ja, es sind Reste von GHB, also Gamma-Hydroxybuttersäure, gefunden worden. Sprich: K.-o.-Tropfen. Selbstkritisch muss ich sagen, dass wir zu spät reagiert haben. Die Leiche hätte sofort in die Rechtsmedizin gebracht werden müssen.«

»Reste? Wie sicher ist der Fund?«, fragte Hanna.

»Offensichtlich sicher genug, dass die Rechtsmedizin nicht mehr von einem Suizid ausgeht. Das sollte für unsere Ermittlungen ausreichen.« Möller sah in die Runde. »Wir stehen noch ganz am Anfang, aber die Wahrscheinlichkeit, dass hier ein Täter am Werk ist, ist deutlich gestiegen.«

»Sind die Kriminaltechniker in Borcherts Wohnung?«, fragte Nina Jacobi.

»Ja, seit etwa einer Stunde. Anschließend fahren sie noch einmal zum Haus von Daniel Albers. Ich habe darum gebeten, dass Stefan morgen zur Frühbesprechung dabei ist, damit wir die ersten Ergebnisse von ihm erfahren.« Möller sah zu Hanna und Jan. »Stefan Lützen ist der Leiter der Kriminaltechnik.«

Jan hob seine Hand. »In den Ermittlungsakten steht, dass Albers und Borchert in frühen Jahren befreundet waren. Ist inzwischen klar, um was für eine Freundschaft es sich gehandelt hat und wann sie zum letzten Mal Kontakt hatten?«

Möller nickte Jörg Krause zu. »Kannst du da etwas zu sagen?«

»Der erste Hinweis kam von Frau Borchert. Ihr Mann hatte ihr von Daniel Albers erzählt. Die ungewöhnliche Geschichte, sprich mit zweiundvierzig schon Privatier, ist bei ihr hängen geblieben. Allerdings kannte sie Albers nicht persönlich. Vor etwa einer Stunde habe ich bei ihr ein paar alte Aufnahmen abgeholt. Sie zeigen Borchert und Albers zusammen beim Feiern.« Jörg Krause öffnete einen Ordner und nahm fünf Fotos heraus, die er seinem Chef reichte.

»Darf ich sie sehen?«, fragte Jan. Möller schob die Bilder über den Tisch. Jan fotografierte sie mit dem Handy und gab sie zurück. »Sind die anderen Personen auf den Fotos schon identifiziert?«

»Wir sind dabei«, sagte Jörg Krause. »Aber es ist nicht so einfach.«

Jan nickte. »Ist die Schwester von Herrn Albers schon wieder zurück nach Hamburg?«

Robert Möller räusperte sich. »Sie ist vor Ort im Haus ihres Bruders. Wollen Sie mit ihr sprechen?«

»Ja, und mit der Frau des zweiten Opfers.«

»Ich sage dann gleich Bescheid, dass Sie kommen.«

»Gut«, mischte sich Hanna ein. »Was ist mit den beiden Abschiedsbriefen? Werden sie gerade geprüft?«

»Die liegen bei einem Grafologen in Hamburg«, sagte Jörg Krause. »Mit Glück sollten wir morgen eine erste Einschätzung bekommen. Wir haben sie mit Schriftproben der beiden Männer verglichen. Für uns sahen sie sehr echt aus.«

In der nächsten Viertelstunde ging Möller die anstehenden Aufgaben durch und beendete schließlich die erste gemeinsame Sitzung.

»Was hältst du von der SoKo?«, fragte Hanna, als sie auf die B209 auffuhren, die Lüneburg östlich umrundete und durch Amelinghausen nach Bispingen führte.

»Überfordert. Willst du das hören?« Jans Stimme hatte sich schnippischer angehört, als er beabsichtigt hatte.

»Jan de Bruyn! Was ist mit dir los? Jetzt spuck schon aus.« Sie stieß ihn freundschaftlich in die Seite. »Hey, ich bin's. Hanna Will.«

Jan stöhnte leise. »George. Ich habe ihm etwas vorgeschlagen, das ich vielleicht besser nicht hätte sagen sollen.« Er erzählte Hanna von ihrem Gespräch auf dem Weg zum Flughafen.

»Und du denkst, deine Ex wird dir das verübeln? Warum? Er ist auch dein Sohn. Du hast Rechte. Mach dich doch nicht kleiner, als du bist. Kämpf um ihn. Er ist es wert, verdammt.«

Jan musste schmunzeln, als er sich an Georges Frage erinnerte, die er ihm nach dem Nachmittag mit Hanna gestellt hatte. »George hat mich nach deinem Besuch gefragt, ob du meine neue Frau wärst. Wir scheinen einen recht harmonischen Eindruck auf ihn gemacht zu haben.«

»Und? Was hast du gesagt?«

»Die Wahrheit, was sonst?«

»Und was ist die Wahrheit?«, fragte Hanna.

»Dass du meine Kollegin bist und wir gut miteinander auskommen.«

»Immerhin«, murmelte Hanna. »Es hätte schlimmer kommen können. Das sind ja mindestens drei Stufen über Augenauskratzen.«

Jan hätte um ein Haar gefragt, was Hanna ihm auf die gleiche Frage geantwortet hätte, war aber froh, sich zurückgehalten zu haben. Er hatte ausreichend Probleme mit seinem alten Leben, ein neues konnte er sich im Moment nicht leisten. Er warf Hanna einen schnellen Blick zu. Wieso musste er auch die Geschichte erzählen? Hatte er von seinen Sorgen um George ablenken wollen? Warum stand er nicht zu ihrer Freundschaft? Hatte er Angst, dass mehr daraus werden könnte oder vielleicht schon geworden war?

»Vielleicht habe ich auch gesagt, dass wir eng befreundet sind. Ich weiß es nicht mehr.«

Hanna schüttelte kaum merklich den Kopf. »Warum kämpfst du nicht um George? Wovor hast du Angst? Du bist doch von uns beiden der Psychologe. Soll ich jetzt anfangen und dich analysieren?«

»Ich möchte keinen Streit mit Georges Mutter. Das führt zu nichts, außer zu noch mehr Distanz. Ja, ich bin sein Vater, aber wenn zwei Menschen nicht mehr miteinander können und dabei einen Dritten, in diesem Fall ein zehnjähriges Kind, mit in ihre Hölle reinziehen, dann haben sie etwas falsch gemacht. Wir haben George schon zu sehr mit der ganzen Trennung belastet. Er war gerade acht, als es losging.«

Hanna schwieg.

»Und ja, vielleicht wollte ich George intuitiv beruhigen, als ich dich nur als Kollegin bezeichnet habe.«

»Lassen wir das«, schlug Hanna vor. »Ich kann mir vorstellen, wie schwer deine Situation ist. Frau und Kind in London, du hier. Ich habe ja bemerkt, wie George dich angehimmelt hat, als ich bei euch war.« Sie zuckte mit den Schultern. »Und du ihn.« Sie seufzte. »Sag einfach Bescheid, wenn ich etwas für dich tun kann. Okay?«

Jan nickte nach einer Weile. »Das mache ich. Versprochen.«

»Gut, dann konzentrieren wir uns jetzt auf den Fall.« Hanna sah ihn direkt an. »Du bist doch dabei?«

Jan atmete tief durch. »Ja. Du kannst dich auf mich verlassen.«

Vier

Hanna sah sich um, als sie durch Amelinghausen fuhren. »Das soll jetzt die Perle der Lüneburger Heide sein?«

»Es bezieht sich wohl mehr auf das Heideblütenfest mit Krönung der Heidekönigin. Jedes Jahr neun Tage.«

»Gibt es auch einen Heidekönig?«

»Sozusagen. Er heißt allerdings Heidebock.«

Hanna unterdrückte einen Lachanfall. »Himmel! Nicht dein Ernst, oder?«

Als sie sich Bispingen näherten, zeigte Jan, der sein Smartphone in der Hand hielt, nach vorne. »Werde mal etwas langsamer. Wir müssen gleich abfahren. Zumindest zeigt mir die App das an.«

Wenige Hundert Meter weiter setzte Hanna den Blinker und fuhr von der Bundesstraße ab. Zu beiden Seiten der Straße standen hohe Laub- und Nadelbäume, der Schotterweg führte über einen Kilometer geradeaus, bevor Hanna auf Jans Anweisung in einen engen Waldweg abbog und nach einem weiteren halben Kilometer hinter einer Mercedes-B-Klasse mit Hamburger Kennzeichen parkte.

»Die Kriminaltechniker sind bestimmt noch in Lüneburg«, sagte Hanna und stieg aus.

Auf einer Lichtung stand ein für die Gegend typisches Fachwerkhaus mit Reetdach. Das ursprüngliche große Dielentor war zu einer Sprossenfensterfront umgebaut worden. Das Dach schien nur wenige Jahre alt zu sein und der Rest der Außenfront sah liebevoll restauriert aus.

»Einsam«, murmelte Jan.

»Durchaus«, sagte Hanna. »Ich habe kein anderes Haus weit und breit gesehen. Wir sind hier übrigens hart an der Grenze zum Landkreis Harburg. Wenn sich die Harburger um den Fall gekümmert hätten, wäre der Zusammenhang mit dem zweiten vorgetäuschten Suizid sicher noch später aufgefallen.«

Noch bevor sie das Haus erreicht hatten, trat eine Frau heraus und kam ihnen entgegen. Sie trug Jeans und ein weißes T-Shirt. Mit ihren kurzen, blonden Haaren wirkte sie jünger, als Hanna es aus den Akten in Erinnerung hatte.

»Sind Sie die Beamten der Kriminaltechnik?«, fragte die Frau, ohne sich vorzustellen.

Hanna zog ihren Polizeiausweis heraus. »Die Kollegen kommen später. Sie sind …?«

»Susanne Albers.«

»Frau Albers, mein Kollege und ich hätten ein paar Fragen an Sie. Könnten wir uns irgendwo kurz setzen?«

»Ich habe doch scho…«

»Frau Albers, Sie sind doch sicher daran interessiert, dass der Tod Ihres Bruders restlos aufgeklärt wird«, unterbrach Hanna sie. »Je schneller wir anfangen, desto eher sind wir fertig.«

»Kommen Sie mit.« Sie klang verstimmt und etwas überheblich.

Hanna und Jan folgten ihr ins Haus, in dem es trotz der über dreißig Grad im Freien erstaunlich kühl war. In der Küche bot Susanne Albers ihnen einen Platz an, blieb allerdings selbst stehen.

»Möchten Sie sich nicht zu uns setzen?«, fragte Hanna lächelnd. »Dann spricht es sich doch gleich besser.«

Susanne Albers zog einen Stuhl vor und setzte sich. »Was wollen Sie wissen?«

Jan räusperte sich und stellte sich vor. »Hatten Sie in den letzten Jahren regelmäßig Kontakt zu Ihrem Bruder?«

»Ja, allein schon wegen unserer Eltern. Unser Vater ist vor fünf Jahren verstorben, unsere Mutter kurz darauf an Demenz erkrankt. Sie wurde zunächst in ihrem Haus in Amelinghausen betreut und ist jetzt seit etwas über einem Jahr in einem Pflegeheim in Lüneburg.« Susanne Albers schien sich entschieden zu haben, mit ihnen zu kooperieren, oder Jans angenehm ruhige Stimme hatte sie zum Umdenken bewogen.

»Seit wann lebte Ihr Bruder hier in diesem Haus?«

»Gekauft hat er es vor ...«, Susanne Albers legte den Kopf in den Nacken und rechnete nach, »... vor zwölf Jahren. Allerdings war es zu dem Zeitpunkt quasi unbewohnbar.«

»Ihr Bruder war vermögend?«, fragte Jan weiter.

»Unser Onkel hat ihm einiges vererbt. Er musste zwar horrende Summen an Erbschaftssteuer bezahlen, aber es ist noch einiges«, sie schaute sich demonstrativ in der Küche um, »übrig geblieben. Fragen Sie mich nicht, wie viel. Aber Daniel schien der Meinung zu sein, dass es bis an sein Lebensende reichen wür...« Sie brach mitten im Wort ab und murmelte: »Ja, da hat er dann wohl recht behalten.«

»Welchen Beruf hat Ihr Bruder erlernt?«, fragte Hanna.

Susanne Albers rollte mit den Augen. »Keinen. Oder wie er es gerne ausgedrückt hat: viele. Hans Dampf in allen Gassen. Hier eine Firma aufgemacht, dort mitgemischt. Ehrlich gesagt, ich weiß es nicht. Daniel hat ein klasse Abitur hingelegt und wollte eigentlich Jura studieren. Dann hat er es aber vorgezogen, einmal um die Welt zu reisen. Zweieinhalb Jahre war er unterwegs. Keine Ahnung, wie er das finanziert hat. Als er zurückkam, war er ein anderer Mensch.«

»Inwiefern?«, fragte Jan.

Susanne Albers zuckte mit den Schultern. »Vom Studium war keine Rede mehr. Er trieb sich mit zwielichtigen Typen herum, nahm Drogen und trank. Wir, also meine Eltern und ich, haben das nur am Rande mitbekommen. Daniel wohnte mal in Hamburg, mal in Berlin und kam nur selten zu Besuch nach Amelinghausen. Lange konnte das ja nicht gut gehen und so war der Zusammenbruch wohl vorprogrammiert. Er hat sich dann in einer hellen Minute selbst in die Psychiatrie eingewiesen und ist dort über drei Monate geblieben. Anschließend ist er nach Lüneburg gezogen und hat, wie gesagt, alles Mögliche gemacht. Geld verdienen, hat er das gerne genannt.«

»Und dann kam die Erbschaft?«, fragte Jan.

»Nicht gleich. Er hat eine Weile in Lüneburg gelebt und gearbeitet. Aber in den zwei, drei Jahren vor der Erbschaft ging es Daniel wieder schlechter. Ich hatte damals einiges um die Ohren, Studium, Beruf, Beziehung. Ich muss ehrlich sagen, dass ich mich zu der Zeit mehr um mich gekümmert habe. Als das Erbe kam, hat er sich hierher verzogen. Es war ja einiges zu machen. Handwerklich war Daniel gut drauf. Trotzdem hat er für die wichtigen Sachen Firmen bezahlt. Ist ja auch ein Prachtstück geworden. Fragt sich nur, wer hier in Zukunft wohnen will. Am Ende der Welt, ohne Nachbarn und alles.«

Jan zog sein Handy aus der Tasche und rief die alten Fotos von Daniel Albers und André Borchert auf. Er reichte Susanne Albers das Handy. »Kennen Sie diese Jugendfreunde Ihres Bruders?«

Susanne Albers scrollte die Fotos durch. »Wo haben Sie die her?«

»Von einem Freund Ihres Bruders.«

»An den hier erinnere ich mich. André hieß er, glaube ich. Mit fällt der Nachname gerade nicht ein. Der mit den schulterlangen Haaren. Und der hier«, Susanne Albers zeigte aufs Display, »der ganz rechts könnte Oliver sein.«

»Oliver aus Amelinghausen? Erinnern Sie sich an den Nachnamen?«

»Nein. Ich habe mich damals nicht für Daniels Freunde interessiert.« Susanne Albers warf Jan einen leicht genervten Blick zu. »Warum wollen Sie das alles wissen? Mein Bruder ist ermordet worden und Sie kommen mir mit Fotos, die über zwanzig Jahre alt sind.«

»Wir müssen uns ein Bild von Ihrem Bruder machen«, sagte Jan ruhig. »Wann haben Sie Daniel das letzte Mal gesehen?«

»Das ist ein paar Wochen her. Ich habe unsere Mutter besucht und bin anschließend hier rausgefahren.«

»Gab es einen besonderen Anlass?«, fragte Hanna.

»Sozusagen. Unser Deal war, dass Daniel mindestens einmal, möglichst zweimal in der Woche ins Pflegeheim fährt und sich um unsere Mutter kümmert. Eine der Pflegerinnen hat mir dann gesagt, dass er schon seit fast vier Wochen nicht mehr dort war.«

Jan beugte sich vor. »Sie haben Ihren Bruder danach gefragt?«

»Ja, natürlich. Er meinte, es sei ihm in den Wochen nicht so gut gegangen. Er sah auch aus, als habe er eine schwere Krankheit hinter sich. Bleich und kraftlos. Abgenommen hatte er auch. Ich habe ihn dann zusammengestaucht und ihn erst mal unter die Dusche geschickt.«

»Hat er Ihnen mehr erzählt von seiner Krankheit?«, fragte Jan weiter.

»Nein, ich wollte es auch nicht wissen. Daniel war ein Hypochonder. Er hat sich immer schon alles Mögliche eingebildet. Wenn Sie wüssten, was er angeblich schon alles für Leiden hatte.«

»Hat Ihr Bruder anschließend wieder regelmäßig Ihre Mutter besucht?«

»Er sagt, ja. Ich habe ihn jede Woche angerufen und ihn ausgefragt. Beim Pflegeheim bekomme ich keine telefonische Auskunft. Ich wollte aber später noch dort vorbeischauen. Bei dem ganzen Trubel bin ich bis jetzt noch nicht dazu gekommen.«

»Ich würde mich gerne etwas im Haus umschauen«, sagte Jan. »Ist das in Ordnung?«

»Ja, natürlich. Ich habe nichts dagegen.«

Jan nickte Hanna zu und stand auf. Sie kannte Jans Arbeitsweise. Er würde sich eine Weile alleine im Haus aufhalten, um ein Gefühl für die Umgebung, die Tat und den Täter zu bekommen. Sein Hineindenken in den Täter und die Tat hatte ihnen in den vergangenen Fällen wichtige Hinweise für die Ermittlungen gebracht.

Hanna wartete, bis Jan die Küche verlassen hatte, und wandte sich wieder an Susanne Albers. »Ihr Bruder hat Ihnen – bis auf seine Ihrer Meinung nach eingebildete Krankheit – nichts von weiteren Problemen und ungewöhnlichen Begegnungen erzählt?«

Susanne Albers warf Hanna einen spöttischen Blick zu. »Kommt gleich die Frage, ob er Feinde gehabt hat?«

»Hatte er?«

»Hier in dieser Einöde? Ich wüsste nicht, dass mein Bruder in den letzten zehn Jahren großartigen Kontakt zu wem auch immer hatte. Er wollte seine Ruhe und ist allenfalls mal nach Lüneburg gefahren, um ein anständiges Mittagessen zu bekommen. Ich glaube kaum, dass er sich mehr als ein Spiegelei machen konnte.«

Hanna stöhnte innerlich auf. Die Geschwisterliebe schien sich in Grenzen gehalten zu haben. Susanne Albers beschrieb ihren Bruder als Versager und Hypochonder, der nur durch den glücklichen Umstand, dass er von seinem Onkel geerbt hatte, in dieser Welt zurechtgekommen war. Für sie war die Tatsache, dass er seine Besuchspflichten nicht eingehalten hatte, wichtiger als die Sorge um ihren Bruder.

»Warum hat sich Ihr Bruder seinerzeit in diese Gegend zurückgezogen?«, fragte Hanna, auch wenn sie sich wenig davon versprach.

»Keine Ahnung, aber ich vermute, dass er sich selbst finden wollte oder einfach genug von dieser Welt gesehen hatte. Ich weiß es nicht und er hat es mir auch nie verraten.«

Vermutlich hast du auch nie gefragt, fügte Hanna in Gedanken hinzu und hätte die Befragung abgebrochen, wenn Jan nicht noch etwas Zeit gebraucht hätte.

»Ihr Bruder hatte eine Lebensversicherung?«, fragte Hanna.

»Wissen Sie das nicht längst?« Susanne Albers deutete ein Augenrollen an. »Ja, er hat eine Versicherung abgeschlossen. Und ja, ich bin neben meiner Mutter die Begünstigte.« Sie funkelte Hanna an. »Bin ich jetzt verdächtig, Daniel umgebracht zu haben?«

»Nein, sind Sie nicht. Und sollten Sie es noch werden, würden wir Sie darüber in Kenntnis setzen«, entgegnete Hanna spitz. »Auf welchen Betrag beläuft sich die Versicherung?«

»Eine Million Euro.«

»Ziemlich hoch für Mutter und Schwester. Wussten Sie davon?«

»Nein. Ich habe die Unterlagen erst nach Daniels Tod gefunden.«

Hanna reichte Susanne Albers eine Visitenkarte. »Es wäre gut, wenn Sie noch einmal über die letzten Kontakte zu Ihrem Bruder nachdenken. Gab es irgendetwas Ungewöhnliches? War etwas anders als in den Jahren zuvor? Wollte Ihr Bruder Ihnen vielleicht etwas mitteilen, das Sie im ersten Augenblick nicht verstanden haben, das aber aus heutiger Sicht klarer wird?«

Susanne Albers nahm mit widerwilliger Miene die Visitenkarte in Empfang und ließ sie auf dem Tisch liegen. »Für wann kann ich die Beerdigung planen?«

Fünf

Jan war froh, als er die Befragung von Susanne Albers unterbrechen konnte. Dieser Frau war ihr Bruder vollkommen egal gewesen. Sie schien nie verstanden zu haben, was ihn bewegte, schien keinen wirklichen Anteil an seinem Leben gehabt zu haben und würde zu den Ermittlungen kaum etwas beitragen können.

Aus den Akten wusste Jan, dass Daniel Albers in der Diele, dem Wohnraum seines Hauses, gefunden worden war. Die Toilette und den Hauswirtschaftsraum hatte er bereits inspiziert, jetzt öffnete er die nächste Tür. Vor ihm lag ein siebzig bis achtzig Quadratmeter großer Raum, an dessen Stirnseite sich das verglaste ehemalige Dielentor befand. An beiden Seitenwänden befanden sich je sechs kleine Sprossenfenster. Durch die Vielzahl der Fenster und die als Raumteiler eingesetzten zahlreichen dunklen Balken ergaben sich optisch viele kleine Nischen, die unterschiedliche Funktionen hatten. In einer standen ein bequem aussehendes Sofa und zwei Sessel, in einer anderen ein kleiner Tisch mit drei Stühlen, in der nächsten ein Fernseher und ein Sessel. Die vierte Nische war mit einer Musikanlage und einem weiteren Sofa ausgestattet. Die fünfte und sechste waren zusammengelegt und offensichtlich als

Arbeitszimmer genutzt worden. Hier standen ein Schreibtisch, ein Regal mit zahlreichen Büchern und ein alter Aktenschrank, der sich in den Raum integrierte. Zusätzlich gab es einen kleinen Besprechungstisch mit zwei Stühlen. Der ganze Raum wirkte trotz seiner Größe angenehm wohnlich.

Jan durchquerte langsam die ehemalige Diele des Bauernhauses und versuchte, sich in Daniel Albers hineinzuversetzen. Was war das hier für ihn gewesen? Ein Rückzugsort, eine Art Burg, in der er sich verstecken konnte? War Albers im Laufe des Tages mit der Sonne von Nische zu Nische gewandert, hatte Musik gehört, gearbeitet oder sich ausgeruht? Ein heimeliges Refugium in der Einsamkeit?

Nach dem bisherigen Ermittlungsstand ging Jan davon aus, dass Daniel Albers den Täter oder die Täterin ins Haus gelassen und ihn oder sie in der Küche oder hier in der umgebauten Diele empfangen hatte. Hatte er die Person gekannt?

Jan ging zur Eingangstür, nachdem er die imaginäre Türklingel gehört hatte, und öffnete sie. Er begrüßte den Gast, sprach kurz im Flur mit ihm und bat ihn ins Haus. Küche oder Diele? Da Albers später an einem der Querbalken in der Diele hängend gefunden worden war, nahm Jan an, dass er die Person in die ehemalige Diele eingeladen hatte. Sie war repräsentativer und beeindruckender als die Küche. Hier konnte Albers die unterschiedlichsten Sitzgelegenheiten anbieten. Ein formaleres Gespräch in seiner Büroecke oder in privater Atmosphäre in der Sofa-und-Sessel-Nische. Oder hatten sie Musik gehört und dabei ein Glas Wein getrunken? Da es keine Abwehrspuren gab, musste Albers betäubt worden sein. War er auch mit GHB bewegungsunfähig gemacht worden? Wie hatte der Täter die Tropfen verabreichen können? Dass die Rechtsmedizin keine Spuren des Betäubungsmittels gefunden hatte, war nicht weiter verwunderlich. Die Substanz wurde relativ schnell im Körper abgebaut.

Jan hielt kurz an der Küchentür und überlegte, wie wahrscheinlich es war, dass Albers seinen Besuch hier hinein geführt hatte. War die Küche aufgeräumt? Am Ende des Tages nicht unbedingt. Vielleicht war Albers gerade dabei gewesen, die Spülmaschine einzuräumen. Oder war der Gast eine Frau gewesen, die er beeindrucken wollte?

Jan ging weiter, öffnete die Dielentür und trat zur Seite, um dem imaginären Gast den Vortritt zu lassen. Er schloss die Tür wieder, fragte, ob er oder sie etwas trinken möge. Hatte die Person genau darauf spekuliert? Es war vollkommen normal, dass man einem Gast etwas zu trinken anbot. Wo hatten sie sich hingesetzt? Jan sah sich um. Geschäftlich oder privat? Die Sofa-Nische? Hatte Daniel Albers anschließend den Wein geholt? Jan setzte sich aufs Sofa. Von hier aus konnte man die Musikanlage sehen. Hätte ein Mann gefragt, ob Albers für ihn Musik aussuchen würde? Nein. Aber eine Frau? Was wäre das für ein Zeichen gewesen? War Albers unvorsichtig geworden, weil die Frau ihn beeindruckt hatte? Laut Albers' Schwester hatte ihr Bruder nur wenig Kontakt nach außen gehabt. Galt das auch für Frauen? Oder bezahlte er für Sex? In Lüneburg würde es sicher entsprechende Angebote geben. Oder waren sie zu ihm nach Hause gekommen? Er hatte sicher ausreichend finanzielle Mittel, um Escortdamen zu ordern.

Jan setzte sich auf einen der Sessel, wartete, bis sein Gastgeber mit einem Tablett zurückkam, auf dem eine Flasche Wein und zwei Gläser standen, bedankte sich für den Wein und beugte sich zum Glas vor. Schließlich fiel sein Blick auf die Musikanlage. Hatte der Gast wirklich gefragt? Oder hatte schon der Blick gereicht, damit Albers reagierte? Eine Frau? Hatte sie in dem Augenblick die Tropfen ins Glas gegossen? Nein, sie hatte gewartet. Das wäre zu gefährlich gewesen. Daniel Albers hatte sich in die Einsamkeit zurückgezogen und war vermutlich schon durchs ständige Alleinsein misstrauisch gegenüber seiner

Umwelt. Hatte er auch Angst? Wovor? Lag der Grund in der Vergangenheit oder war erst vor Kurzem etwas passiert? Wenn sein Tod mit der Verbindung zu André Borchert zusammenhing, musste das Motiv in der Vergangenheit liegen. Bisher hatten sie keine Anzeichen dafür gefunden, dass die beiden Männer in den letzten Monaten oder Jahren in Kontakt gewesen waren.

Oder doch sofort die Tropfen? Wenn sie hoch dosiert waren, hätten sich die ersten Symptome relativ schnell eingestellt. Hatte die Person abgewartet, bis Albers sich nicht mehr wehren konnte, aber noch mitbekam, was mit ihm geschah und warum? Wenn es um Rache gegangen war, wäre das genau der Zeitpunkt gewesen, an dem Albers mit den Vorwürfen konfrontiert worden wäre.

Das Seil. Die Person musste es im Auto deponiert haben. Hatte sie es geholt, als Albers bereits bewusstlos auf dem Sofa lag?

Jan zog die Ermittlungsakte aus seiner Tasche und suchte nach den Fotos, die nach dem Auffinden gemacht worden waren. Daniel Albers lag bereits auf den Dielenbrettern, neben ihm das Seil. Jan stand auf, trat ein paar Schritte zurück und suchte nach der Stelle, wo Albers gelegen hatte. Es musste direkt neben dem Sofa gewesen sein. Er schaute sich um und suchte nach dem Hocker, der neben Albers' Leiche gestanden hatte. Er fand ihn neben dem Schreibtisch. War das der übliche Platz oder hatte einer der Kriminaltechniker den Hocker dort abgestellt?

Jan ging zum Schreibtisch, griff nach dem Hocker und stellte ihn neben das Sofa. Ja, hier musste es gewesen sein. In etwa zweieinhalb Metern Höhe lief einer der Balken quer durch den Raum.

Jan warf das imaginäre Seil hoch, machte es fest und hievte anschließend den schlaffen Körper von Daniel Albers vom Sofa herunter. Wie viel Kraft war dafür notwendig? Kam ein Mann oder eine Frau infrage? Eine Person oder zwei? Den Körper direkt mit der Schlinge um den Hals hochzuziehen, wäre zu gefährlich gewesen. Der Arzt, der den Totenschein vor Ort ausgestellt hatte, hätte es an der Spurenlage am Körper erkennen können. Ein Flaschenzug? Jan zog sein Handy aus der Tasche und suchte auf einem Onlineverkaufsportal nach einem handlichen Flaschenzug. Es gab mehrere geeignete Modelle, aber es wäre schwierig bis unmöglich gewesen, Albers damit hochzuziehen und ihm anschließend das Seil um den Hals zu legen. Hatte es zwei Seile gegeben? War es möglich, einen Mann von der Größe und mit dem Gewicht von Daniel Albers mit einem professionellen Klettergurt nach oben zu ziehen und ihm erst dann das Seil um den Hals zu legen? Gab es eine Leiter im Haus, die eine ausreichende Größe hatte? Hätte ein Klettergurt Hämatome an den Oberschenkeln und im Bauchbereich hinterlassen? Jan notierte sich die Fragen in seinem Notizbuch, holte anschließend den Hocker, warf noch einen Blick auf das Foto in den Ermittlungsakten und legte ihn an die richtige Stelle. Er trat zurück und sah Albers vor seinem geistigen Auge an dem Seil hängen.

»Hatte Ihr Bruder Kontakt zu Frauen?«, fragte Jan, nachdem er sich wieder an den Küchentisch gesetzt hatte.

»Eine Beziehung, meinen Sie?« Susanne Albers zuckte mit den Schultern. »Er hat mir nie eine Frau vorgestellt und wenn ich ihn besucht habe, war er immer allein.«

»Ungewöhnlich für einen Mann in seinem Alter«, sagte Jan. »Hatte er in jüngeren Jahren auch nie Kontakt zu Frauen?«

»Sprechen Sie mit Ihrer Schwester über Ihr Liebesleben?«, fragte Susanne Albers mit spöttischem Unterton. »Und nein, Daniel war nicht schwul, wenn das Ihre Frage war. Mit siebzehn oder achtzehn war er mit einem Mädchen aus seinem Jahrgang zusammen. Ihr Name …« Sie tippte rhythmisch mit dem Finger auf die Tischplatte. »Kerstin. Aber der Nachname …«

»Hat Ihr Bruder vielleicht Fotoalben oder etwas Ähnliches, wo wir ein Foto der Frau finden können?«

»Mag sein. Ich kann Ihnen da wirklich nicht helfen.« Susanne Albers hielt inne. »Wann bekomme ich die offizielle Bestätigung, dass es sich nicht um einen Suizid handelt?«

»Das müssen Sie mit Herrn Hauptkommissar Möller besprechen«, sagte Hanna und stand auf, als es an der Haustür klingelte. »Vielen Dank für Ihre Zeit. Das werden die Kriminaltechniker sein. Wir lassen sie rein.«

»Nicht ein einziges Foto aus Jugendtagen.« Hanna stand neben Jan vor dem Bauernhaus von Daniel Albers. Die drei Kriminaltechniker hielten sich noch im Haus auf und suchten nach Spuren, die Jans Flaschenzug-Theorie bestätigen könnten. »Im Grunde genommen überhaupt kein Foto. Bis auf ein paar Familienaufnahmen.«

»Als wenn er die Vergangenheit auslöschen wollte«, murmelte Jan.

»Was ja so wohl kaum möglich ist, oder?«

»Nein, natürlich nicht. Aber es kann durchaus ein Hinweis sein.«

»Und sonst? Hast du bei deiner Tour durchs Haus etwas erfahren?«, fragte Hanna.

»Er hat die Person gekannt und sie selbst ins Haus gelassen.«

»Aber er hatte doch wenig Kontakt. Und in seinem Haus sind ja wohl kaum die großen Partys gelaufen.«

»Ich weiß nicht, wie und woher er die Person …«

»Person? Du schließt also nicht aus, dass es eine Frau gewesen sein könnte? Deshalb vorhin die Frage?«

Jan nickte. »Er muss der Person vertraut haben. Oder wenigstens nicht zugetraut haben, dass sie ihm gefährlich werden könnte.«

Hanna zeigte zum Wohnmobil. »Gehen wir? Ich habe Hunger.«

Eine Viertelstunde später saßen sie auf der Terrasse eines Burger-Restaurants in Amelinghausen, eine große Flasche Mineralwasser auf dem Tisch und die Speisekarten in der Hand.

»Lüneburger«, las Hanna vor. »Mit Fleisch von den Schafen aus der Heide.«

»Heidschnucken«, sagte Jan. »Sie heißen Heidschnucken.«

Hanna klappte die Karte zu. »Und du? Einen veganen Burger? Gibt es hier auch.«

Jan legte seine Speisekarte auf Hannas und lächelte. »Heidschnucken wollte ich schon immer einmal probieren.«

Hanna griff nach den Karten und stand auf. »Dann gehe ich mal bestellen, damit es schneller geht.«

Das Fleisch der Heidschnucke schmeckte mehr nach Wild als nach Schaf. Jan aß den Burger bis zum letzten Bissen auf und wischte sich mit der Serviette den Mund ab. »Das war eine gute Idee.« Er sah sich um, ob sie ungestört reden konnten. »In Daniel Albers' Leben muss etwas passiert sein, das ihn vollkommen aus der Bahn geworfen hat. Ob das letztendlich etwas mit seinem Tod zu tun hat, lässt sich jetzt noch nicht sagen. Wir brauchen mehr Informationen. Fangen wir mit dieser Frau an. Wie war noch ihr Name?«

»Kerstin.« Hanna schob ihren leeren Teller zur Seite. »In diesem Kaff muss uns doch jemand etwas über Albers erzählen können. So groß ist es doch nicht.«

Jan grinste. »Eine Haus-zu-Haus-Befragung?«

»Da werden wir wohl nach effektiveren Möglichkeiten suchen müssen.«

Sechs

Zurück in Lüneburg dirigierte sie das Navi zur Adresse von André Borcherts Wohnung im Norden der Stadt. Das dreistöckige Mietshaus stand mit zwei weiteren gleicher Bauart abseits der Straße in einer Art Häuserlichtung. Durch den alten Baumbestand, neue Pflanzungen und geschickt gesetzte Hecken wirkten die drei Gebäude, obwohl eingebunden ins Wohnviertel, wie in einer Insellage.

»Schön hier«, sagte Jan.

»Teuer, meinst du. Na, was kostet hier der Quadratmeter? Vierzehn, fünfzehn Euro. Oder mehr?« Hanna sah nach oben. »Und dann noch das Penthouse? Muss gut verdient haben, der Herr Borchert.«

Jan suchte die richtige Klingel und drückte auf den Knopf. Eine weibliche Stimme meldete sich über die Gegensprechanlage. Jan antwortete, der Türsummer erklang.

»Aufzug oder zu Fuß?«, fragte Hanna und hatte bereits die ersten Stufen der Treppe genommen, bevor Jan antworten konnte.

An der Tür wartete eine Frau. Die Mittdreißigerin trug ein schwarzes Kleid und hatte die Haare zusammengebunden. Julia Borchert sah trotz ihrer rot unterlaufenen Augen und der fehlenden Schminke ausgesprochen attraktiv aus. Hanna fragte sich, was sie erwartet hatte, und ärgerte sich im gleichen Moment über ihre Vorurteile gegenüber manchen Frauen.

»Kommen Sie herein«, sagte Julia Borchert leise. »Ich habe gerade Tee aufgesetzt. Möchten Sie auch einen?«

»Gerne«, sagte Jan und trat als Erster in die Penthouse-Wohnung. Hanna folgte ihm. Julia Borchert führte sie in einen großen Wohn- und Küchenbereich, der auf der Längsseite vollkommen verglast war. Die Außenjalousien waren zu zwei Dritteln heruntergelassen. Julia Borchert bot ihnen einen Platz am Esstisch an und holte aus dem Küchenbereich die Teekanne. Anschließend stellte sie drei Teetassen auf den Tisch und setzte sich zu Hanna und Jan.

»Ist Ihr Sohn nicht zu Hause?«, fragte Jan.

»Er ist für ein paar Tage bei meinen Eltern. Ich bin vollkommen am Ende und weiß nicht mehr, wo mir der Kopf steht.«

»Weiß Ihr Sohn schon Bescheid?«

Hanna ahnte, dass Jan in dieser Situation unweigerlich an George denken musste. Er ließ sich jedoch nichts anmerken.

»Nein, noch nicht«, sagte Julia Borchert mit brüchiger Stimme. »Ich wollte es ihm sagen, wenn ich ihn morgen abhole. Ich weiß allerdings noch nicht, wie ich das schaffen soll. Er ist noch so klein und hat seinen Vater angehimmelt.« Ihr liefen Tränen über die Wangen, die sie achtlos mit der Hand wegwischte. »Aber deshalb sind Sie sicher nicht gekommen.« Sie schenkte Tee ein und reichte ihnen Zucker und Sahne.

»Zunächst möchten wir Ihnen unser aufrichtiges Beileid bekunden«, sagte Jan. »Wir wollen Sie auch nicht lange stören. Wenn Ihnen unsere Fragen zu viel werden, sagen Sie bitte einfach Bescheid.«

Julia Borchert nickte und trank einen Schluck aus ihrer Tasse.

»Sie haben uns freundlicherweise einige Fotos zur Verfügung gestellt, die aus den Jugendtagen Ihres Mannes stammen«, sagte Hanna. »Auf denen ist er unter anderem mit Daniel Albers abgelichtet. Kannten Sie Herrn Albers auch?«

»Nicht persönlich. Er gehört nicht zu unserem unmittelbaren Freundeskreis. Aber André hat mir – das ist schon eine Weile her – von Amelinghausen erzählt. Da ist er ja aufgewachsen. Als ich nach Freunden aus der Zeit fragte, hat er von Daniel gesprochen.«

»Aber Herr Albers war nie bei Ihnen zu Hause? Oder hat sich Ihr Mann mit ihm an einem anderen Ort getroffen?«

»Hier war er nie. Zumindest nicht, wenn ich auch in der Wohnung war.« Sie lächelte matt. »Ich bin ab und zu bei meinen Eltern, die in Husum wohnen. An der Nordseeküste bin ich auch aufgewachsen.« Sie schien für eine Weile in ihren Gedanken zu versinken und zuckte plötzlich zusammen. »Was hatten Sie noch gefragt?«

»Ob Ihr Mann sich mit Herrn Albers vielleicht außerhalb der Wohnung getroffen hat.«

»Gesagt hat mir André nichts. Und eigentlich hat er mir immer alles erzä…« Julia Borchert schluckte schwer und senkte den Kopf. »Ich weiß es wirklich nicht«, flüsterte sie.

»Hat Ihr Mann noch von anderen Freunden aus Jugendtagen gesprochen?«, fragte Jan mit zurückhaltender Stimme.

Julia Borchert schüttelte den Kopf.

»Hat sich Ihr Mann in den letzten Tagen, Wochen oder Monaten anders verhalten als zuvor?«, fragte Jan weiter.

»Anders? Was meinen Sie?«

»War er zum Beispiel angespannter, nervöser oder häufiger außer Haus als üblich? War er weniger gesprächig als sonst, mehr in sich gekehrt? War er reizbarer oder hatte er sich sonst verändert?«

Julia Borchert zuckte mit den Schultern. »André hat viel gearbeitet. Er war quasi Tag und Nacht für seine Kunden ansprechbar. Das ist ein sehr persönliches Geschäft, hat er immer gesagt. Selbst hier in der Wohnung hat er noch ein Arbeitszimmer, obwohl er ja ein eigenes Büro in der Altstadt hat. Und eine Mitarbeiterin hat er dort auch.«

Hanna hielt sich bewusst zurück und überließ Jan die Fragen, damit Julia Borchert sich auf nur einen Fragesteller konzentrieren konnte.

»Es war also nicht ungewöhnlich, dass Ihr Mann im Stress war?«

»Nein, er hat ständig viel gearbeitet. Aber so ist das wohl, wenn man selbstständig ist. Da lauert immer die Angst im Hintergrund, dass das Geld nicht reichen könnte oder irgendetwas Ungewöhnliches pass…« Sie griff nach einem Taschentuch und wischte sich über die feuchten Augen. »Entschuldigen Sie, das alles ist …« Wieder verschlug es ihr die Sprache.

»Sollen wir eine Pause machen, Frau Borchert?«

Julia Borchert schüttelte den Kopf. »Es geht schon. Wo waren wir stehen geblieben?«

»Meine Frage zielte darauf, ob sich Ihr Mann in den letzten Tagen oder Wochen verändert hat. Jeder Hinweis könnte wichtig sein.«

Julia Borchert ließ sich Zeit für die Antwort. »Ja, wenn ich jetzt so zurückdenke, war André seit bestimmt schon vier Wochen im Dauerstress, wenn nicht länger. Normalerweise konnte er das zumindest am Wochenende abschütteln.« Wieder senkte sie den Kopf und hing ihren Gedanken nach. »Und ich habe … falsch reagiert und André noch weiter unter Druck gesetzt. Auch bei mir lagen die Nerven blank. Mein Sohn war krank, eine Erkältung, und anschließend hat sich das auf seine Bronchien niedergeschlagen.« Sie stöhnte leise. »Ich hätte mehr Verständnis haben sollen, mehr nachfragen müssen.«

»Wie hat sich der Stress bei Ihrem Mann geäußert?«, fragte Jan weiter.

»André konnte sich nicht mehr auf uns konzentrieren. Wenn ich ihn angesprochen habe, hat er nur mit halbem Ohr zugehört und irgendwas geantwortet. Wir haben uns dann irgendwann gestritten. Ziemlich schlimm. Deshalb bin ich doch auch ein paar Tage zu meinen Eltern gefahren. Und als ich wiederkam …«

»Wusste Ihr Mann, dass Sie kommen?«

»Ja, natürlich. Wir hatten am Tag davor telefoniert. Es war alles in Ordnung zwischen uns. Ich konnte mit Emil, das ist mein Sohn, etwas ausspannen und die Seeluft hat Emil auch gesundheitlich gutgetan.«

»Was hat Ihr Mann am Telefon erzählt?«, fragte Jan vorsichtig weiter.

»Wir haben über Emil gesprochen und wie es ihm geht. André war gut gelaunt, anders als in den Wochen zuvor. Ich habe mich noch gewundert, aber ich dachte, auch ihm hat es gutgetan, dass wir nicht in Lüneburg waren.«

»Gut gelaunt? Wissen Sie, warum?«

»Nein, nicht wirklich. Ich kenne diesen plötzlichen Umschwung nur von Zeiten, in denen er größere Verträge abgeschlossen hatte. Dann war André immer gelöst und locker. So, als wäre eine Last von ihm abgefallen. Verstehen Sie, was ich meine?«

»Ja, durchaus. Ihr Mann hat aber nicht von einem abgeschlossenen Geschäft gesprochen?«

»Nein, wenn etwas Größeres angestanden hätte, hätte ich das mitbekommen. André hat mir immer viel erzählt. Ich denke nicht, dass es um einen großen Abschluss ging.«

»Hat Ihr Mann von dem Tod seines Jugendfreundes gesprochen?«

»Ich glaube nicht, dass er davon wusste. Er hätte es mir bestimmt gesagt. Er hat nie Todesanzeigen gelesen. Stand es denn in der Zeitung?«

»Das weiß ich nicht, Frau Borchert«, sagte Jan.

Hanna räusperte sich leise. »Wir benötigen von Ihnen eine Liste Ihrer Freunde und Bekannten. Könnten Sie uns die zusammenstellen?«

Julia Borchert nickte. »Reicht es, wenn ich das morgen mache?«

Hanna reichte ihr eine Visitenkarte. »Sie können sie mir per Mail schicken. Sollte Ihnen noch etwas einfallen, können Sie mich vierundzwanzig Stunden unter der Handynummer erreichen.«

Sieben

»Die Zeit läuft uns davon«, sagte Jan, als sie zusammen im Wohnmobil saßen. »Es ist keinesfalls gesagt, dass es nicht weitere Opfer geben wird. Womöglich waren die zwei Männer nicht einmal die ersten.«

»Wenn die beiden Fälle überhaupt zusammenhängen«, warf Hanna ein. »Wir wissen noch nicht einmal, ob die zwei Opfer in den letzten Jahren Kontakt miteinander hatten.«

»Handydaten?«

»Liegen bisher noch nicht vor.« Hanna sah auf die Uhr. »Kurz vor achtzehn Uhr. Was machen wir? Borcherts Mitarbeiterin?«

Jan nickte. »Hast du ihre Nummer?«

Hanna hatte bereits ihr Handy am Ohr und sprach kurz darauf mit Sarah Bischof. Sie bot an, in einer halben Stunde ins Büro zu kommen. Hanna ließ sich die Adresse sagen und legte auf. Anschließend googelte sie die genannte Straße. Das Büro lag mitten in der Fußgängerzone der Altstadt. Hanna startete den Motor und ließ sich vom Navi zu einem Parkplatz in Innenstadtnähe dirigieren.

Hanna drehte sich um sich selbst, als sie auf der Straße Am Sande standen. »Die ganzen uralten Häuser hier erinnern mich an Stade.«

»Lüneburg ist von den Bomben des Zweiten Weltkriegs mehr oder weniger verschont geblieben. Hier und da findet sich zwar eine Bausünde der Siebzigerjahre, aber insgesamt ist es schon sehenswert.«

»Du warst natürlich schon mal hier.«

»Nur mit meiner Mutter. Sie liebte die Lüneburger Heide. Oder besser das, was noch von ihr übrig ist.«

Hanna sah ihn erstaunt an. »Du bist mit deiner Mutter durch die Heide gewandert?«

»Ja. Ich musste mich anstrengen, um mit ihr mitzuhalten. Es ist schon faszinierend – zum Beispiel früh am Morgen, wenn die Sonne aufgeht und noch ein leichter Nebel über dem violetten Meer der blühenden Heide liegt. Wenn dir dann auch noch eine Heidschnucken-Herde entgegenkommt, ist das einfach nur traumhaft.«

Hanna grinste. »Eine Herde? Mit Schäfer und Hunden?«

»Wäre das nicht etwas für deinen Morgenlauf? Oder joggst du lieber durch die Stadt?«

Hanna lachte. »Ich überlege es mir.«

Das Büro von André Borchert befand sich im ersten Stock eines über vierhundert Jahre alten Giebelhauses. Nur ein dezentes goldenes Schild neben der Eingangstür wies auf das Versicherungsbüro hin.

»Feine Adresse«, murmelte Hanna und drückte auf die Klingel.

In diesem Augenblick näherte sich eine Frau Mitte zwanzig, setzte ein professionelles Lächeln auf und nickte Jan und Hanna zu. »Sind Sie von der Polizei? Darf ich bitte Ihre Ausweise sehen?«

»Selbstverständlich«, sagte Hanna und hielt ihr den Ausweis hin. Nachdem Sarah Bischof auch Jans Legitimation geprüft hatte, schloss sie die Tür auf und ging durch einen langen Flur bis zur Treppe.

Die Räumlichkeiten versprühten den Charme mittelalterlicher Kaufmannsherrlichkeit. Sarah Bischof führte sie durch das Büro und erklärte ihnen, dass der Trakt zu früheren Zeiten das Kontor einer bekannten Lüneburger Kaufmannsfamilie beherbergt hatte. Neben den zwei Büros lag ein größerer Raum, der als Besprechungszimmer diente. Ein Glastisch und vier moderne Freischwinger mit schwarzem Lederbezug bildeten einen angenehmen Kontrast zu den alten Eichendielen und den weiß gekalkten Wänden.

»Möchten Sie etwas trinken?«, fragte Sarah Bischof.

»Wasser reicht«, sagte Hanna und sah der jungen Frau hinterher, als sie den Raum verließ. Sie war gertenschlank und hatte lange blonde Haare, die sie offen trug. Typ Traumfrau, dachte Hanna und ärgerte sich darüber, dass ihr sofort der Gedanke gekommen war, ob Sarah Bischof ihrem Chef näher gestanden hatte als eine normale Mitarbeiterin.

Jan beugte sich zu ihr hinüber. »Du oder ich?«

»Du«, entschied Hanna. Sarah Bischof hatte sie bereits auf der Straße kritisch gemustert, während sie Jan mit einem offenen Lächeln entgegengetreten war. »Ich halte mich erst mal zurück.«

Sarah Bischof kehrte mit einem Tablett, auf dem eine Flasche Mineralwasser und drei Gläser standen, in den Besprechungsraum zurück, reichte zuerst Jan, dann Hanna ein Glas und schenkte ihnen anschließend Wasser ein.

»Vielen Dank, dass Sie so kurzfristig Zeit für uns haben«, begann Jan. »Sie arbeiten hier ganztags?«

»Ja, fünf Tage in der Woche.«

»Seit wann sind Sie hier beschäftigt?«

»Das sind jetzt … ja, fast vier Jahre. Meine Ausbildung habe ich in Harburg gemacht. Als hier eine Stelle frei wurde, habe ich mich beworben, dann bin ich erst ein paar Monate gependelt, bevor ich mir hier eine Wohnung gesucht habe.«

»Sie kannten Herrn Borchert also sehr gut. Sicher haben Sie auch mal hier und da ein privates Gespräch geführt.«

Sarah Bischof warf Jan einen misstrauischen Blick zu. »Er war mein Chef. Nicht mehr und nicht weniger.« Sie zögerte, bog schließlich ihren Rücken durch und sah Jan direkt an. »Natürlich lernt man jemand kennen, wenn man jeden Tag mit ihm zusammenarbeitet. Hin und wieder haben wir auch mittags zusammen etwas gegessen. Irgendwo, eine Kleinigkeit. Wie das so ist.«

»Dann konnten Sie sicher ziemlich gut seine Stimmung einschätzen«, fuhr Jan fort. »Ist Ihnen in den letzten Tagen, Wochen oder vielleicht auch Monaten etwas aufgefallen?«

Sarah Bischof ließ sich viel Zeit für ihre Antwort. »In der letzten Zeit war And…, also Herr Borchert, nicht immer voll bei der Sache. Ich weiß aber nicht, worum es ging. Ich dachte mir, dass er vielleicht zu Hause Stress hat.« Sie schien über ihre eigenen Worte zu erschrecken. »Nicht, dass er mir davon etwas erzählt hätte. Aber man reimt sich ja so einiges zusammen. Ich konnte ja schlecht fragen, ob er … na ja, zum Beispiel Eheprobleme hatte.«

»Mit der Arbeit hatten seine … ich nenne es jetzt mal Stimmungsschwankungen … nichts zu tun?«

»Ich bin natürlich nicht in alle Vorgänge involviert, aber … nein, wenn es hier wirklich gravierende Probleme gegeben hätte, wüsste ich davon.«

»An welche Probleme denken Sie da?«

»Wir sind spezialisiert auf Abschlüsse mit Firmen, auch größeren Firmen. Die kommen nicht einfach hier vorbei und fragen nach. Das erfordert viel Arbeit und Aufwand. Wenn das am Schluss nicht zum Erfolg führt, ist das schon eine kleine Katastrophe. Dann gibt es Schadensfälle, um die wir uns kümmern müssen. Zunächst ist natürlich die eigentliche Versicherungsgesellschaft am Zug, aber wenn es Probleme gibt, erwartet der Kunde schon, dass wir uns da einbringen.«

»Solche Probleme gab es aber in den letzten Monaten nicht?«

»Wie gesagt, ich weiß nichts davon und gehe deshalb davon aus, dass es keine Schwierigkeiten gab. Beschwören kann ich es allerdings nicht. Ich bin nur Mitarbeiterin und es könnte sein …« Sie ließ den Satz unvollendet.

»Verkehren hier nur Kunden?«, fragte Jan weiter.

»Nein, nicht nur. Wir haben auch hin und wieder Vertreter von Versicherungsgesellschaften hier. Außerdem schaute Frau Borchert natürlich gelegentlich vorbei.«

»Freunde von Herrn Borchert?«

»Mag sein. Wir haben getrennte Büros. Die Türen stehen zwar meistens offen, aber immer bin ich auch nicht hier. Herr Borchert war häufig schon vor mir da und blieb auch länger.«

Jan öffnete das Foto von Daniel Albers auf seinem Handy und zeigte es Sarah Bischof. »Kennen Sie diesen Mann?«

Sie musterte die Aufnahme. »Ist das ein Kunde? Der Mann kommt mir schon bekannt vor. Kann es sein, dass er vor ein oder zwei Jahren hier war, um einen Vertrag zu unterschreiben? Wie ist sein Name?«

»Daniel Albers.«

Sarah Bischof zeigte zur Tür. »Ich könnte kurz im System nachschauen, ob wir ihn in der Datenbank haben.«

»Ja, bitte«, sagte Jan.

Zwei Minuten später kam Sarah Bischof zurück und nickte. »Herr Albers hat hier vor einem Jahr eine Lebensversicherung abgeschlossen.« Sie setzte sich zurück an den Tisch.

»Das hat alles Herr Borchert gemacht?«

»Ja, ich hatte nichts mit dem Herrn zu tun. Kann sein, dass ich später den Antrag verschickt habe, mehr aber auch nicht.«

»Haben sich die beiden Herren länger unterhalten?«, fragte Jan.

»Darauf habe ich nicht geachtet. Solch ein Abschluss kann fünf Minuten dauern, aber auch schon mal eineinhalb Stunden.«

Jan gab Hanna ein Zeichen. Nach ihren drei vorherigen Einsätzen und unzähligen gemeinsamen Befragungen waren sie so aufeinander eingespielt, dass niemand außer ihnen den Wink bemerkt hätte.

Sie räusperte sich leise. »Darf ich noch einmal fragen, wie Ihr persönliches Verhältnis zu Herrn Borchert war?«

Sarah Bischof wandte sich Hanna zu und sah sie erstaunt an, als habe sie vergessen, dass noch eine weitere Person im Zimmer war. »Habe ich das nicht schon gesagt? Gut. Wir haben uns gut verstanden.«

»Wie hoch ist Ihr Gehalt?«, fragte Hanna weiter. Sie hatte, als Jan seine Fragen stellte, im Internet das übliche Gehalt in der Branche recherchiert.

Sarah Bischof verzog ihr Gesicht. »Muss ich das sagen?«

»Nein, aber wir werden es schnell herausbekommen. Ich sehe auch keinen Grund, warum Sie mir nicht antworten sollten.«

»Viertausendneunhundert. Brutto.« Als Hanna ihre Augenbrauen hob, fügte sie hastig hinzu: »Aber ich bekomme keine Provision.«

»Das Gehalt ist ungewöhnlich hoch. Und das wissen Sie auch. Ich muss Sie noch einmal fragen, wie Ihr persönliches Verhältnis zu Herrn Borchert war.«

Sarah Bischof schwieg.

»Dann gehe ich einmal davon aus, dass Sie und Herr Borchert privat doch etwas intensiveren Kontakt hatten?«

»Und wenn? Wäre das verboten?«, zischte Sarah Bischof Hanna an.

»Nein, nicht im Geringsten. Aber sollte es so sein, dürften Sie doch deutlich mehr über Herrn Borchert wissen, als Sie uns bisher gesagt haben. Und das wiederum könnte auf Behinderung unserer Ermittlungen hinauslaufen.« Hanna hoffte, dass Sarah Bischof ihren Bluff nicht durchschauen würde. Rechtlich war der jungen Frau kaum beizukommen.

»Ich möchte …« Sarah Bischof schluckte schwer. »Erfährt jemand etwas von dem, was ich Ihnen erzähle?«

»Nein. Sie können sich auf uns verlassen«, sagte Jan. »Erzählen Sie bitte, wie Ihr Verhältnis zu Herrn Borchert war.«

Wieder zögerte Sarah Bischof, nickte aber schließlich. »Zunächst war alles normal. Wir haben uns zwar von Anfang an gut verstanden, aber mehr war da nicht. Vor zwei Jahren waren wir zusammen bei einem großen Kunden in Frankfurt. Wir haben dort auch übernachtet. Natürlich hatte jeder von uns ein eigenes Zimmer. Aber als wir am Abend von dem Termin zurück ins Hotel kamen, waren wir so aufgedreht, dass wir uns noch an die Bar gesetzt haben. Was soll ich sagen. Wahrscheinlich wussten wir es beide schon eine Weile und wollten es uns nur nicht eingestehen. Als André sich dann vor meiner Zimmertür von mir verabschiedete – es war schon weit nach Mitternacht und wir hatten bestimmt eineinhalb Flaschen Wein an der Bar getrunken –, ja, da ist es halt passiert. Eine kurze Umarmung, die dann doch in einen Kuss überging. Keiner von uns beiden konnte sich dagegen wehren. Ich habe André in der Woche darauf angeboten, mir einen neuen Job zu suchen, aber er wollte das nicht.«

Jan nickte. »Es tut mir leid, dass wir das alles fragen müssen, Frau Bischof, aber Sie sind für uns eine wichtige Zeugin.«

Sarah Bischof nickte.

»Sie haben also an Herrn Borchert in den letzten Wochen eine Veränderung festgestellt?«

Wieder nickte sie.

»Was genau?«

»Normalerweise haben wir uns mindestens einmal die Woche bei mir in der Wohnung getroffen. Aber seit drei oder vier Wochen … André war wie ausgewechselt. Wir haben hier wenig Kundenverkehr und deshalb konnten wir uns auch relativ ungezwungen verhalten. Aber in den letzten Wochen bin ich überhaupt nicht mehr zu André durchgedrungen. Wenn ich ihn küssen wollte, hat er sich verschreckt umgesehen, als wenn uns jemand beobachten würde. Als ich ihn zu mir eingeladen habe, hat er Ausreden erfunden. Erst habe ich mir nicht so viel dabei gedacht, weil natürlich seine Familie vorging. Das war die Abmachung. Allein wegen seinem Sohn wollte André …« Eine einzelne Träne rollte über Sarah Bischofs Wange. »Ich habe mich darauf eingelassen. Ich konnte nicht anders. Und André auch nicht.«

»Für uns ist ganz wichtig, mit wem sich Herr Borchert in den letzten Wochen, vielleicht auch Monaten, getroffen hat. Geschäftlich und privat.«

»Wir hatten in den letzten Wochen wenig zu tun. Das ist im Sommer immer so. Urlaubszeit, Betriebsferien, viele Mitarbeiter der Firmen haben frei. Ich kann Ihnen gerne eine Liste machen. Allerdings darf ich sie nicht so rausgeben. Können Sie …«

Jan nickte. »Wir besorgen einen richterlichen Beschluss. Dann sind Sie auf der sicheren Seite.« Er hielt kurz inne. »Was ist mit den privaten Kontakten? Hat Herr Borchert Ihnen da etwas Ungewöhnliches erzählt?«

»Wir haben uns hauptsächlich hier im Büro getroffen. Und er war so abweisend, dass ich schon dachte, er würde Schluss machen wollen. Ich war ziemlich durcheinander und habe mich zurückgehalten.«

»Und in den Wochen vor dieser Änderung in Herrn Borcherts Verhalten?«

Sarah Bischof schloss die Augen und überlegte. Schließlich sah sie auf und nickte. »Ja, jetzt erinnere ich mich. Seine Frau war wieder einmal bei ihren Eltern in Husum. André war an dem Samstag bei mir in der Wohnung, wir haben uns etwas zum Essen kommen lassen und etwas zu viel Wein getrunken. Eigentlich war André mit Alkohol immer vorsichtig. Er trank nie mehr als zwei Glas Wein, häufig sogar nur eins oder eine Flasche Bier. Ich habe immer gedacht, dass er Angst hat, dass seine Frau etwas merkt oder er kurzfristig mit dem Auto nach Hause muss.«

»An dem Wochenende war es aber anders?«, fragte Jan, als Sarah Bischof nicht weitersprach.

»Ja, er hat zum ersten Mal von seiner Kindheit und Jugend erzählt. André ist in der Nähe von Lüneburg in einem Dorf aufgewachsen.« Sie schien nach dem Namen zu suchen. Jan half ihr aus.

»Stimmt. Amelinghausen. Ich bin da mal durchgefahren. Nichts Besonderes. André hat von seinen Freunden erzählt, die er später nur noch selten gesehen hat. Sie waren wohl eine große Clique, die viel zusammen gemacht hat. Zu den Klassentreffen ist er wohl nie gegangen. Es sei immer etwas dazwischengekommen. Er überlegte aber, im Herbst zu einer Feier seiner alten Schule zu fahren. Irgendein Jubiläum, kein Klassentreffen, wie man das kennt.«

»Hat Herr Borchert Namen genannt?«

Sarah Bischof zuckte mit den Schultern. »Vielleicht, wahrscheinlich sogar. Aber ich habe sie nicht behalten. Und wenn, hat er seine ehemaligen Freunde sicher auch nur beim Vornamen genannt.« Sie stutzte. »Doch, er hat von einem Denis gesprochen und noch über seinen Nachnamen gelacht. Denis Klein.

Er sei schon damals alles andere als klein gewesen, hat André gesagt, und dass sie ihn immer damit aufgezogen hätten.«

»Können Sie sich noch an andere Namen erinnern?«

Sarah Bischof schüttelte den Kopf. Sie wirkte erschöpft, war im Laufe des Gesprächs immer blasser geworden, ihre rechte Hand zitterte leicht.

Jan schaute zum wiederholten Mal auf seine Uhr. »Wir sollten jetzt Schluss machen. Ruhen Sie sich aus und denken Sie bitte noch einmal über meine Fragen nach.« Jan reichte ihr eine Visitenkarte. »Rufen Sie mich an, wenn Ihnen noch etwas einfällt. Es ist wirklich wichtig.«

Acht

»Du hast immerzu nach der Uhrzeit geschaut«, bemerkte Hanna, als sie durch die Altstadt zum Wohnmobil zurückgingen. »Hast du noch einen Termin?«

»Sozusagen«, antwortete Jan. Seine Gedanken kreisten um das Telefongespräch mit Violet. Spätestens in einer Viertelstunde würde er sie anrufen müssen.

»Bedeutet?«

Jan stöhnte leise. Diese Frau ließ nie locker. Warum hatte er sich nur auf die letzte Befragung eingelassen und nicht stattdessen ein Hotel gesucht, um sich dort in Ruhe auf das Gespräch vorzubereiten? »Ich muss noch Georges Mutter anrufen.«

»Ihr seid verabredet?«

»Ja.«

»Dann sollten wir einen Gang zulegen. Du kannst im Wohnmobil telefonieren. Ich besorge währenddessen noch eine Kleinigkeit zu essen und dann suchen wir uns einen ruhigen Platz für die Nacht. Du willst dich jetzt doch wohl nicht mehr auf die Suche nach einem Hotel machen, oder?«

Hanna lotste sie auf den kürzesten Weg zum Parkplatz, schloss das Wohnmobil auf und nickte Jan aufmunternd zu. »Wird schon. Ich verschwinde jetzt.«

Bevor Jan etwas erwidern konnte, hatte sie sich abgewandt und lief bereits die Straße entlang zurück in die Innenstadt.

Jan öffnete die Wagentür und setzte sich auf die Besuchermatratze. Violet nahm das Gespräch direkt an und begrüßte ihn freundlich.

»Ist George schon im Bett?«, fragte Jan.

»Ja, er war vollkommen erschlagen von dem Tag. Er wollte noch etwas lesen, aber ich glaube, er ist mit dem Buch eingeschlafen.«

»Hat er etwas erzählt?«, fragte Jan vorsichtig.

Violet lachte. »Wie ein Wasserfall. Dieses Haus deines Vaters scheint ja ein regelrechter Palast zu sein. George meinte, er habe sich immer wieder verlaufen.«

»Ganz so schlimm ist es nicht, aber das Haus ist tatsächlich zu groß für mich. Ich habe schon einen Makler beauftragt. Ganz leicht ist es aber nicht, das alles zu verkaufen.«

»George war auf jeden Fall begeistert. Und von dem See hat er erzählt, der da direkt vor deinem Haus liegt. Ich habe mir vorhin im Internet die Gegend angeschaut. Sehr schön.« Sie brach ab. »Und du fühlst dich da wohl?«

»Nein, der Geist meines Vaters schwebt da überall herum. Ich werde das Haus verkaufen und mir eine Wohnung suchen. Natürlich groß genug, dass George jederzeit herkommen kann.«

Violet schwieg.

»Das ist doch in Ordnung?«

»Solange George es selbst will. Er ist alt genug, um es zu entscheiden.«

Jan schluckte. So viel Einsicht hatte er lange nicht von Violet gehört. Es hatte eine Zeit gegeben, in der Jan das Gefühl gehabt hatte, Violet wolle George so weit wie möglich von ihm entfernt halten. »George hat mich da um etwas gebeten«, begann Jan.

»Ja, um was denn?« Violets Stimme klang jetzt zurückhaltender.

»Er würde gerne mehr bei mir wohnen.« Jan machte eine kurze Pause und fügte schnell hinzu: »Natürlich nicht hier in Deutschland. George muss ja zur Schule gehen.«

Violet schwieg, was, wie Jan wusste, kein gutes Zeichen war.

»Ich habe mir überlegt, ob ich nicht eine Wohnung ganz bei euch in der Nähe nehme. Wenn ich dann zwei Wochen in London bin, könnte George bei mir wohnen. Ich würde ihn dann jeden Tag zur Schule bringen und natürlich auch wieder abholen.«

Violet schwieg weiter.

»Ist es nicht besser, wenn George in seiner gewohnten Umgebung ist und ich trotzdem in seiner Nähe bin und für ihn sorgen kann? Ja, die letzten zwei Wochen waren für uns beide unglaublich wichtig, aber das wäre einmal im Jahr im Sommer.« Jan atmete tief durch und stellte die entscheidende Frage. »Was meinst du dazu?«

Nach einer gefühlten Ewigkeit räusperte sich Violet leise. »Ist das deine Idee gewesen?«

»Ja und nein. Das ist so im Gespräch entstanden. George war traurig, dass es wieder zurück ging, und hat gefragt, ob wir uns nicht häufiger sehen könnten.«

»Ich will ehrlich sein, meine Begeisterung hält sich in Grenzen. Aber das hast du dir ja wahrscheinlich schon gedacht. George hat eine schwere Zeit hinter sich und er braucht Ruhe und Kontinuität. Um es kurz zu machen: Ich halte das im Moment für keine gute Idee.«

»Im Moment?«

»Ich weiß nicht, was in einem halben Jahr sein wird. Nicht einmal, wie es in zwei Monaten aussehen wird. So, wie es im Moment ist, ist es gut. Und deshalb sol…«

»George ist auch mein Sohn«, unterbrach Jan Violet. Er wusste im gleichen Augenblick, dass er einen Fehler gemacht hatte.

»Wir haben eine Abmachung, Jan. Und daran sollten wir uns auch halten. Ich habe den Ferien bei dir in Deutschland zugestimmt, aber wenn es darauf hinausläuft ...« Sie ließ den Satz in der Luft hängen. Jan war klar, was sie andeuten wollte. Violet saß am längeren Hebel.

»Es war erst mal nur eine Bitte und ein Vorschlag«, versuchte Jan die Situation zu retten. »Denk doch bitte in Ruhe darüber nach. Ich will ja nicht wieder bei euch einziehen und über den Abstand zu eurer Wohnung können wir auch sprechen. Wir würden uns nicht mehr sehen als jetzt. George ist groß genug, dass ...«

»Schon gut, Jan. Ich kann gerne darüber nachdenken, aber ich glaube nicht, dass ich zu einem anderen Ergebnis komme. Lass uns jetzt auflegen. Ich will mich nicht mit dir streiten.«

»In Ordnung. Eins noch: Was wirst du George sagen? Ich habe ihm versprochen, mit dir über die Idee zu sprechen. Er wartet bestimmt darauf, dass wir ihm etwas sagen.«

Es dauerte eine Weile, bevor Violet antwortete. »Ich sage George, dass ich darüber nachdenke. Und du redest bitte nicht mit ihm darüber. Hast du mich verstanden?«

»Ja. Ich werde das Thema meiden.«

»Gut. Ich lege jetzt auf, Jan.« Sie hielt kurz inne. »Pass auf dich auf.«

Im nächsten Moment war die Leitung unterbrochen. Jan stand vom Bett auf und trat auf den Parkplatz. Unruhig lief er ums Wohnmobil herum und überlegte fieberhaft, ob er einen Fehler gemacht hatte. Hätte er warten sollen, bis er das nächste Mal in London war, um dann mit Violet persönlich zu sprechen? Nein, am Telefon hatten sie sich bisher immer besser auf einen Kompromiss einigen können als unter vier Augen. Aber er hätte George nicht versprechen dürfen, direkt mit seiner Mutter über die Idee zu sprechen. Solch eine Entscheidung brauchte Zeit. Auf beiden Seiten. Er stieß wütend ein Steinchen mit dem Fuß zur Seite, legte den Kopf in den Nacken und versuchte, ruhiger zu atmen.

»So schlimm?«

Jan öffnete die Augen. »Schlimmer.« Hanna hielt in jeder Hand eine Plastiktüte. »Was hast du da?«

»Nicht ablenken. Was hat deine Ex-Frau gesagt?«

»Wir sind noch verheiratet«, murmelte Jan und wandte sich von Hanna ab.

Sie stellte die Taschen im hinteren Bereich des Wohnmobils ab und schloss die Tür. »Einsteigen bitte!«

»Und dann?«

»Fahren wir los. Du kannst noch eine Weile weiterschmollen und ich suche uns einen schönen Platz, wo wir essen können.«

Jan zuckte mit den Schultern. Im Moment war ihm alles egal, und wenn Hanna ihn einmal um die Welt kutschieren würde.

Sie verließen Lüneburg in westlicher Richtung. Nach einer Viertelstunde fuhr Hanna von der Straße in einen Feldweg und hielt auf einer Anhöhe.

»Wir sind da«, verkündete sie und stieg aus.

Als Jan ihr folgte, hatte sie bereits die Klappstühle und einen kleinen Tisch aufgebaut. Als Erstes öffnete sie eine Weinflasche, dann holte sie zwei Gläser und schenkte ein.

»Auf was trinken wir?«, fragte sie, als Jan sein Glas in der Hand hielt.

»Such dir was aus«, brummte er.

»Dann auf uns.« Sie hob das Glas.

Jan trank das Weinglas in einem Zug leer und setzte sich auf einen der Klappstühle. Er hasste es, in dieser Stimmung zu sein. Und noch mehr hasste er es, dass ihm jemand dabei zusah.

Er griff nach der Flasche und schenkte sich nach. Hanna holte zwei Teller und stellte anschließend drei Schalen mit unterschiedlichen Sushi-Röllchen auf den Tisch.

»Stäbchen?«, fragte sie und reichte Jan Einwegstäbchen aus Holz. »Guten Appetit.« Sie lud sich einige Röllchen auf den Teller und träufelte Sojasoße darüber.

»Wie kannst du nach dem Burger vorhin schon wieder Hunger haben?« Jan nahm lustlos die Stäbchen in die Hand und musterte die Sushi-Spezialitäten.

»Hast du denn keinen Hunger?«, fragte Hanna.

»Ich weiß nicht, was ich habe.« Er deutete mit dem Kopf auf die Weinflasche. »Hast du noch eine zweite?«

»Sicher. Wenn es sein muss, besorge ich auch noch eine dritte Flasche.« Hanna schob eine der Schalen zu ihm hin. »Probieren, sonst bin ich beleidigt.«

Jan fischte sich ein Reisröllchen mit Lachs heraus und bugsierte es in den Mund. »Wow! Wo hast du die her?«

»Glückstreffer. Probier mal das hier.« Hanna zeigte auf die Schachtel. »Und das.«

Jan musste unwillkürlich lächeln. Die mütterliche Seite hatte er bisher an Hanna noch nicht kennengelernt. Sie versuchte, ihn mit viel Geduld und Rücksicht aus seinem Tief zu ziehen. Er suchte sich weitere Reisröllchen mit unterschiedlichem Inhalt aus und probierte eins nach dem anderen.

»Geht es dir besser?«, fragte Hanna, als Jan sich auf dem Stuhl zurücklehnte und zum ersten Mal die Landschaft wahrnahm. Er sah auf ein Tal mit blühender Heide, einigen Büschen und wenigen Laubbäumen.

»Fehlen nur noch die Schafe«, sagte Hanna schmunzelnd und nahm sich ein letztes Reisröllchen aus der Schachtel. »Die konnte ich so schnell nicht organisieren. Wahrscheinlich sind sie schon wieder im Stall. Oder übernachten die einfach draußen?«

»Unterschiedlich. Da es hier aber wieder Wölfe gibt, vermute ich mal, dass sie über Nacht zumindest eingezäunt werden.« Jan beugte sich vor, griff nach der Weinflasche und goss sich den Rest ins Glas.

»Willst du darüber reden?«, fragte Hanna.

Jan schwieg. Auf der einen Seite wollte er Hanna nicht mit seinen Problemen belasten, auf der anderen Seite war für ihn Schweigen ein Drahtseilakt. Wenn er fiel, stürzte er unweigerlich in die Tiefe. Sich oben zu halten, kostete unglaublich Kraft.

»Keine Antwort?«, fragte Hanna nach.

»Mein Vorschlag ist bei Violet nicht besonders gut angekommen. Sie hat ziemlich schnell das Gespräch beendet.«

»Hat sie einfach aufgelegt?«

»Nein, das nicht. Aber sie hatte Angst, dass wir uns streiten.«

»Hättet ihr?«, fragte Hanna.

»Weiß ich nicht. Vielleicht, vielleicht auch nicht. Ehrlich gesagt habe ich mich nicht immer voll unter Kontrolle.«

Hanna zog eine Augenbraue hoch. »Und? Besser so, als alles in sich hineinfressen. Du bist auch nur ein Mensch, Jan de Bruyn, ein stinknormaler, wie wir alle. Und ja, du hast das Recht, auch mal nicht alles unter Kontrolle zu haben. Erst recht, wenn es um deinen Sohn geht.«

Jan schüttelte den Kopf. »Gerade wenn es um George geht, muss ich mich vor Streit hüten. Ich habe ihm schon genug zugemutet.«

»Du? Und was ist mit Violet?«

»Darüber habe ich nicht zu befinden.«

Hanna beugte sich nach vorne. »Doch, hast du. Zumindest, soweit es George angeht. Und bevor du was sagst, ja, ich habe kein Kind und ich kenne solche Situationen nicht aus eigener Erfahrung – trotzdem, du kannst nicht die ganze Schuld auf dich nehmen. Du ziehst aus London weg, du lässt dich auf diese merkwürdigen Besuchsregeln ein, du frisst Kreide bis zum

Abwinken, nur um jeglichem Streit aus dem Weg zu gehen, du machst dich«, sie hielt Daumen und Zeigefinger eng aneinander, »so klein, um ja nicht anzuecken. Du gehst auf Dauer daran zugrunde, Jan de Bruyn.« Sie legte ihre Hand auf seine. »Hörst du?«

»War von uns beiden nicht ich der Therapeut?«

Hanna funkelte ihn ärgerlich an. »Ja, mach nur deine Scherze und lenk schön vom Thema ab.« Sie sprang auf, der Klappstuhl fiel nach hinten in sich zusammen. »Viel Spaß dabei.«

Im nächsten Augenblick verschwand Hanna im Wohnmobil und kam kurz darauf in Laufkleidung wieder heraus. Ohne Jan weiter zu beachten, lief sie ins Tal hinein.

Jan saß vor dem Wohnmobil und starrte auf den schmalen Fußweg, auf dem Hanna vor über einer Stunde geflüchtet war. Er hatte abgewaschen und die Reste des Abendessens in einem Abfallbehälter entsorgt.

Sollte er sie anrufen? Hatte sie überhaupt ihr Handy mitgenommen? Wann würde es dunkel werden? Es begann bereits zu dämmern. Sollte er Hanna hinterhergehen?

Die Minuten vergingen langsam. Jan überhäufte sich mit Vorwürfen und schwor, in Zukunft seine Zunge besser im Zaum zu halten. Schließlich stand er auf und lief unruhig hin und her.

Neun

»Suchst du mich?«

Jan fuhr herum. Hanna stand am Wohnmobil, ihr Shirt vom Schweiß durchnässt, die Laufschuhe staubig. Er nickte. »Ich habe mir Sorgen gemacht.«

Hanna trat auf ihn zu. »Musst du nicht.«

Sie drehte sich um, sprang die zwei Stufen ins Wohnmobil hoch, zog sich ihr Shirt über den Kopf und verschwand in der kleinen Dusche.

In Jogginghose, frischem Shirt und mit feuchten Haaren kam Hanna wenige Minuten später zurück und ließ sich in den Stuhl fallen. Sie warf Jan einen spöttischen Blick zu. »Sorgen? Ich dachte, du hättest genug davon?«

Jan, der immer noch stand, griff nach dem Klappstuhl und stellte ihn neben Hannas. »Darf ich?«

»Klar, das ist hier ein freies Land. Hier kann jeder machen und sagen, was er will.«

Jan setzte sich. »Es tut mir leid. Das war vorhin ein dämlicher Spruch.«

»Grottendämlich, meinst du.«

»Obergrottendämlich. Ich wollte dich nicht verletzen.«

»Hast du nicht. Keine Angst. Die Zeiten sind lange vorbei. Das schafft so schnell niemand mehr.« Hanna schloss die Augen. Wann war ihr zum letzten Mal ein Mann so nahe gekommen wie Jan? Was war das zwischen ihnen, das sie so dünnhäutig gemacht hatte?

Sie zuckte zusammen, als sie Jans Hand auf ihrem Arm spürte. *Ich hasse es, die Kontrolle zu verlieren*, fuhr es ihr durch den Kopf. *Warum sitze ich hier in der Wildnis neben diesem Mann, der nur Spott für mich übrig hat?* Hatte sie sich nicht geschworen, ihr Kettenhemd stets anzulassen? Warum er? Warum jetzt? Warum hier?

Und warum schwieg er jetzt? War das eine seiner Therapiemethoden, um die Patientin weichzukochen? Sollte sie nach Lüneburg fahren und ihn am erstbesten Hotel absetzen? Sie atmete tief durch. *Beruhige dich erst mal. Es ist nichts passiert. Du bist selbst schuld. Wer sich ins Feuer wagt, muss damit rechnen, dass es heiß wird.*

»Ich bin leider keinen Schafen begegnet«, sagte sie.

»Eins reicht ja«, sagte Jan, zog die Hand von Hannas Arm zurück und zeigte auf sich. »Frieden?«

Hanna richtete sich im Stuhl auf. »Klar, warum nicht. Eigentlich sollte ich doch an deine blöden Sprüche gewöhnt sein. Ich teile schließlich auch gerne aus.«

Jan schmunzelte. »Ja, durchaus.«

Hanna schaute in den Himmel, der inzwischen in tiefes Dunkelblau getaucht war. »Was ist das zwischen uns beiden?« Sie erschrak über ihre eigenen Worte. Hatte sie das gerade wirklich gesagt oder nur gedacht?

»Ich weiß es nicht.« Jan schwieg eine Weile. »Ich hatte vorhin wirklich Angst, dass du nicht rechtzeitig zurück bist. Idiotisch, ich weiß. Wir sind hier nicht in der Wüste oder im Dschungel. Und wilde Tiere gibt es hier auch nicht. Wahrscheinlich hattest du sogar dein Handy bei dir.«

»Wer weiß, ich hätte mir einen Fuß verstauchen können. Oder …« Hanna sah Jan direkt an und schluckte. »Ich hatte schon fast vergessen, wie es ist, wenn sich jemand um einen sorgt.« Sie tippte Jan mit dem Finger auf die Brust. »Trotzdem hast du meine Frage noch nicht beantwortet.«

»Ich habe keine Antwort.« Er zuckte mit den Schultern. »Nicht zu wissen, was warum passiert, mag ich eigentlich nicht. Aber im Moment ist es in Ordnung.«

»Ja, es ist, wie es ist. Warum auch nicht.« Hatte sie insgeheim eine andere Antwort erwartet?, fragte sich Hanna. Jan war weder ihr Typ noch war er auf der Suche nach einer Beziehung. Und ihr reichten ihre One-Night-Stands. Keine Verpflichtung, kein Wiedersehen, keine kitschigen Liebesbezeugungen. Und für solch ein kurzes Intermezzo war ihr die Freundschaft mit diesem Mann zu schade.

»Was denkst du gerade?«, fragte Jan in die entstandene Stille hinein.

»Dies und das«, wich Hanna ihm aus.

Jan schwieg.

»Nichts Wichtiges«, fügte Hanna hinzu. Sie stand auf und hielt Jan die Hand hin. »Gehen wir noch ein paar Schritte?« Als er nach ihrer Hand griff, zog sie ihn hoch, sie stießen sanft aneinander und strauchelten leicht. Hanna roch sein Aftershave, spürte die Wärme, die von ihm ausging, und hätte ihn um ein Haar in den Arm genommen und an sich gedrückt. Geschickt kaschierte sie ihre Bewegung auf ihn zu, hakte sich bei ihm ein und lachte. »Das wäre beinahe schiefgegangen.«

»Müde?«, fragte Hanna, als sie von dem kurzen Spaziergang zurück zum Wohnmobil kamen.

»Ein langer Tag. Erst George, dann der neue Fall, und später …«

»Was?«

»Unser Streit. Oder sollte ich es nicht so nennen?«

Hanna beugte sich vor und küsste ihn auf die Wange. »Alles gut, Jan de Bruyn. Wir gehen jetzt schlafen und vergessen das alles.« Sie grinste. »Und morgen früh laufen wir gemeinsam. Wann soll ich dich wecken?«

»Früh. Wir müssen noch über die beiden letzten Befragungen sprechen.«

»Willst du zuerst?« Hanna zeigte auf den Klappstuhl. »Ich schaue mir noch etwas die Sterne an.«

Jan verschwand im Wohnmobil, Hanna machte es sich auf dem Stuhl bequem. Der Sternenhimmel war hier, fernab von den Lichtern der Stadt, atemberaubend. Sie suchte nach ihr bekannten Sternbildern und erinnerte sich daran, dass sie als Jugendliche ein Teleskop zum Geburtstag geschenkt bekommen hatte. Ihre Mutter hatte lange Geld zurückgelegt, aber es hatte trotzdem nur für ein minderwertiges Modell gereicht. Hanna war enttäuscht gewesen, hatte sich aber nichts anmerken lassen. War sie ein anstrengendes Kind gewesen? Nein, sicher nicht. Sie hatte früh Verantwortung übernehmen müssen, hatte sich um ihre kleine Schwester gekümmert und ihr durch die Grundschule geholfen.

»Lange her«, murmelte Hanna. Wie wäre sie selbst wohl als Mutter? Zum Glück war dieser Kelch an ihr vorübergegangen. Es hatte nie einen Mann gegeben, der auch nur über Kinder nachgedacht hatte. Und sie selbst? Sie glaubte nicht, dass sie eine gute Mutter geworden wäre. Sie liebte ihre Nichten, was aus der Ferne leicht war. Hin und wieder ein Treffen, auf dem sie als Tante glänzen konnte. Mehr wollte sie nicht.

»Ich bin fertig.«

Hanna sah sich zu Jan um, der in der Tür zum Wohnmobil stand. Er trug nur eine kurze Schlafanzughose und lächelte sie an. »Kannst du mir helfen, das Ersatzbett auszuziehen? Ich will nichts kaputt machen.«

Hanna stand auf und trat auf Jan zu, der einen Augenblick zu lange zögerte, als dass es ihr nicht aufgefallen wäre. Schließlich ging er einen Schritt zur Seite und machte Hanna Platz. Mit wenigen Handgriffen war der Schlafplatz vorbereitet. Hanna holte eine dünne Decke und ein Kissen aus einer der Schubladen und warf sie aufs Bett.

»Wenn das immer noch zu warm ist, zieh einfach den Bezug ab und leg dich nur darunter.«

»Danke!« Jan setzte sich aufs Bett.

Hanna schloss die Tür ab und schaltete eine kleine Nachtlampe an. Nachdem sie sich die Zähne geputzt hatte, zog sie sich bis auf ihren Slip aus und legte sich in ihr Bett.

»Kannst du schlafen?«, fragte sie nach einer Weile. Jan konnte sie nur schemenhaft erkennen.

»Nein.«

»Draußen war ein fantastischer Sternenhimmel zu sehen. Ich hatte als Kind ein Teleskop. Nichts Tolles, aber es hat gereicht. In der Stadt war es nur viel zu hell.«

Jan schwieg.

»Es tut mir leid, dass dein Gespräch mit Violet so danebenging. Meinst du nicht, dass sie sich beruhigen wird?«

»Ich rufe in ein paar Tagen noch einmal an. Wer weiß.«

»Du hängst noch sehr an ihr, oder?«

Wieder schwieg Jan.

»Du brauchst einen Neuanfang. Such dir eine Frau, ein schönes Haus, das zu dir passt, und werde glücklich.«

»Und du?«, fragte Jan.

»Ach, Männer gibt es an jeder Straßenecke. Ich brauche nicht lange zu suchen.«

»Für eine Nacht? Reicht dir das?«, fragte Jan.

»Wenn überhaupt. Ich wache ungern mit einem Kerl im Bett auf.«

»Dann bin ich ja froh, dass du hier zwei Betten hast.«

Hannas Bett war breit genug für zwei und erheblich bequemer als die Ersatzliege, aber Jan hatte immer darauf bestanden, getrennt zu schlafen.

»Du könntest auch hier bei mir schlafen«, sagte Hanna. »Ich habe es dir schon mindestens dreimal angeboten. Hier ist es viel bequemer.«

Die Ersatzliege quietschte, als Jan aufstand. Im Schein der Nachtlampe erkannte sie, dass er Kissen und Decke in der Hand hielt. Vorsichtig krabbelte er in ihr Bett und deckte sich zu. Hanna tastete nach seiner Hand und hielt sie in ihrer. Dann robbte sie näher an ihn heran und schmiegte sich an ihn. »Darf ich?«

»Ja.«

Sie lagen eine gefühlte Ewigkeit schweigend dicht beieinander.

»Was machen wir hier?«, durchbrach Hanna die entstandene Stille.

»Uns aneinander festhalten?«, flüsterte Jan.

Sie strich ihm zärtlich mit der Hand über die Wange. »Schlaf gut. Und wenn es zu eng wird, schieb mich einfach zur Seite.«

»Wird es ganz sicher nicht.«

Hanna schloss die Augen. Wie lange hatte sie sich nicht mehr so wohlgefühlt, so aufgehoben und beschützt? Vollkommen verrückt, dachte sie und schlief kurz darauf in Jans Armen ein.

Zehn

Jan drehte sich im Halbschlaf auf die andere Seite und spürte, dass dort jemand lag. Hanna. Er war zu ihr ins Bett gekrochen und kurz darauf eingeschlafen. Vorsichtig richtete er sich auf. Hanna schlief tief und fest. Dabei war normalerweise sie es, die morgens immer vor ihm wach war und manchmal sogar schon eine Runde gelaufen war. Er schielte zur Uhr. Kurz vor sechs. Langsam sackte er zurück aufs Bett. Die leicht zur Seite gerutschte Decke gab den Blick auf Hannas nackten Rücken frei. Eine Weile betrachtete er ihre gebräunte Haut, während der letzte Abend vor seinem geistigen Auge ablief. Warum war er ihrer Aufforderung gefolgt, bei ihr im breiteren Bett zu schlafen? Sein Entschluss war spontan gewesen. Hatte er ihre Nähe gebraucht, um die Verzweiflung über seine familiäre Situation aushalten zu können? Hatte er sie benutzt? Ja, zum Teil, aber da war mehr gewesen.

Hanna regte sich und drehte sich zu Jan um. Sie lächelte. »Guten Morgen, Herr de Bruyn. Gut geschlafen?«

»Ja, ich bin nicht einmal aufgewacht.«

Hanna zog ihn an sich, er spürte ihre Wärme, schloss die Augen und sog tief den Duft ihres Parfüms ein.

»Du bist seit Langem der erste Mann, über den ich froh bin, ihn am Morgen in meinem Bett zu finden«, sagte Hanna.

Jan schwieg.

»Keine Angst, ich will dich nicht verführen«, sagte sie schmunzelnd, wurde aber gleich wieder ernst. »Du weißt hoffentlich noch, was jetzt kommt?«

Jan schüttelte den Kopf.

»Wir laufen.«

»Ich habe keine Schuhe.«

»Größe?«

»Fünfundvierzig.«

»Jemand hat hier mal seine Joggingschuhe vergessen. Hose und T-Shirt auch. Sie sollten passen.«

»Ich bin schon zwei oder drei Jahre nicht mehr gelaufen.«

»Dann wird es Zeit.« Hanna richtete sich auf. »Kommst du?«

Leichter Nebel lag über dem Tal. Der süßlich-schwere Duft der unzähligen Heidepflanzen wurde mit jedem Meter über den kleinen Fußweg intensiver. Jan lief hinter Hanna her, die sich immer wieder umschaute, um sich nicht zu weit von ihrem Laufpartner zu entfernen. Als sie auf einen breiteren Weg kamen, ließ sie sich zurückfallen und verlangsamte ihr Tempo.

»Ich liebe diese kurze Auszeit am Morgen«, sagte sie. »Bin ich zu schnell?«

»Nein, es geht.«

»Schaffen wir das?«, fragte Hanna nach einer Weile.

Jan verstand nicht gleich, auf was ihre Frage anspielte. Den Fall konnte sie nicht meinen, dafür waren sie in einer viel zu frühen Phase. Hatte sich zwischen ihnen etwas verändert seit der letzten Nacht? Jan wusste es nicht und wollte auch nicht darüber nachdenken. Er genoss die Bewegung, spürte seine Beine, den ganzen Körper. Wie lange war es her, dass er frühmorgens seine Runden durch die Londoner Straßen gedreht hatte? Wann und warum hatte er damit aufgehört?

»Jan?«, hakte Hanna nach.

»Nein und ich will auch nicht darüber nachdenken.«

»Ja, vielleicht ist das die richtige Strategie.« Hanna grinste und zeigte auf einen Baum etwa zweihundert Meter vor ihnen. »Hast du noch Luft? Wer zuerst da ist?«

Punkt acht Uhr saß das Kernteam aus Lüneburg mit Jan und Hanna im Besprechungsraum zusammen. Robert Möller erklärte, dass sie sich dazu entschlossen hatten, die Sitzungen im kleinen Team zu belassen, um schneller und effektiver arbeiten zu können.

»Der erste Vorbericht des Grafologen ist eingetroffen«, fuhr Möller fort. »Es handelt sich bei beiden Abschiedsbriefen um Fälschungen. Die allerdings, so der Grafologe, ausgesprochen gut und für Laien kaum von der Originalschrift zu unterscheiden sind. Wir scheinen es hier mit einem sehr geschickten Täter zu tun zu haben, der entweder die Briefe schon vorbereitet hatte – also im Besitz von Handschriftproben der beiden Männer war – oder sich nach der Tat viel Zeit genommen hat, um die Briefe anzufertigen.«

»Wie kompliziert ist eine solche Fälschung?«, fragte Nina Jacobi.

»Das habe ich natürlich gleich gefragt, als ich den Grafologen am Telefon hatte. Er meinte, dass es einige Übung erfordere, aus dem Stegreif eine Schrift in der Qualität zu kopieren. Es seien in beiden Briefen viele Besonderheiten der jeweiligen Schrift berücksichtigt worden. Er habe eine solch gekonnte Fälschung in seiner Berufslaufbahn bisher noch nicht gesehen. Nur eine Unterschrift zu fälschen, ist wohl leichter hinzubekommen, ein ganzer Brief ist da schon etwas anderes.«

Thomas Kleist räusperte sich deutlich hörbar. »Und wie bringt uns das jetzt weiter?« Seine Stimme klang genervt.

»Das wird sich zeigen«, sagte der SoKo-Leiter ruhig und wandte sich an Jan. »Was meinen Sie dazu?«

Jan ließ sich Zeit mit seiner Antwort. »Wir können mit einiger Wahrscheinlichkeit davon ausgehen, dass die Briefe von ein und derselben Person gefälscht wurden, die Fälle also tatsächlich zusammenhängen. Es passt ins bisherige Bild, dass der Täter oder die Täterin extrem gut vorbereitet war. Ich kann dem Grafologen nur zustimmen. Hier ist jemand sehr planmäßig vorgegangen.«

»Täterin?«, warf Thomas Kleist ein.

»Ja, das würde ich zum jetzigen Zeitpunkt nicht ausschließen«, sagte Jan vorsichtig. »Für ein Profil liegen mir allerdings noch zu wenige Informationen vor.«

Robert Möller nickte und sah in die Runde. »Sind die Handydaten der Opfer inzwischen ausgewertet?«

Jörg Krause hob die Hand. »Von Albers haben wir sie vor einer halben Stunde bekommen. Mein Team ist gerade dabei, sie durchzusehen. Auf die von Borchert warten wir noch. Ich werde später noch einmal nachfragen.«

»Bankdaten?«, fragte Möller an Nina Jacobi gewandt.

»Sind da und wir sind dabei, sie durchzuarbeiten. Ich konnte vorhin nur einen kurzen Blick drauf werfen. So gut, wie wir bisher angenommen haben, geht es der Firma von Herrn Borchert nicht. Aber wie gesagt, wir brauchen mindestens einen Tag, um die ganzen Daten auszuwerten.«

»Und die Konten von Albers?«, fragte Möller.

»Die sind am Freitag gekommen. Er war vermögend, hat aber nicht mit dem Geld um sich geworfen. Wir müssen allerdings noch Daten von zwei Jahren durchgehen und einzeln überprüfen. Morgen kann ich mehr dazu sagen.«

Robert Möller sah auf die Uhr und im gleichen Augenblick klopfte es an der Tür. Ein Mann um die fünfzig trat ein. Möller stellte ihn als Leiter der Kriminaltechnik vor und bat Stefan Lützen, Platz zu nehmen.

»Moin, miteinander!«, sagte Lützen. »Robert hat mich gebeten, einen kurzen Zwischenbericht zu den Durchsuchungen abzugeben.« Er hielt kurz inne und fuhr fort. »Das Haus von Daniel Albers hatten wir ja schon kurz nach dem Auffinden des Herrn durchsucht. Zu dem Zeitpunkt gingen wir und die verehrten Kollegen ja davon aus, dass es sich um einen Suizid handelt. Aus diesem Grund sind wir erst gestern noch einmal vor Ort gewesen. Spät, aber hoffentlich nicht zu spät.« Er sah in die Runde. »Bleibe ich doch gleich beim Albers-Haus. Wir haben Fingerabdrücke von vier fremden Personen gesichert, plus die von Albers und seiner Schwester. Dazu kommen Haare und weiteres DNA-Material. Die Fingerabdrücke werden gerade von meinen Leuten geprüft, die DNA-Auswertung wird – wie bekannt – länger dauern. Unser Auftrag war auch, nach Fotos zu suchen, vor allem älteren Fotos. Für einen über vierzigjährigen Mann hatte Albers ausgesprochen wenige Aufnahmen, analog wie digital. Bis auf Familienfotos, Mutter, Vater, Schwester, gab es nur Landschaftsfotos und eine Art Dokumentation von den Restaurierungsarbeiten an seinem Haus. Ihr findet die Fotos ab morgen in der Datenbank.«

»Ansonsten nichts Ungewöhnliches?«, fragte Robert Möller.

»Der Laptop ist passwortgeschützt. Wir sind dran. Das Handy haben wir entsperren können. Anruflisten waren entweder gelöscht oder er hat kaum telefoniert. E-Mails hat er nicht übers Handy abgerufen, die Nachrichten im Messenger waren entweder gelöscht oder nicht vorhanden. Facebook und Co. hat er – zumindest übers Handy – nicht benutzt. Fotos habe ich schon etwas zu gesagt.« Lützen legte eine kurze Pause ein und sah auf seine Aufzeichnungen. »Das Besondere war vermutlich, dass es nichts zu finden gab. Auf mich wirkte das Haus wie ein Ausstellungsraum im Möbelhaus. Alles sehr aufgeräumt und gepflegt, aber ohne Leben. Ja, eher wie ein Ferienhaus.«

»Und die Wohnung von André Borchert?«, fragte Robert Möller.

»Nicht vergleichbar. Man sah sofort, dass hier eine Familie wohnt. Wir haben hier eine Reihe Fotos sichergestellt, die ihr heute Nachmittag in der Datenbank findet. Der Laptop wurde nur für private Zwecke benutzt. Es sind keine auffälligen Seiten aufgerufen worden, alles recht harmlos. Die Ehefrau wusste übrigens das Passwort. Handy sind wir dabei. Scheint nicht so einfach zu sein. Ansonsten gab es in der Wohnung reichlich Spuren. Wie die Ehefrau uns gesagt hat, haben sie und ihr Mann regelmäßig Gäste begrüßt. Entsprechend viele Fingerabdrücke haben wir gefunden, DNA-Material das Gleiche.« Er stöhnte leise. »Die Auswertung wird dauern. Mir ist klar, dass ihr nach einer Spur sucht, die an beiden Tatorten zu finden war. Die Fingerabdrücke haben wir da besonders im Fokus.« Er holte tief Luft. »Also alles in allem keine besonderen Funde. Alles andere braucht Zeit.«

Robert Möller dankte dem Leiter der Kriminaltechnik und entließ ihn. »Wo geht es weiter?« Er warf Hanna und Jan einen Blick zu. »Vielleicht möchten Sie über Ihre ersten Erkenntnisse berichten?«

Hanna nickte und richtete sich auf. »Mein Kollege und ich sind bereits davon ausgegangen, dass beide Fälle miteinander in Verbindung stehen. Der Modus Operandi weist deutliche Gemeinsamkeiten auf. Vorgetäuschter Suizid, handschriftlicher Abschiedsbrief, großer Aufwand bei der Vorbereitung und Durchführung der Tat, bisher keine Spuren. Bei unseren Befragungen von Albers' Schwester, Borcherts Ehefrau und seiner Mitarbeiterin hatten wir das schon im Hinterkopf.« Hanna wandte sich an Jan. »Willst du weitermachen?«

»Gerne. Wir haben drei mögliche Varianten durchgespielt. Erstens: Ein weit zurückliegendes Ereignis hat mit den Morden zu tun. Albers und Borchert waren in ihrer Jugend eng befreundet. Erst nach dem Abitur haben sich ihre Wege getrennt. Nach den ersten Aussagen waren sie Teil einer größeren Clique. Bisher konnten wir nur einen Namen in Erfahrung bringen: Denis Klein. Weiterhin zwei Vornamen: Oliver und Kerstin. Letztere war zu der Zeit die Freundin von Daniel Albers. Wir brauchen hier dringend mehr Informationen, um weiterrecherchieren zu können.«

»Und zweitens?«, warf Thomas Kleist knurrend ein.

»Borchert hat seinem Jugendfreund vor etwa einem Jahr eine Lebensversicherung verkauft. Zu diesem Zeitpunkt hatten sie also definitiv wieder Kontakt. Ob der über den Abschluss der Versicherung hinausging, ist noch unklar. Aber hier könnte ein zweiter Ansatzpunkt sein. Die Frage ist, ob es in den letzten – sagen wir achtzehn – Monaten ein Ereignis gab, an dem beide Männer beteiligt waren und das der Auslöser der Morde sein könnte. Und drittens kann es sich um ein aktuelles Motiv handeln. Da Daniel Albers sehr zurückgezogen lebte, ist es wahrscheinlicher, dass Borchert die zentrale Figur in der dritten Variante ist. Albers haben wir hier als Nebenfigur gesehen, die mehr oder weniger in die Sache mit reingezogen wurde. Eventuell wusste er etwas, das den Täter oder die Täterin verraten hätte. Aus diesem Grund könnte er auch Opfer Nummer eins gewesen sein.«

»Sehr viel Spekulation«, murmelte Thomas Kleist deutlich hörbar.

»Durchaus«, nahm Jan die Bemerkung auf. »Momentan bleibt uns aber keine andere Wahl, als gewisse Annahmen in den Raum zu stellen und zu überprüfen, ob wir für die eine oder andere weitere Indizien finden. Welchen Weg würden Sie bevorzugen?«

»Den Versicherungsladen auf den Kopf stellen, was sonst?«, brummte Kleist. »Wer ist schon mit seiner Versicherung zufrieden? Manche verlieren ihr ganzes Hab und Gut – zum Beispiel bei einem Brand – und bekommen später nur einen Bruchteil zurück. Da heißt es dann, dies war nicht richtig angegeben, das war nicht mitversichert.«

»Das umfasst den dritten Bereich, den ich angesprochen habe«, sagte Jan. Er wandte sich an Robert Möller. »Vielleicht sollte Kollege Kleist mit seinem Team die Versicherungskunden durchleuchten.«

Der SoKo-Leiter nickte. »Warum nicht?«

»Vielleicht darf ich noch etwas dazu sagen, ob wir es mit einem Mann oder einer Frau zu tun haben«, sagte Jan und fuhr fort, als Möller seine Zustimmung signalisiert hatte. »Es ist nachvollziehbar, dass wir bei diesen doch brutalen Taten zuerst an einen männlichen Täter denken. Aber beide Opfer scheinen die Person ins Haus beziehungsweise in die Wohnung gelassen zu haben. Einer Frau wird in aller Regel mehr Vertrauen entgegengebracht als einem Mann. Die Taten wurden akribisch geplant und genauso präzise durchgeführt. Dabei kam mutmaßlich ein Mittel zur Anwendung, mit dem die Opfer betäubt wurden. Selbstverständlich kennen wir auch männliche Täter, die im Detail ihr Vorgehen planen, für eine Frau wäre es in unserem Fall aber erheblich wichtiger. Sollte sie nicht gerade Kampfsportlerin sein, hätte sie kaum Chancen gehabt, die Männer zu überwältigen. Der Einsatz von Betäubungsmitteln oder Gift spricht eher für eine Frau als Täterin.«

»Reine Theorie«, warf Thomas Kleist halblaut ein.

Jan reagierte nicht auf die neuerliche Provokation des Oberkommissars, sah auf seine Notizen und fuhr fort. »Beide Opfer haben sich in den Wochen vor ihrem Tod merkwürdig verhalten. André Borchert lag im Streit mit seiner Frau und hatte sich über vier Wochen nicht mehr mit seiner Geliebten getroffen, war abweisend und unkonzentriert.« Er sah in die erstaunten Gesichter der Lüneburger Kollegen, die sich vermutlich fragten, woher er diese Informationen hatte.

»Sind das auch Spekulationen?«, warf Kleist mit spöttischem Unterton ein.

»Nein, wir haben entsprechende Zeugenaussagen«, antwortete Hanna für ihn. »Die Protokolle finden sich spätestens heute Mittag in den Akten.«

»Daniel Albers, der ja sehr zurückgezogen lebte«, übernahm wieder Jan, »hat sich in den letzten Wochen nicht mehr um seine Mutter gekümmert, die ja bekanntermaßen in einem Lüneburger Pflegeheim untergebracht ist.« Jan hatte am Abend eine Nachricht von Susanne Albers erhalten. Ihr Bruder hatte sich auch nach ihrer Ermahnung nicht im Pflegeheim blicken lassen. »Auch hier haben wir ähnliche Verhaltensmuster bei den beiden Männern.«

»Was schließen Sie daraus?«, fragte Nina Jacobi.

»Aus meiner Sicht handelt es sich in beiden Fällen um denselben Täter oder dieselbe Täterin. Ich denke, da sind wir uns einig. Ich halte Variante eins für die wahrscheinlichste: Das Tatmotiv scheint in der Vergangenheit der beiden Opfer zu liegen. Eventuell müssen wir auch mit weiteren Opfern rechnen. Nicht nur in der Zukunft, sondern auch schon in den letzten Wochen und Monaten.«

Robert Möller hatte Jans Worten aufmerksam zugehört. Er räusperte sich jetzt. »Sie vermuten, dass es schon weitere vorgetäuschte Suizide gegeben hat?«

»Die Möglichkeit besteht«, sagte Hanna. »Aus diesem Grund sollten wir in einem noch festzulegenden Gebiet alle Suizide überprüfen und feststellen, ob die Personen in Amelinghausen oder Umgebung aufgewachsen sind.«

Ein Raunen ging durch den Besprechungsraum. Robert Möller dankte Jan und Hanna und verteilte die Aufgaben für die nächsten vierundzwanzig Stunden.

Elf

Hanna reckte sich auf dem Bürostuhl. Sie hatte in den letzten eineinhalb Stunden die Protokolle der Befragungen vom Vortag geschrieben und abgespeichert.

Robert Möller hatte Jan und ihr ein kleines Büro mit gegenüberstehenden Schreibtischen zugewiesen, das direkt neben der Teeküche lag. Hanna stand auf. »Ich hole mir noch einen Kaffee. Willst du auch einen?«

Als er nickte, verließ sie das provisorische Büro. An der Kaffeemaschine traf sie auf den SoKo-Chef, der sich gerade einen Becher aus dem Schrank nahm.

»Kommen Sie mit dem Büro zurecht?«, fragte er.

»Alles gut.« Sie schmunzelte. »Wir sind es gewohnt, in der Besenkammer zu arbeiten.«

»Ganz so schlimm ist es doch hoffentlich nicht.« Möller schenkte sich Kaffee ein. »Ich wollte mich übrigens bei Ihnen und Ihrem Kollegen für Ihre Unterstützung bedanken. Auch im Namen des gesamten Teams.«

»Das ist unser Job. Wenn wir etwas beitragen können, um den oder die Täter zu fassen, sind wir zufrieden.«

»Und lassen Sie sich nicht von Kollege Kleist provozieren. Er lästert gerne mal, gerade gegenüber Fremden. Er meint es nicht so.«

Hanna verkniff sich eine Bemerkung. Thomas Kleist schien es durchaus ernst zu sein mit seiner Kritik. Im Moment war er noch zurückhaltend, bestimmt würde er aber lauter werden, wenn die Ermittlungserfolge ausblieben. »Schon gut. Damit können wir umgehen.«

»Sie arbeiten schon lang mit Kollege de Bruyn zusammen?«

»Eigentlich nicht, warum fragen Sie?«

»Ach, Sie wirken sehr aufeinander eingespielt. Das meine ich jetzt natürlich positiv.«

»Habe ich schon verstanden«, sagte Hanna und griff nach der Kaffeekanne. »Und ja, Jan und ich sind ein gutes Team.«

»Hotel haben Sie alleine gefunden?«

Hanna nickte. »Treffen wir uns morgen wieder zur gleichen Zeit?«

»Wenn nichts Wesentliches zu besprechen ist.« Er trank einen Schluck Kaffee. »Der Beschluss bezüglich der Borchert-Versicherungskunden ist übrigens da. Ich werde …«

»Können Sie mir mitgeben. Ich wollte ohnehin gleich noch mit Frau Bischof sprechen.«

Sarah Bischof öffnete Hanna die Tür und trat wortlos zur Seite. Sie sah blass und übermüdet aus.

»Ich habe hier den richterlichen Beschluss, der uns den Zugriff auf Ihre Kundendaten ermöglicht. Die Kollegen der Kriminaltechnik müssten gleich eintreffen und werden sich dann um die Sache kümmern.«

Sarah Bischof nickte. »Möchten Sie etwas trinken?« Sie schob Hanna das Tablett mit unterschiedlichen Softdrinks zu. »Bedienen Sie sich doch bitte.«

Hanna griff nach einem Glas und schenkte sich Mineralwasser ein. »Sie auch?« Ohne auf Sarah Bischofs Antwort zu warten, öffnete sie eine weitere Flasche und schob sie zusammen mit einem Glas über den Tisch.

»Laut den Kontodaten, die wir von zwei Banken bekommen haben, ging es der Firma doch nicht so gut, wie Sie gestern angedeutet haben.«

Sarah Bischof starrte Hanna an, zuckte schließlich mit den Schultern und schenkte sich Wasser ein. Sie trank einen Schluck und setzte das Glas wieder ab.

»Was ist passiert?«, fragte Hanna.

»Wir haben ein paar große Kunden verloren. Das zu kompensieren ist nie leicht. Es geht nun mal nicht immer nur bergauf. Dann würde jeder eine Firma aufmachen und reich werden.«

Hanna schaute Sarah Bischof eindringlich an. »Wir können uns viel Zeit sparen, wenn Sie konkreter werden. Ihr Chef und der Mann, den Sie geliebt haben, ist brutal ermordet worden. Wir brauchen Ihre Hilfe. Das sind Sie ihm schuldig.«

Sarah Bischof schwieg. Hanna ließ ihr Zeit und wartete.

»Was wollen Sie wissen?«, fragte Sarah Bischof schließlich.

»Wieso haben Sie die Kunden verloren?«

»Eine Zeit lang standen wir mit unserer Spezialisierung auf bestimmte Marktsegmente ziemlich gut da. Das hat sich vor etwa zwei Jahren geändert. Ein aggressiver Mitbewerber hat immer mehr Kunden abgeworben. Wie André erst spät erfahren hat, hat der Konkurrent mit gezinkten Karten gespielt, hat Gerüchte über uns in die Welt gesetzt und ist – zumindest hat André das vermutet – in unsere Datenbank eingedrungen und hat sich Zugriff auf all unsere Kunden verschafft.«

»Wann war das?«

»Vor etwa einem Jahr. Es wurde immer brenzliger. André musste sich schon von einem Freund Geld leihen. Hunderttausend Euro.«

»Wer ist der Freund?«

»Das weiß ich nicht. Ich würde ihn nicht kennen, hat André gesagt. Außerdem wollte er ihm helfen – also dieser Freund –, gegen Bolte vorzugehen.«

»Bolte?«

»Reinhardt Bolte. Das ist der, der uns das Leben so schwer gemacht hat.« Sarah Bischof griff nach einem Notizblock und schrieb Namen und Adresse auf. »Telefonnummer finden Sie im Netz.« Sie reichte Hanna den Zettel.

»Geesthacht? Ist das in der Nähe von Hamburg?«

Sarah Bischof nickte. »Knapp dreißig Kilometer von hier.«

»Vor einem Jahr, sagten Sie. Was ist danach passiert?«

»Genau weiß ich es nicht. Aber die Abwärtsspirale hat sich erst verlangsamt und dann ging es wieder bergauf. Langsam, aber jeden Monat mehr.«

»Ihr Chef hat sich mit Herrn Bolte geeinigt?«

»Das glaube ich nicht. André meinte, es wäre besser, wenn ich nichts wüsste. Ich habe dann nicht weiter nachgefragt.«

»Gut. Ich gehe dem nach.« Hanna legte den Zettel in ihr Notizbuch. »Unzufriedene Kunden. Können Sie mir dazu etwas sagen? Gab es zum Beispiel Schadensfälle, bei denen sich einer Ihrer Kunden benachteiligt fühlte?«

»Aber deshalb bringt man doch niemanden um.«

Hanna antwortete nicht und wartete. Schließlich nickte Sarah Bischof. »Ja, an einen Fall kann ich mich erinnern. Es ging um eine Wohngebäudeversicherung. Das Haus ist abgebrannt, die Besitzer sind dabei umgekommen. Die Versicherungsgesellschaft hat sich geweigert zu zahlen, da sie davon ausgegangen ist, dass der Brand vorsätzlich gelegt worden war. Das Ehepaar hatte große Mengen Schlaftabletten genommen und die eigentliche Brandursache konnte nicht sicher ermittelt werden.«

»Die Versicherung hat sich also herausgeredet?«

»So hat der Sohn des Ehepaares es aufgefasst. André kannte die genauen Details nicht und letztlich war es ja auch nicht unsere Angelegenheit.«

»Das hat der Sohn aber anders gesehen?«

»Ja, er wollte uns regresspflichtig machen. Das ist natürlich absurd. André hat sich für die Auszahlung starkgemacht, aber die Versicherungsgesellschaft sitzt am längeren Hebel.«

»Was ist passiert?«

»Der Sohn hat uns gedroht. Er stand hier in der Agentur und …« Sie schluckte schwer. »Er hatte ein Messer, mit dem er André bedroht hat. Ich habe dann die Polizei gerufen, aber als sie endlich kam, war der Mann nicht mehr da. Später stand Aussage gegen Aussage. Das Verfahren wurde eingestellt.« Sarah Bischof griff erneut nach dem Notizblock und schrieb einen Namen auf. »Wo der Herr Sommer wohnt, weiß ich nicht. Aber ich kann Ihnen die ehemalige Adresse seiner Eltern notieren.«

»Das ist in Ordnung.« Sarah Bischof stand auf, aber Hanna hielt sie zurück. »Gab es weitere Kunden, die ähnlich unzufrieden waren?«

»Herr Sommer war eigentlich nicht unser Kunde. Und nein, ich erinnere mich an keinen zweiten Fall, wo es vergleichbaren Ärger gegeben hätte.«

»Suizid?«, fragte Jan, nachdem Hanna ihm von der Befragung erzählt hatte. »Denkst du auch das, was ich denke?«

»Klar, aber wäre das nicht zu einfach? Da verliert ein Sohn seine Eltern durch einen Suizid und tötet dann den Versicherungsmakler mit einem vorgetäuschten Suizid?«

»Manchmal ist es einfach. Aber wie passt Daniel Albers da ins Bild?«

»Gar nicht«, sagte Hanna. »Zumindest sehe ich keine Verbindung. Der hockte da in seinem schicken Haus, einsam und allein. Mit Borcherts Geschäft hatte er nichts zu tun.«

»Sicher?«, fragte Jan.

»Nein. Die Bischof hat da eine Bemerkung fallen lassen, als es um den Konkurrenten in Geesthacht ging. Ein Freund habe Borchert angeboten, ihm bei dem Problem zu helfen. Dieser Freund könnte durchaus Daniel Albers gewesen sein.«

»Der was genau angeboten hat?«

»Er könnte derjenige sein, der ihm finanziell unter die Arme gegriffen und ihm das Geld geliehen hat, von dem Sarah Bischof gesprochen hat.«

»Insofern wäre er so etwas wie ein Teilhaber gewesen und in gewisser Weise mitverantwortlich. Das wäre möglich, ist aber weit hergeholt.«

Hanna nickte. »Mag sein.« Sie hielt kurz inne. »Wir müssen Jonas Sommer ausfindig machen. Diese angebliche Messerattacke muss aktenkundig sein.« Sie stand auf. »Ich erkundige mich mal.« An der Tür drehte sie sich noch einmal zu Jan um. »Kommst du eigentlich weiter mit dem Täterprofil?«

»Nicht so schnell, wie ich es gerne möchte.«

»Wird schon.«

»Sie haben also die Anzeige letztes Jahr aufgenommen?«, fragte Hanna einen Polizeikommissar in Uniform, zu dem sie sich im Haus durchgefragt hatte.

»Ja, eine Kollegin war auch dabei. Wir waren vor Ort, aber die Situation hatte sich bereits entschärft. Wir haben dann die Anzeige aufgenommen und an die Kollegen der Kriminalpolizei weitergeleitet. Wenn ich mich recht entsinne, hat Thomas die Sache übernommen. Thomas Kleist und ein weiterer Kollege, der allerdings inzwischen in Pension ist.«

»Wie war Ihr Eindruck, als Sie bei der Versicherungsagentur eingetroffen sind?«

»Die junge Frau war vollkommen aufgelöst und bekam kaum einen ganzen Satz heraus. Es stellte sich jedoch heraus, dass sie fast nichts mitbekommen hatte, da sie während des Vorfalls gar nicht im Büro ihres Chefs anwesend war.«

»Und Herr Borchert?«

»Der klang beherrschter. Hat uns recht sachlich die Situation geschildert. Nach seinen Angaben gab es keinen unmittelbaren Angriff. Der Beschuldigte soll allerdings mit einem Messer gedroht haben. Es ging da um eine Versicherungssache. Ein Haus, das abgebrannt war. Genaues müssten Sie im Protokoll finden. Wie gesagt, die Kollegen haben ja ab dem Zeitpunkt übernommen.«

Hanna klopfte an die geschlossene Tür und wartete, bis eine Stimme sie aufforderte, einzutreten. Thomas Kleist saß alleine in einem Zweierbüro und nickte ihr zu.

»Haben Sie einen Augenblick für mich?«, fragte Hanna und zog, ohne auf seine Antwort zu warten, den Besucherstuhl zu sich und setzte sich. »Sie haben vor einem Jahr eine Anzeige übernommen, die von André Borchert aufgegeben worden war. Ich habe gerade mit dem Kollegen gesprochen, der als Erster vor Ort war.«

Thomas Kleist sah sie mit zusammengezogenen Augenbrauen an. »Anzeige?« Er fuhr sich mit der Hand durch die Haare und hob gleich darauf den Zeigefinger. »Ach, Sie meinen diese angebliche Messerattacke?«

»Ja, haben Sie damals den Beschuldigten befragt? Jonas Sommer.«

»Steht alles in den Protokollen. Können Sie sich nicht die Ak…«

»Die habe ich gerade gelesen«, unterbrach Hanna ihn. »Ich wollte Ihren persönlichen Eindruck von Jonas Sommer hören.« Sie lächelte. »Sie wissen doch, wie wichtig das ist und wie formal die Protokolle immer gehalten werden.«

»Gott, das ist schon über ein Jahr her. Und es war keine große Sache. Sommer hat bestritten, dass er ein Messer hatte und erst recht, dass er den Versicherungsfritzen damit bedroht hat. Wir haben das Protokoll geschrieben und an die Staatsanwaltschaft weitergeleitet. Die hat das Verfahren dann eingestellt.«

Hanna sah Kleist fragend an.

»Da war nichts. Und es hat sicher auch nichts mit unserem jetzigen Fall zu tun. Darauf spielen Sie doch an, oder?«

Hanna verkniff sich die Frage, warum Thomas Kleist die Anzeige gegen Jonas Sommer nicht längst zur Sprache gebracht hatte. Kurz fuhr ihr der Gedanke durch den Kopf, ob Jan sie mit seiner zurückhaltenden Art bereits so weit beeinflusst hatte. Vor einem halben Jahr hätte sie Kleist noch in der Luft zerrissen. »Es gibt da schon ein paar Punkte in der Geschichte, die wir uns näher anschauen sollten. Wie war denn nun Ihr Eindruck von Jonas Sommer?«

»Der junge Mann war nicht gerade gut auf Borchert zu sprechen, aber das war ja durchaus nachvollziehbar. Er gab zu, dass es einen Streit gegeben hatte und er auch laut geworden ist. Zu einer körperlichen Auseinandersetzung ist es allerdings nicht gekommen. Das hat Borchert auch bestätigt.«

»Und wie wirkte er auf Sie?«, fragte Hanna ein weiteres Mal.

»Er war weder aufgeregt, als wir ihn befragt haben, noch hat er sich widersprochen.«

»Sie haben ihn hierher vorgeladen. Wäre es nicht ratsam gewesen, ihn noch am selben Tag zu vernehmen und nicht erst über eine Woche später?«

Thomas Kleist lehnte sich vor und warf ihr einen verächtlichen Blick zu. »Wollen Sie mir etwas anhängen? Dann müssen

Sie aber früher aufstehen, Kollegin.« Beim letzten Wort hatte er jede Silbe besonders betont.

Hanna lächelte. »Nein, davon kann keine Rede sein.« Sie hielt kurz inne. »Jonas Sommer hat sich also nicht widersprochen?«

»Sagte ich das nicht schon?« Seine Stimme klang deutlich genervt.

»Wirkte die Aussage, als habe er sich gut vorbereitet auf die Befragung?«

»Was soll das jetzt? Das Verfahren ist eingestellt worden. Es gab keine Beweise, dass Sommer Borchert bedroht hat. Borchert konnte froh sein, dass Sommer ihn nicht wegen übler Nachrede angezeigt hat. Dann wäre die Sache anders ausgegangen.«

»Hatte Jonas Sommer das vor?«

»Mag sein, dass er das erwähnt hat. Aber das war für uns nicht weiter relevant.« Thomas Kleist sah auf seine Uhr. »Ich habe noch zu tun. Gibt es noch was?«

Zwölf

»Mittagspause?« Hanna stand in der Tür ihres provisorischen Büros und wartete darauf, dass Jan aufsah. Er arbeitete konzentriert und hatte weder Hanna noch ihre Frage wahrgenommen. Sie ging auf ihn zu und legte ihm von hinten die Hand auf die Schulter. Er zuckte zusammen und drehte sich ruckartig zu ihr um.

»Mittagspause?«

Jan sah auf seine Aufzeichnungen und wieder zu ihr. »Ja, vielleicht ist eine Pause genau das Richtige.«

Zwei Minuten später verließen sie das Polizeigebäude und gingen Richtung Altstadt. Jan schwieg und schien in Gedanken immer noch bei seinem Täterprofil zu sein.

Hanna stieß ihm spielerisch in die Seite. »Abschalten!«

Er lächelte und sah sich um. »Wo müssen wir hin?«

»Altstadt. Da sollte es etwas zu essen geben.«

»Ganz sicher sogar. Hast du noch etwas erreicht?«

Hanna fasste kurz zusammen, was sie am Vormittag erfahren hatte, und fügte am Ende hinzu: »Keine Angst, Kollege Kleist lebt noch. Ich habe mich tunlichst zurückgehalten.«

»War sicher nicht leicht«, murmelte Jan.

»Nein, aber ich bin ja lernfähig.«

Jan schmunzelte. »Was man von mir nicht behaupten kann.«

»Hat sich Violet noch gemeldet?«

»Nein, das wird sie auch so schnell nicht tun.«

»Ruf deinen Sohn heute Abend an«, schlug Hanna vor.

»Und was soll ich ihm sagen?«

»Die Wahrheit. Dass du mit seiner Mutter gesprochen hast und sie darüber nachdenken wird. Punkt. Er wird das verstehen.«

Jan blieb stehen und sah sich den Straßenzug mit den mittelalterlichen Giebelhäusern an. »Und das alles mit ein paar Säcken Salz. Erstaunlich, oder?«

»Themawechsel?«

»Ein Wohnhaus hatte damals den Wert von einem Sack Salz.«

Hanna seufzte leise und gab sich geschlagen. Auch eine neue Erfahrung, fuhr es ihr durch den Kopf. Nachgeben, nicht immer dagegenhalten. Abwarten und vertrauen.

»Ja, das ist erstaunlich. Was würde ein Sack Salz heute kosten?«

»Weiß ich nicht. Ich weiß nicht einmal, wie viel Salz in die damaligen Säcke passte. Hundert Kilo? Dann wären es wahrscheinlich so um vierhundert Euro.«

Sie blieben vor einem besonders beeindruckenden Giebelhaus stehen, traten zurück und sahen nach oben. »Das Salz muss ganz schön wertvoll gewesen sein«, sagte Hanna. Sie wandte ihren Blick ab und zeigte auf ein Restaurantschild. »Fisch?«

»Schmeckt es dir nicht?«, fragte Hanna.

»Habe keinen Hunger«, sagte Jan, schob den halb leeren Teller zur Seite und griff nach seinem Glas Wasser.

»Mein Lachs ist ausgezeichnet. Der Spinat übrigens auch.«

Jan schwieg.

»Deine Stimmung geht mir langsam auf den Geist«, sagte Hanna. »Du wirst hier gebraucht. Du glaubst doch inzwischen auch, dass es weitere«, sie malte Anführungszeichen in die Luft, »Suizide geben wird.«

»Oder schon gab. Ja, du hast ja recht, die Zeit drängt. Das setzt mich ja auch unter Druck. Wenn ich jetzt Fehler beim Profil mache, kann das gravierende Folgen haben. Und ich komme einfach nicht weiter. Es gibt zu viele Möglichkeiten zur Motivlage, die ich jetzt noch nicht ausschließen kann.«

Hanna sah sich nach dem Kellner um. »Willst du auch noch einen Latte?« Als Jan nickte, stand sie auf und lief zur Theke der Gaststätte. Zurück am Tisch stellte sie die Teller zusammen und schob sie zur Seite. »Fahren wir zu Jonas Sommer? Er wohnt in Soltau.«

In diesem Augenblick klingelte Hannas Handy. Sie sah aufs Display – Robert Möller – und nahm das Gespräch an.

»Wir haben Denis Klein gefunden. Er lebt in Soltau. Das ist eine knappe Stunde Fahrt.«

»Perfekt! Wir wollten uns gerade nach Soltau aufmachen und dort mit Jonas Sommer sprechen.«

»Wer ist das?«

»Ein unzufriedener Kunde von André Borchert. Kollege Kleist kann Sie da ins Bild setzen. Schicken Sie mir die Adresse von Klein?«

»Wo liegt das Problem genau?«, fragte Hanna, als sie Lüneburg Richtung Amelinghausen verlassen hatten. »Beim Täterprofil«, fügte sie schnell hinzu, als sie Jans Gesichtsausdruck bemerkte.

»Es fängt damit an, dass ich zwischen männlichem und weiblichem Täter hin und her schwanke, und hört damit auf, dass wir nicht einmal hundertprozentig sicher sagen können, dass wir nur einen Täter oder eine Täterin haben.«

»Was ist bisher gesicherte Erkenntnis?«

»Akribische Vorbereitung bei beiden Taten. Allein der Abschiedsbrief hat Zeit und Mühe gekostet. Die Recherche zum Suizid-Vortäuschen wird auch aufwendig gewesen sein. Warum das alles? Es gibt erheblich schnellere und einfachere Methoden, einen Menschen zu töten.«

»Er oder sie wollte Zeit rausschinden, um entweder Spuren verwischen zu können oder um in aller Ruhe weiter töten zu können.«

»Oder die Person hält sich für so clever, dass sie denkt, den gesamten Polizeiapparat überlisten zu können«, sagte Jan. »Was wiederum eher zu einem Mann passen würde.«

»Ist es denn so wichtig, ob wir es mit einem Mann oder einer Frau zu tun haben?«

»Ja, in diesem Fall grundlegend. Die Vorgehensweise unterscheidet sich deutlich und somit auch die Voraussage, was und wann etwas als Nächstes passieren wird.«

»Und wenn der ganze Aufwand betrieben wird, weil wir sonst ziemlich schnell auf diese Person kommen würden?«, fragte Hanna.

»Nein, und wenn, wird das sicher nicht der alleinige Grund sein. Die Person ist zu clever, als dass sie sich nicht auch über die forensischen Möglichkeiten schlaugemacht hätte. Gefälschte Abschiedsbriefe kommen häufig vor, allerdings ist mir ein komplett handgeschriebener Brief zum ersten Mal untergekommen. Der Text mit Computer geschrieben, okay, vielleicht auch noch eine Unterschrift, die erheblich leichter zu fälschen ist als eine ganze Handschrift. Aber dieser Aufwand ist ungewöhnlich. Das deutet auch darauf hin, dass wir es nicht mit einer Kurzschlussreaktion zu tun haben. Das Ereignis, das die Tat ausgelöst hat, kann lange zurückliegen. Der Plan lag vielleicht schon eine halbe Ewigkeit in der Schublade dieser Person. Bis vor ein paar Wochen.«

»Warum jetzt?«, warf Hanna ein.

»Genau das habe ich mich auch gefragt. Es muss etwas passiert sein, der entscheidende Tropfen, der das Fass zum Überlaufen gebracht hat. Aber was war das?«

Sie fuhren inzwischen durch Amelinghausen. Hanna schaute nach rechts und links. »Ist es hier irgendwo passiert? Ist jemand über Jahre in der Schule von Albers und Borchert gemobbt worden? Eine verschmähte Liebe?«

»Aber warum den Mord wie Suizid aussehen lassen?«, sagte Jan. »Diese aufwendige Inszenierung muss einen Grund haben.«

»Jonas Sommer?«

»Wäre denkbar. Was ist er von Beruf?«

»Er hat Informatik studiert. Ob er in dem Beruf arbeitet, weiß ich nicht.«

»Könnte passen«, sagte Jan. »Strukturiertes, planmäßiges Arbeiten in einem hochkomplexen Umfeld. Kreativität ist durchaus auch gefragt.«

»Und er musste davon ausgehen, dass wir schnell auf ihn kommen, wenn wir das berufliche Umfeld von Borchert durchleuchten.« Sie warf einen Blick zu Jan. »Dich beschäftigt aber noch etwas anderes?«

»Warum haben die Eltern von Jonas Sommer zusätzlich zu dem Schlafmittel noch das Haus in Brand gesetzt? Gab es Ermittlungen der Soltauer Kollegen?«

»Notgedrungen«, sagte Hanna. »Die Umstände waren ja entsprechend. Es wurde kein Abschiedsbrief gefunden. Das Ehepaar konnte zwar lebend aus dem Haus gerettet werden, beide starben allerdings an der Kohlenmonoxidvergiftung. Der Schaden am Haus war so groß, dass es nur noch abgerissen werden konnte. Bei einer Obduktion sind dann die Schlafmittel festgestellt worden.«

»Es wäre schon ein großer Zufall, wenn diese beiden Ereignisse, Schlafmittel und Hausbrand, nichts miteinander zu tun hätten. Ist denn eindeutig festgestellt worden, dass es kein Fremdverschulden gab? Hat das Ehepaar die Tabletten selbst eingenommen?«

»Es sind keine Abwehrspuren bei den beiden gefunden worden.« Hanna war klar, dass Jans Frage darauf abzielte, ob jemand das Ehepaar getötet hatte und anschließend durch den Brand die möglichen Spuren beseitigen wollte. »In den Akten findet sich nichts darüber, dass überhaupt über Fremdverschulden nachgedacht wurde.«

»Warten wir ab, was der Sohn sagt.«

Das dreigeschossige Mietshaus hatte schon bessere Tage erlebt. Es sah aus, als habe sich seit seiner Errichtung – Hanna schätzte, dass es in den Siebzigerjahren des letzten Jahrhunderts erbaut worden war – niemand um den Zustand des Gebäudes und der Außenanlage gekümmert. Die Farbe auf den Holzfenstern blätterte an mehreren Stellen ab, die Dachziegel waren vermoost und die Eingangstür war vor einiger Zeit neu lackiert worden, ohne die alte Lackschicht vollständig zu entfernen. Der Vorgarten wirkte trostlos und schien allenfalls einmal im Jahr gepflegt zu werden.

Hanna suchte unter den acht Klingelknöpfen den richtigen und drückte ihn. Sie hatte sich noch in Lüneburg bei Jonas Sommer angekündigt und darum gebeten, dass er in seiner Wohnung erreichbar sei.

Es summte, Hanna stieß die Tür auf und trat in den Flur. Es roch unangenehm nach fettigem Essen, auf dem Boden lagen Seiten einer Werbezeitung verstreut und das Licht flackerte, als Hanna den Schalter betätigte.

»Wir müssen ganz nach oben. Dachgeschoss«, sagte sie und lief vor.

Ein Mann Anfang dreißig stand in der offenen Wohnungstür und wartete auf sie. Hanna stellte sich und Jan vor und zeigte, nachdem Jonas Sommer darum gebeten hatte, den Polizeiausweis. Sommer führte sie in seine kleine Küche und bot ihnen einen Platz am Tisch mit drei Stühlen an.

»Sie kommen wegen dem Tod meiner Eltern?«, fragte er.

»Ja und nein«, sagte Hanna. »Herr Borchert aus Lüneburg ist tot in seiner Wohnung aufgefunden worden.«

»Dieser Versicherungsheini?« Jonas Sommer schien sich entweder ausgesprochen gut unter Kontrolle zu haben oder er hatte bereits von Borcherts Tod gehört. Er hatte keine Miene verzogen oder ein anderes Anzeichen von Überraschung gezeigt. »Mord? Oder hat er sich selbst umgebracht?«

»Wir gehen von Fremdverschulden aus.«

Jonas Sommer grinste hämisch. »Sieh an, es gibt doch noch Gerechtigkeit auf dieser Welt. Wer hätte das gedacht.« Er hielt inne. »Und jetzt kommen Sie zu mir, weil Sie glauben, ich hätte ihn abgestochen?«

»Wir befragen alle Personen, mit denen Herr Borchert in den letzten Jahren Auseinandersetzungen hatte.«

»Viel Spaß dabei. Da haben Sie sicher viel zu tun. Dieser Mensch war ein Arschloch, wie es im Buche steht. Er hat meinen Eltern eine Versicherung angedreht, die vollkommen überteuert war und letztendlich nicht gezahlt hat.«

»Wo haben Sie sich am Mittwoch letzter Woche aufgehalten?«, fragte Hanna, ohne auf seine Bemerkungen zu reagieren. »Sagen wir, etwa von fünfzehn Uhr nachmittags bis um Mitternacht.«

»Ich bin im Moment auf Arbeitssuche. Mittwoch …« Er zupfte sich an der Nase. »Da war nichts los. Also kein Vorstellungsgespräch oder so was. Ich war hier, habe wahrscheinlich zwischendurch eingekauft oder einen Spaziergang gemacht. Am Abend hab ich sicher vor der Glotze gehangen. Und bevor Sie fragen, nein, ich habe keine Zeugen.«

»Absolut niemanden?«, fragte Hanna. »Ein Anruf auf dem Festnetz oder …«

»Hab nur ein Handy«, unterbrach er sie.

»Sie besitzen ein Auto?«, fragte Jan.

Jonas Sommer drehte sich langsam zu ihm um. »Ja, warum?«

»Haben Sie Herrn Borchert nur dieses eine Mal in seinem Büro getroffen?«, fragte Jan weiter.

»Ja.«

»Wann waren Sie das letzte Mal in Lüneburg?«

»Keine Ahnung. Da bin ich nicht so oft. Eine Stunde Fahrt und Tausende Touristen, die da rumlatschen. Nein, danke.«

»Wie war das Verhältnis zu Ihren Eltern?«

»Geht so. Sie waren ziemlich konservativ.«

»Sie haben sie häufig besucht?«

Jonas Sommer musterte Jan misstrauisch. »Was sollen diese ganzen Fragen? Muss ich die beantworten?«

»Nein, Sie müssen sich nicht selbst belasten und im Moment auch nicht mit uns sprechen, wenn Sie es nicht möchten.«

»Belasten? Sind Sie noch recht bei Trost? Ich habe weder diesen Idioten in Lüneburg ermordet noch habe ich mit dem Tod meiner Eltern etwas zu tun.«

»Das hat auch niemand behauptet«, sagte Hanna mit fester Stimme. »Es wäre jetzt angebracht, dass Sie etwas mehr kooperieren, Herr Sommer. Wir können Sie auch gerne nach Lüneburg vorladen, wenn Ihnen das lieber ist. Ein Anruf bei der Staatsanwaltschaft und …«

»Schon gut«, murmelte Sommer und fügte lauter hinzu: »Was wollen Sie noch wissen?«

»Mein Kollege hat Sie gefragt, wie häufig Sie Ihre Eltern besucht haben.«

Jonas Sommer kratzte sich an der Wange. »Hin und wieder halt. So gut haben wir uns nicht verstanden. Trotzdem, sie waren meine Eltern und gesundheitlich ging es ihnen nicht so gut.«

»Sie hatten gesundheitliche Probleme?«, fragte Jan.

»Sagte ich doch. Mein Vater hatte Prostatakrebs und meine Mutter hatte es mit dem Herzen. Sie hätten bald ins Altersheim gehen müssen.«

»Haben Sie mit Ihren Eltern über diesen Schritt gesprochen?«

»Sie wollten doch nicht.« Er hielt kurz inne und schien zu überlegen. »Wer will das auch schon. Aber irgendwann blüht uns das allen, wenn wir nicht vorher tot umfallen.«

»Wie lange sind Sie schon auf Arbeitssuche?«, wechselte Jan abrupt das Thema.

»Ich war krank. Der Rücken und Migräne. Es ist jetzt schon eine Weile. Warum fragen Sie?«

»Routine«, sagte Jan. »Leben Sie in einer Beziehung?«

Jonas Sommer zögerte lange, schließlich richtete er sich auf. »Das geht Sie nun wirklich nichts an.«

»Wir benötigen Fingerabdrücke und eine DNA-Probe von Ihnen«, sagte Hanna. Für sie war die Befragung beendet. Jonas Sommer würde Ihnen nicht mehr erzählen, als er es bisher getan hatte.

»Muss ich da einwilligen?«

»Nein. Wenn Sie es nicht freiwillig machen, werden wir einen richterlichen Beschluss erwirken. Dann müssen Sie.«

Jonas Sommer stand auf. »Dann kommen Sie wieder, wenn Sie diesen Beschluss haben. Sie wissen ja jetzt, wo ich wohne.«

Dreizehn

»Nettes Bürschchen«, sagte Hanna, als sie wieder im Wohnmobil saßen.

Jan zuckte mit den Schultern. »Ist sein gutes Recht, sich zu verweigern. Nicht jeder kooperiert gerne mit der Staatsmacht.«

»Nett ausgedrückt.« Hanna tippte die Adresse von Denis Klein ins Handy-Navi ein und stellte das Handy in die Halterung. »Auf zum nächsten Kandidaten.«

Denis Kleins Haus stand in einer Neubausiedlung mit unzähligen Einfamilienhäusern, die zum Teil noch im Bau waren. Sie hielten in der Nähe des Hauses. Hanna schaute auf die Uhr. »Seine Frau sagte mir am Telefon, dass er normalerweise um sechzehn Uhr nach Hause kommt. Warten wir noch einen Moment hier?«

Jan nickte. Auf der Fahrt zu Denis Kleins Haus war ihm die letzte Nacht vor seinem geistigen Auge erschienen. Er hatte Hanna zwar gesagt, dass er nicht darüber nachdenken wolle, aber das war nur die halbe Wahrheit. Sein Unterbewusstsein ließ sich keine Vorschriften machen und schwemmte die Nacht neben Hanna immer wieder nach oben. Er hatte tief und fest neben ihr geschlafen und so gut wie seit vielen Wochen nicht mehr. Hatte das mehr zu bedeuten? Er wusste es nicht und hatte, entgegen seiner Art, allem und jedem auf den Grund zu gehen, keine Probleme damit, die Frage offenzulassen.

»Wie schätzt du Jonas Sommer ein?«, fragte Hanna.

»Schwierig. Ich hatte damit gerechnet, dass er eine sehr innige Beziehung zu seinen Eltern hatte und einen Schuldigen suchte, der für den Tod zumindest mitverantwortlich ist und in seinen Augen bestraft werden muss. Danach sieht es mir aber nicht aus. Er scheint eine relativ distanzierte Beziehung zu den Eltern gehabt zu haben, wenn nicht sogar eine eher schlechte. Ich habe keine Anzeichen von Trauer bei ihm feststellen können.«

»Bedeutet?«, fragte Hanna.

»Seine Wut gegenüber André Borchert bezog sich auf den Verlust des Hauses beziehungsweise auf sein um das Haus vermindertes Erbe. Er fühlt sich von Borchert betrogen. Die Versicherungsgesellschaft, die ja eigentlich verantwortlich ist, ist ein abstraktes Gebilde, kein Mensch, den man hassen kann. Borchert könnte für Sommer stellvertretend für alles Übel gestanden haben, das ihm während seines Lebens passiert ist.«

»So weit die Theorie«, warf Hanna ein. »Ich höre da noch ein Aber.«

»Jonas Sommer hat zwar abfällig über Borchert gesprochen, aber Hass konnte ich nicht heraushören. Entweder fehlen uns ein paar Puzzleteile, die die Verbindung Sommer–Borchert in ein neues Licht stellen würden, oder er ist nicht unser Mann.«

»Da war eine unterschwellige Aggression bei Sommer, die er nur schwer unter Kontrolle halten konnte.«

Jan wiegte den Kopf hin und her. »Habe ich nicht bemerkt.«

»Ich kenne mich damit aus. Glaub mir. Da brodelt ein Vulkan in ihm. Für mich ist er keinesfalls aus dem Schneider.« Sie sah auf die Uhr. »Lass uns reingehen.«

Eine Frau Mitte dreißig öffnete ihnen die Tür und bat sie ins Haus.

»Kommen Sie doch herein. Mein Mann macht sich gerade etwas frisch.« Ein etwa dreijähriger Junge kam in den Flur gelaufen und stoppte kurz vor ihnen. Er sah Jan und Hanna mit großen Augen an, machte auf dem Absatz kehrt und lief wieder zurück ins Haus.

»Das war unser Sohn Leo«, sagte Frau Klein lächelnd. »Kommen Sie doch bitte mit.« Sie führte sie in ein Arbeitszimmer und zeigte auf drei Stühle, die um einen kleinen Tisch gruppiert waren. »Möchten Sie etwas trinken? Ich habe gerade Kaffee aufgesetzt.«

»Gerne«, sagte Jan.

Frau Klein verschwand Richtung Küche und kam kurz darauf mit einem Tablett zurück. Sie stellte die drei Becher, eine Thermoskanne, Zucker und Milch auf den Tisch. »Mein Mann kommt sofort.« Sie zögerte und schien etwas sagen zu wollen, wandte sich aber ab und verließ den Raum. Nach fünf Minuten kam Denis Klein herein, begrüßte sie und entschuldigte sein spätes Kommen. »Ich war noch beim Sport und musste kurz duschen. Sie sind von der Polizei, sagte meine Frau mir?«

Hanna wies sich aus. »Sie haben gehört, dass Ihre Schulfreunde André Borchert und Daniel Albers tot sind?«

Klein sah sie erschrocken an. »Nein.« Er schluckte schwer. »Beide? Ein Unfall? Sind sie …« Es schien ihm die Sprache verschlagen zu haben.

»Wir gehen von Fremdverschulden aus. Ihre Freunde sind getötet worden.« Hanna und Jan hatten auf der Fahrt nach Soltau beschlossen, Denis Klein direkt am Anfang der Befragung mit den harten Fakten zu konfrontieren.

»Aber warum? Daniel und André? Sind Sie sicher?«

»Es gibt keinen Zweifel«, sagte Hanna. »Hatten Sie in den letzten zwei Jahrzehnten Kontakt zu Ihren alten Freunden?«

Denis Klein schüttelte den Kopf. »Nach dem Abitur nicht mehr. Ich habe Lehramt in Oldenburg studiert und habe dort auch eine Weile an einem Gymnasium unterrichtet. Nein, wir hatten keinen Kontakt mehr. Es mag sein, dass wir uns in Amelinghausen – ich besuche da ab und an meine Eltern – über den Weg gelaufen sind. Aber mehr als ein paar Worte haben wir sicher nicht miteinander gesprochen.«

»Sie wirken sehr betroffen«, sagte Jan. »Sie können sich also gut an die beiden erinnern?«

»Ja, natürlich. Amelinghausen ist nicht wirklich groß. Da kennt man schon die Leute, die im gleichen Alter sind.«

»Unsere Information, dass Sie mit den beiden Männern eng befreundet waren, stimmt aber?«, fragte Jan weiter.

»Eng? Kann man so sagen. Wir waren jahrelang in der gleichen Clique. So zehn bis fünfzehn Leute. Wir Jungs waren ein recht fester Freundeskreis, die Mädchen wechselten auch mal.« Er lächelte matt. »Sie wissen schon, warum.«

»Sie besuchten alle die gleiche Schule?«

»In der Grundschule und der Orientierungsstufe schon. Später, also nach der sechsten Klasse, ging alles auseinander. Ich war auf einem Privatgymnasium. Auf dem GLH. Das war damals noch in Amelinghausen und ist später nach Melbeck umgezogen. Mit den Schülern natürlich.« Er senkte den Kopf und schien seine Schulzeit Revue passieren zu lassen. »Gymnasium Lüneburger Heide. Das ist der Name. GLH. Aus der Clique war ich der Einzige, der …« Er brach ab und seufzte schwer. »Aber das wollen Sie sicher alles nicht wissen.«

»Trotz unterschiedlicher Schulen haben Sie sich also weiter mit Ihren Freunden getroffen?«, fragte Jan.

»Klar, warum nicht? Einer von den Jungs hatte einen Raum zur Verfügung, also die Eltern von ihm natürlich. Ein alter Hühnerstall, den wir uns zu einer Art Clubraum umgebaut hatten. Mit Strom und Heizung. Und Musikanlage. So etwas verbindet natürlich. Wir haben uns dort getroffen – Chillen würde man das heute nennen. Das war so eine Art Privatdisco. Da kam nicht jeder rein. Mit mehr als zwanzig Leuten war es ohnehin so voll, dass man keine Luft mehr bekam. Im Winter hatten wir so einen Kanonenofen. So ein kleines Teil, aber für den Club hat es gereicht.« Er schloss kurz die Augen. »Club. So haben wir ihn immer genannt. Verrückte Zeiten waren das. Musik, Alkohol und Mädchen. Für die meisten war das wichtiger als die Schule.«

»Für Sie auch?«

»Klar, man lässt sich mitziehen. Ich musste tatsächlich ein Jahr wiederholen. Das war mir dann aber eine Lehre. Ist ja nicht so witzig, sich plötzlich bei den Kleinen wiederzufinden.« Er sah verwundert auf, als sei ihm gerade etwas eingefallen. »Aber warum wollen Sie das alles wissen? Das ist lange her und ich glaube auch nicht, dass es noch Freundschaften zwischen den Leuten von damals gibt.«

»Wir suchen nach einem gemeinsamen Nenner für die beiden Taten. Unter anderem in der Vergangenheit Ihrer beiden Freunde«, sagte Hanna. »Leider konnten wir bisher nur Sie als einen der Freunde ausmachen. Erinnern Sie sich an die anderen Namen?«

»Vergangenheit? Sie meinen, das alles hat mit damals zu tun?«

»Das ist ein Ermittlungsstrang. Natürlich verfolgen wir auch noch weitere. Es sind viele Kriminalbeamte damit beschäftigt. Im Moment stehen wir noch ganz am Anfang.«

Denis Klein nickte. »Verstehe. Die Namen. Da muss ich nachdenken. Klar, ein paar habe ich schon präsent, aber mehr die Vornamen.«

»Dazu können wir gleich kommen«, sagte Jan. »Uns interessiert, ob damals etwas Besonderes passiert ist. Ein Unfall oder eine Auseinandersetzung, bei der Personen zu Schaden gekommen sind.«

»Unfall? Also im Club sicher nicht. Was sollte da auch schon passieren? Klar, Streit gibt es überall, wo Menschen zusammenkommen. Wir haben das aber immer irgendwie geregelt.«

»Sie sprachen vorhin davon, dass die Mädchen in der Clique öfter mal wechselten«, fragte Jan weiter. »Gab es da Probleme?«

Denis Klein zuckte mit den Schultern. »Sie kennen das ja sicher. Lange haben diese – wie soll man das jetzt nennen – also diese Beziehungen nie gehalten. Man ging eine Weile mit einem Mädchen und dann machte einer von beiden Schluss. Klar, es gab auch mal unschöne Szenen. Aber das alles ist über zwanzig Jahre her. Über diese Zeiten schmunzelt man doch eher, als dass man sich so viele Jahre später noch darüber ärgert oder gar …« Er brach ab.

»… Menschen ermordet?«, beendete Jan für ihn den Satz.

»Ja, genau. Das wäre doch Wahnsinn. Völlig unvorstellbar, sozusagen. Nein, in der Clique gab es keine Ereignisse, die so etwas hätten nach sich ziehen können. Da bin ich mir absolut sicher. Ich müsste doch davon wissen. In so einem kleinen Ort wie Amelinghausen blieb doch nichts geheim.«

Hanna räusperte sich. »Sie sagten vorhin, dass Sie ein Schuljahr wiederholen mussten. Waren Sie in dieser Zeit weiter mit der Clique unterwegs?«

»Ja und nein. Meine Eltern waren nicht so wirklich erfreut über die Ehrenrunde. Da gab es natürlich Verbote. Aber der Ärger hat sich auch schnell gelegt, als meine Zensuren wieder das alte Level erreicht hatten.«

»Sie waren dann also eine Weile nicht ständig mit der Clique zusammen?«, fragte Jan, der sich leicht nach vorne gebeugt hatte.

»Ja, schon. Wir hatten es ja auch etwas übertrieben. Ich war nicht der Einzige, der Probleme in der Schule bekommen hat.«

»Wie alt waren Sie damals?«

Denis Klein fuhr sich mit der Hand durch die Haare. »Das war im zehnten Jahrgang. Da muss ich so sechzehn gewesen sein. Ich ging wohl auf die siebzehn zu, weil ich fast sieben war, als ich in die Schule gekommen bin.«

»Ihnen fällt also kein Ereignis ein, das aus dem normalen Alltag herausragte?«, fragte Jan ein weiteres Mal nach.

»Das ist, wie gesagt, schon über zwanzig Jahre her. Und vielleicht habe ich auch nicht alles mitbekommen. Ich kann Ihnen da wirklich nicht weiterhelfen. Wir waren ganz normale Jugendliche. Klar, hier und da haben wir mal über die Stränge geschlagen, aber wenn ich heute so sehe, was alles passiert, waren wir doch eher harmlos.«

Vierzehn

»Kommt dir das nicht auch komisch vor, dass Klein sich an nur einen Nachnamen erinnert hat?«, fragte Hanna, als sie auf das Wohnmobil zugingen. »Angeblich waren sie über viele Jahre befreundet und hockten jeden Nachmittag zusammen.«

»Vielleicht kann uns Kerstin Denecke da weiterhelfen. Sie war laut Klein etwa zwei Jahre Daniel Albers' Freundin.«

Hanna griff nach ihrem Handy und gab den Namen nach Lüneburg durch mit der Bitte, die Adresse zu ermitteln.

Sie sah auf ihre Uhr. »Was machen wir jetzt? Zurückfahren lohnt sich fast nicht mehr.« Sie grinste. »Same procedure as yesterday?«

»Wir haben noch nicht Silvester«, konterte Jan ihre Anspielung auf »Dinner for One«. Der Platz, an dem sie am Abend zuvor übernachtet hatten, war traumhaft gewesen, aber Jan wusste nicht, ob er noch eine zweite Nacht mit Hanna im gleichen Raum verbringen wollte. Vielleicht sollte er sich doch lieber ein Hotelzimmer für die nächsten Tage nehmen?

Hanna schloss das Wohnmobil auf. »Wovor hast du Angst?«

Jan schwieg zunächst und setzte sich neben Hanna auf den Beifahrersitz. »Vor mir selbst?«

»Du hast noch eine halbe Stunde Bedenkzeit. Dann sollten wir ungefähr auf der Höhe von gestern Abend sein.« Sie startete den Motor und fuhr aus dem Neubaugebiet heraus.

»Was sagst du jetzt zu Denis Klein?«, fragte Hanna, als sie die Bundesstraße erreicht hatten.

»Er könnte uns etwas verschweigen. Die unruhigen Hände, der leicht flatternde Blick. Als ich das zweite Mal nachgefragt habe, ist er sogar leicht zusammengezuckt. Auf der anderen Seite: Polizei im Haus ist für die meisten Menschen Stress.«

»Er hat mir etwas viel geredet«, warf Hanna ein. »Als wenn er uns von einem bestimmten Punkt ablenken wollte. Fragt sich nur, von welchem? Oder sehe ich schon Gespenster?«

Jan lehnte sich auf dem Sitz zurück und schaute aus dem Seitenfenster. »Ein solcher Clubraum ohne Kontrolle durch Erwachsene – so klang es zumindest in Kleins Beschreibung – birgt natürlich Gefahren. Der wird nicht von morgens bis in die Nacht durch bevölkert gewesen sein. Da könnte schon etwas passiert sein.«

»Wir sind doch beide fast zur selben Zeit aufgewachsen«, sagte Hanna. »Wann hattest du zum ersten Mal Sex? Also ich mit fünfzehn. Dafür haben wir auch keinen Privatclub gebraucht.« Sie grinste. »Ob das wirklich vorher ein Hühnerstall gewesen ist?«

»Warum nicht? Wenn er gemauert war und Tür und Fenster hatte.«

»Ich habe mir da einen Holzverschlag vorgestellt. Aber egal. Wann hattest du zum ersten Mal Sex?«

»Etwas später als du.« Jan hatte nicht die geringste Lust, das Thema weiter auszuwalzen. »Auch wenn ein Großteil der Jugendlichen locker damit umgeht, heißt das nicht, dass es dort nicht auch zu unschönen Szenen gekommen sein könnte.«

»Vergewaltigung? Vielleicht sogar eine Gruppenvergewaltigung? Und jetzt, nach über zwanzig Jahren, rächt sich das Opfer, indem es die Männer der Clique tötet? Klingt nicht sehr realistisch.«

»So gesehen nicht. Da stimme ich zu.« *Aber vielleicht gibt es andere Konstellationen, die einen Sinn ergeben*, fügte er in Gedanken hinzu.

Hannas Handy machte sich bemerkbar. Sie nahm das Gespräch über die Freisprechanlage entgegen. Ein Beamter der SoKo teilte ihr die Adresse von Kerstin Denecke mit. Sie lebte immer noch in Amelinghausen.

»Fahren wir einfach vorbei?«, fragte Hanna. »Dann hast du noch etwas mehr Bedenkzeit und wir brauchen morgen nicht wieder zurückzufahren. Um diese Zeit wird sie ja sehr wahrscheinlich anzutreffen sein.«

Jan beugte sich vor und gab die neuen Daten ins Navi ein.

»Polizei?«, fragte Kerstin Denecke durch die Gegensprechanlage.

Jan und Hanna standen vor der Tür eines zweigeschossigen Mietshauses neueren Datums. Hanna hielt ihren Polizeiausweis in die Kamera und bat darum, eingelassen zu werden.

»Um was geht es?«

»Können wir zunächst reinkommen? Hier auf der Straße, wo jeder mithören kann, darf ich nicht darüber sprechen.«

»Zweiter Stock. Sie können den Aufzug nehmen.« Der Türöffner summte, Hanna stieß die Tür auf und wartete, bis Jan in den Flur getreten war.

Hanna drückte auf den Schalter mit der Zwei. Die Tür des Aufzugs schloss sich. »Misstrauisch, die Dame. Wer befragt sie?«

»Du«, sagte Jan. »Ich würde sie gerne erst beobachten.«

Der Aufzug hielt, sie stiegen aus. Kerstin Denecke wartete an der Tür auf sie und ließ sich ein zweites Mal beide Ausweise zeigen, bevor sie Hanna und Jan hineinbat. Die Dachgeschosswohnung war größer, als Jan vermutet hatte.

Allein den Wohn- und Essbereich schätzte er auf gut vierzig Quadratmeter.

Kerstin Denecke bot ihnen einen Platz am Tisch an und setzte sich zu ihnen. »Ich weiß jetzt gar nicht, was ich mit der Polizei zu tun haben sollte.«

»Es geht um Ihren Jugendfreund Daniel Albers«, sagte Hanna.

»Daniel? Was ist mit ihm?«

»Er wurde tot in seinem Haus aufgefunden. Wir gehen von Fremdverschulden aus.«

»Fremdverschulden? Was heißt das?«

»Nach unseren bisherigen Erkenntnissen ist er getötet worden«, erklärte Hanna.

»Wie? Ermordet? Daniel? Sind Sie sicher? Der Daniel Albers, den ich aus meiner Jugend kenne?«

»Ja, wir haben Ihren Namen von einem seiner damaligen Freunde erhalten.«

»Verrückt. Ich hatte davon noch gar nichts gehört. Ich war allerdings auch drei Wochen im Urlaub. Bali.«

»Wir suchen nach Zeugen, die Daniel Albers und André Borchert bereits seit ihren Jugendtagen kennen.«

»André? Ist er etwa auch ...« Sie brach ab und sah Hanna mit entsetzter Miene an.

»Ja. Sie kannten die beiden Männer?«

Kerstin Denecke nickte. »Ich war mit Daniel damals zusammen.« Sie hatte geflüstert. »Beide tot? Das kann doch nicht sein.«

»Wie lange waren Sie mit Daniel Albers zusammen?«, fragte Hanna.

»Er war mein erster Freund. Ich war noch nicht einmal fünfzehn und er war gerade sechzehn geworden. Wir waren nicht ganz zwei Jahre zusammen. Ich habe ihn angehimmelt, zumindest am Anfang. Wie stolz ich war, mit einem älteren

Jungen zu gehen. Daniel machte was her, er sah gut aus und war auch nicht auf den Kopf gefallen.« Sie seufzte leise. »Leider war ich nicht die Einzige, die das so gesehen hat. Diese Zeit damals … wir hatten einen Club, so haben wir ihn zumindest genannt. Ich glaube, das war irgendwann mal ein Hühnerstall gewesen. Die Eltern von einem der Jungs haben das erlaubt. Der Club lag etwas abseits von den nächsten Häusern – und kein Erwachsener weit und breit. Das war wie eine andere Welt für uns. Was meinen Sie, wie ich von meinen Freundinnen dafür beneidet wurde, dass ich in der Clique war. Sie hätten wer weiß was dafür gegeben, auch nur einmal mitkommen zu dürfen. Eine herrliche Zeit, verrückt und wild, aber sie hat mich auch geprägt.« Kerstin Denecke hielt inne, senkte den Kopf und fügte leise hinzu: »Und jetzt ist Daniel tot. Und André. Entsetzlich.«

»Hatten Sie nach dieser Zeit noch Kontakt zu Daniel Albers?«, fragte Hanna.

»Die Beziehungen damals gingen ja immer mit großem Getöse zu Ende. Ich habe Schluss gemacht, weil Daniel nicht nur einmal fremdgegangen ist. Wenn er Alkohol getrunken hatte, war er nicht mehr er selbst. Er hatte sich dann nicht mehr unter Kontrolle, und wenn ihm ein Mädchen schöne Augen machte, war ihm alles andere egal. Ich wollte ihn natürlich nicht verlieren, als ich Schluss gemacht habe. Nein, ich wollte, dass er angekrochen kommt und um Verzeihung bittet. Da hatte ich aber die Rechnung ohne den Wirt gemacht.« Sie seufzte leise. »Und am Schluss saß ich da und habe mir die Augen aus dem Kopf geheult. Falsche Strategie, aber das habe ich leider zu spät gemerkt. Das waren dann ein paar schwere Monate für mich. An Schule war zu der Zeit kaum zu denken. Ich fürchte, ich bin damals wie ein Zombie durch die Gegend gelaufen. Und abends habe ich mich in den Schlaf geheult. Eine heftige Zeit. Aber wer weiß, wofür es gut war. Lange wäre das mit uns ohnehin nicht mehr gut gegangen. Daniel hatte etwas Zerstörerisches an sich. Heute würde ich sagen, er war einfach nicht beziehungsfähig. Ich bin keine Psychologin und weiß nicht, was ihm alles in der Kindheit so passiert ist, aber irgendwas muss da schiefgelaufen sein.«

»Sie hatten während Ihrer zwei gemeinsamen Jahre häufiger Konflikte?«, fragte Hanna.

»Ja. Es war mehr eine Achterbahnfahrt als ein Spaziergang. Himmelhoch jauchzend und zu Tode betrübt. Heißt das nicht so? Mal war Daniel der große Charmeur, mal ein richtiges Ekel. Aber irgendwie muss ich wohl auf diese Art Mann gestanden haben.« Sie rieb sich mit der Hand über die Stirn. »Warum, will ich lieber gar nicht wissen.«

»Daniel hat die Trennung vollkommen kaltgelassen?«, fragte Hanna.

»Das weiß ich nicht. Wenn nicht, hat er es mir zumindest nicht auf die Nase gebunden. Die Jungs hatten es damals nicht so mit Emotionen und so. Einer seiner Freunde hat mir erzählt, Daniel würde auch unter der Trennung leiden. Ob das die Wahrheit war oder ob der Freund nur mit mir anbandeln wollte, weiß ich nicht.« Sie hielt inne. »Wollen Sie das überhaupt alles wissen? Denken Sie denn, dass sein Tod etwas mit der Zeit damals zu tun hat?«

»Das ist zumindest einer der Ermittlungsstränge, die wir verfolgen«, sagte Hanna. »Wir suchen nach einem Auslöser, nach einem möglichen Motiv für die Tat oder auch Taten. Können Sie sich an etwas Außergewöhnliches erinnern, an einen Unfall oder eine Auseinandersetzung, an der Daniel und André beteiligt waren? Vielleicht haben Sie auch nur gerüchteweise davon gehört.«

»Was sollte das denn wohl gewesen sein? Man bringt doch nicht einfach einen Menschen um, nur weil … ja, nach was suchen Sie?«

»Gab es irgendeinen Vorfall, von dem Sie gehört haben?«

Kerstin Denecke schüttelte den Kopf. »Ich weiß nicht, was das sein könnte. Die Jungs haben viel Unsinn gemacht, aber das war immer nur Spaß. Wir haben auch mal über den Durst getrunken, klar, am Wochenende ging es manchmal hoch her, aber es gab da nichts, wobei irgendwer verletzt wurde, körperlich oder sonst wie. Ich sagte ja schon, diese Trennungen damals – damit meine ich nicht nur meine –, da sind die Emotionen hochgekocht. Da war aber auch immer viel Schauspiel dabei und nach ein paar Wochen war doch sowieso alles wieder vergessen.«

»Daniel hat nach Ihrer Beziehung eine neue Freundin gefunden?«, stellte Jan seine erste Frage.

Kerstin Denecke lachte. »Vermutlich viele. Sagte ich schon, dass er nie etwas hat anbrennen lassen? Ich habe nicht mehr so genau hingehört, wenn von ihm die Rede war. Selbstschutz, sozusagen. Hin und wieder habe ich ihn mit einem Mädchen gesehen. Auf dem Heideblütenfest zum Beispiel. Kennen Sie das?«

»Ja, ich habe davon gelesen.«

Sie lächelte matt. »Ich habe mich auch mal als Königin beworben. Ist aber nichts daraus geworden. Lange vorbei, jetzt verkaufe ich Autos hier in Amelinghausen und in Lüneburg. Ich reise viel, habe alle Freiheiten der Welt und liebe das Leben.«

»Hatten Sie in den letzten Jahren noch Kontakt zu Daniel Albers?«, fragte Hanna ein weiteres Mal, der erst jetzt aufgefallen war, dass sie die Frage noch nicht beantwortet hatte. »Haben Sie ihn mal getroffen?«

»Ja, tatsächlich. Das war so vor einem Jahr, würde ich sagen. Er kam in Lüneburg ins Autohaus, in dem ich arbeite. Er war wohl auf der Suche nach einem neuen Wagen. Plötzlich stand er vor meinem Schreibtisch. Wir brauchten beide einen Augenblick, bis wir uns wiedererkannt haben. Das war schon ein kleiner Schock. Nach so vielen Jahren stand da plötzlich meine große Jugendliebe vor mir.«

»Sie haben sich unterhalten?«

»Ja, aber nicht über Autos. Ich habe mir spontan den Nachmittag freigenommen und wir sind zusammen in die Stadt gegangen, saßen lange in einem Café und haben geredet. Nicht so viel über die alten Zeiten, die haben wir tunlichst umschifft. Danach ist ja auch noch genug passiert. Daniels Weltreise, sein Studium, das er niemals angetreten hat, sein Haus irgendwo in der Heide, seine Erbschaft und sein kurioses Leben. Dagegen habe ich ja quasi einen langweiligen Lebenslauf.«

»Haben Sie sich wiedergetroffen?«

»Wollten wir eigentlich. Aber wie das so ist, ein Treffen ist interessant und das war es dann aber auch schon. So richtig ratsam ist es ja auch nicht, die große Jugendliebe in späteren Jahren zu daten.«

»Telefoniert oder geschrieben?«

»Einmal hat Daniel mich angerufen. Ich hatte ihm meine Nummer gegeben. Da haben wir wohl beide schnell festgestellt, dass wir uns doch nicht mehr viel zu sagen haben. Trotzdem war ich froh, ihn getroffen zu haben. Es war eine Art Abschluss, ein Schlussstrich unter einer immer noch offenen Wunde. So kam es mir zumindest vor. Ich weiß nicht, ob es ihm auch so gegangen ist, aber bei mir war es so.«

Fünfzehn

Hanna ließ sich auf dem Fahrersitz zurückfallen. Sie hatten noch eine halbe Stunde mit Kerstin Denecke gesprochen. Im Laufe des Gesprächs hatte sie sich an immer weitere Details aus ihrer Jugend erinnert. Hanna und Jan hatten aufmerksam zugehört, sich Notizen gemacht und so ein Gefühl für die Jugend dieser Zeit in Amelinghausen bekommen. Wie in vielen Ortschaften dieser Größe war das Leben in der Gemeinde geprägt durch Traditionen, fand in Vereinen und Verbänden statt. Jede Abweichung von der Norm fand Eingang in die Gespräche der Menschen, jeder kannte jeden und sprach darüber. Der »Club« schien für die Clique die rettende Insel gewesen zu sein, ein Ort ohne die lästigen Blicke der Erwachsenen, ohne ihre Regeln, ohne die Gedanken an die Zukunft, die die Eltern für sie vorgesehen hatten.

»Zumindest haben wir sechs weitere Namen des inneren Kreises«, sagte Hanna. »Mit Denis Klein und den beiden Toten waren es neun Jungs, die einen Schlüssel vom ›Club‹ besaßen. Irgendeiner von ihnen wird ja wohl wissen, was passiert ist.«

»Wenn unsere Theorie überhaupt stimmt«, warf Jan ein. Er war erschöpft und frustriert vom Tag und konnte sich nicht vorstellen, in dieser Stimmung bei seinem Sohn anzurufen. Er schloss die Augen und wünschte sich, im Bett zu liegen und bereits zu schlafen.

Hanna stieß ihn an. »So erschöpft? Was ist mit dir los? Das Pensum haben wir doch sonst mit links geschafft.«

Jan sah sie an. »Mag sein. Ich fühle mich, als hätte jemand mit dem Hammer auf mich eingeschlagen.«

»Hotel oder Heide?«, fragte Hanna.

»Ist mir egal. Ich muss einfach nur abschalten.« *Und mit George telefonieren*, fügte er in Gedanken hinzu.

Hanna setzte sich aufrecht hin, startete den Motor und fuhr vom Parkplatz ab. »Um die Ecke habe ich einen Supermarkt gesehen. Ich besorge uns etwas zu essen und dann ist Schluss für heute.«

Wenige hundert Meter weiter stoppte sie neben dem Markt, sprang aus dem Auto und kam zehn Minuten später mit zwei Papiertüten in der Hand zurück. Sie verstaute die Einkäufe im hinteren Bereich des Wohnmobils und lenkte das Fahrzeug kurz darauf aus dem Ort heraus.

Hanna setzte sich zu Jan an den Campingtisch. Das Wohnmobil parkte an der gleichen Stelle wie am Vortag, die Temperaturen lagen noch bei fünfundzwanzig Grad und würden, wie Jan im Radio gehört hatte, in der Nacht kaum unter zwanzig sinken. Hanna hatte ein Baguette gekauft, Oliven, Paprika, verschiedene Käsesorten und eine Salami. Dazu gab es frische gesalzene Butter.

Hanna hob die Weinflasche und sah ihn fragend an.

»Nur ein Glas«, sagte Jan, der in der letzten halben Stunde kaum gesprochen hatte.

»Du willst noch telefonieren?«

Jan sah auf die Uhr, nickte, stand auf und griff nach seinem Handy, das er zuvor auf den Tisch gelegt hatte. Er entfernte sich einige Meter vom Wohnmobil und drückte die Kurzwahltaste. Violet nahm das Gespräch an und gab es an George weiter.

»Alles gut bei dir?«, fragte Jan.

»Ja, Papa. Ich habe mich heute mit zwei Freunden getroffen. Mama hat mich vor zwei Stunden abgeholt. Wir haben Musik gehört und uns unterhalten. Die beiden sind echt cool.«

»Klingt doch gut.«

»Mama hat mir erzählt, dass ihr über unsere Idee gesprochen habt. Das mit der Wohnung, meine ich. Mama denkt darüber nach, ob es geht.«

»Ich weiß«, sagte Jan. »Wir müssen da wohl abwarten.«

»Warum? Es steht zwei zu eins für unseren Plan. Du kannst dir doch einfach eine Wohnung suchen, Papa.«

»Wenn es doch so einfach wäre, George. Ich will mich nicht wieder mit Mama streiten, das weißt du doch. Wir müssen das alle gemeinsam beschließen. Abstimmen ist in diesem Fall keine gute Idee.«

»Meinst du?«

Jan hörte die Enttäuschung in seiner Stimme und spürte einen Stich in der Herzgegend. »Ich komme, so schnell ich kann, nach London. Dann bespreche ich das alles mit Mama und wir finden sicher eine Lösung.«

George schwieg.

»Bist du noch da?«, fragte Jan.

»Ja, Papa. Wann kommst du?«

»Ich habe hier noch zu tun. Wir sind in der Lüneburger Heide. Weißt du, wo das ist?«

»Nein, aber ich kann das gleich im Internet nachschauen. Ist Hanna auch bei dir?«

»Ja, wir arbeiten doch immer zusammen.«

»Und was macht ihr da?«

»Zwei Männer sind getötet worden.«

»Ermordet?« George schwieg eine Weile, bevor er fragte: »Ist das nicht gefährlich für dich?«

»Nein, außerdem habe ich doch eine Pistole. Und Hanna ist auch noch da. Sie ist eine sehr gute Polizistin.«

Sie unterhielten sich noch eine Weile, bis Jan im Hintergrund Violet rufen hörte.

»Wir essen jetzt. Rufst du wieder an, Papa?«

Jan ging zum Wohnmobil zurück und setzte sich zu Hanna. Sie hatte mit dem Essen auf ihn gewartet und schenkte ihm jetzt ein Glas Wein ein.

»Danke! Auch für alles andere.«

»Was denn?«

»Na ja, mich in dieser Stimmung zu ertragen, ist sicher nicht einfach.«

»Zerbrich dir nicht meinen Kopf.« Sie hob das Glas. »Ich habe nur eine Flasche gekauft.«

Jan lächelte und prostete ihr zu. »Sehr umsichtig.«

»Träumst du wirklich davon, wieder mit deiner Frau zusammenzukommen?«, fragte Hanna. Nach dem Essen hatten sie abgeräumt und waren draußen sitzen geblieben. Die Flasche Wein war noch zu zwei Dritteln gefüllt.

»Wir haben uns auseinandergelebt und nicht rechtzeitig gegengesteuert. Das passiert jeden Tag Millionen von Paaren und viele von ihnen trennen sich irgendwann.«

»Das habe ich nicht gefragt.«

»Ich weiß. Natürlich träume ich davon, wieder mit den beiden zusammenzuleben. Aber ich weiß auch, dass es kein Zurück gibt. Unsere Ehe ist gescheitert. Aber mein Sohn bleibt mein Sohn. Und nur darum geht es gerade.«

»Sicher?«

Jan schüttelte den Kopf. Hanna hatte punktgenau seine wunde Stelle getroffen. Sein Verhältnis zu Violet war nicht das eines Ex-Ehemannes. Er nahm sie immer noch in Schutz, suchte Kompromisse, wo es keine gab, und fand fast immer einen Weg, mit ihr auszukommen. Dabei ging es eigentlich darum, dass George mit beiden Elternteilen aufwachsen konnte.

»Du kennst doch die Antwort, sonst würdest du nicht fragen«, sagte Jan nach einer Weile.

Hanna trank ihr Glas leer und schenkte sich nach. »Und jetzt? Wann siehst du der Realität ins Auge?«

»Heute Abend nicht mehr«, murmelte Jan.

»Gut, Themawechsel. Hatte ich dir erzählt, dass mich im Supermarkt ein Typ angebaggert hat? Er war nur mit Mühe abzuschütteln.«

»Du bist eine attraktive Frau. Wundert dich das?«

»Bin ich das? Sieht man mir nicht schon von Weitem an, dass ich eine Kratzbürste bin? So nennt mich übrigens meine Schwester.«

Jan schmunzelte. »Kratzbürste? Na ja, so ganz unrecht hat sie wohl nicht.«

Hanna griff nach dem Kissen, das sie im Rücken liegen hatte, und warf es in Jans Richtung. Er fing es auf, grinste und gab Hanna das Kissen zurück. Sie nahm es augenrollend an und polsterte damit wieder die Rückenlehne.

»Der Typ hat doch tatsächlich nach meiner Nummer gefragt.«

»Was hast du geantwortet?«

»Dass ich mit dem Wohnmobil unterwegs bin und du im Auto auf mich wartest.«

»Und das hat ihn überzeugt?«

Hanna lachte. »Ich habe ihm gesagt, dass du Profiboxer bist.«

Jan seufzte. »Und wie viel von deiner Geschichte ist jetzt tatsächlich passiert?«

»Keine Ahnung. Du wolltest doch einen Themawechsel.«

»Ja, das wollte ich wohl.« Sich um die Probleme anderer Menschen zu kümmern, tief in sie hineinzublicken und zu ergründen, warum sie etwas taten oder nicht taten, das war sein Beruf. Nur er selbst war sich häufig ein Rätsel. »Ich werde mich ab sofort voll auf den Fall konzentrieren. Und anschließend fliege ich nach London und spreche mit Georges Mutter.« Jan fiel auf, dass er Violet nicht beim Namen genannt hatte. War das der erste Schritt, sich von ihr zu befreien? Musste er befreit werden? Wer hielt ihn fest? Nur er selbst?

»Guter Plan«, unterbrach Hanna seine Gedankenspiele.

Jan sah auf. »Was hättest du gemacht, wenn ich dich gestern im Bett geküsst hätte?«

»Küssen wird überbewertet.«

»Du weichst aus.«

»Warum hast du es nicht getan?«

Jan zögerte. Er wusste keine Antwort auf ihre Frage. Hatte es sich einfach nicht ergeben? Stand Violet zwischen ihnen? Nein, er hatte in dem Augenblick nicht mehr gewollt, als in ihren Armen einzuschlafen.

»Ich weiß es nicht genau. Ich brauchte jemanden, der mich für ein paar Stunden festhält.«

»Irgendjemanden?«

»Nein, sicher nicht. Ich bin zu dir gekommen und nicht zu irgendjemandem. Es hat sich einfach richtig angefühlt. Und es hat gutgetan.«

Hanna nickte. »Mir auch.« Sie schmunzelte. »Auch wenn du eigentlich nicht mein Typ bist.«

Das war Hanna. In der einen Sekunde todernst, in der nächsten wieder mit einem spöttischen Spruch auf den Lippen. Er würde sie vermissen, sollte er wieder ganz nach London ziehen.

»Ich könnte meine Haare färben lassen …«, schlug Jan vor.

Hanna lachte. »Bitte nur ernsthafte Vorschläge, Herr de Bruyn.«

Jan kratzte sich am Kopf. »Mir fällt da gerade nichts ein.«

Hanna stand auf, stellte ihren Campingstuhl direkt neben seinen und setzte sich wieder. »Bleib einfach, wie du bist. Und ertrag mich noch eine Weile.«

»Das lässt sich einrichten.« Er legte seine Hand auf ihre und schaute ins kleine Tal hinunter. Das Violett der Heide strahlte bei der tief stehenden Sonne besonders intensiv. Schweigend saßen sie nebeneinander. Von Jan fiel die Last der letzten Tage ab. Er atmete den Duft der Pflanzen ein und wünschte sich, diesen Augenblick für immer festhalten zu können.

Als sie kaum noch etwas sehen konnten, stand Hanna auf und hielt ihm die Hand hin. »Morgen wird wieder ein anstrengender Tag. Lass uns schlafen gehen.«

Sechzehn

Robert Möller eröffnete die morgendliche SoKo-Sitzung und bat als Erstes den Leiter der Kriminaltechnik um einen Bericht.

Stefan Lützen grüßte in die Runde und klappte die dünne Akte auf, die vor ihm auf dem Tisch lag. »Ich beginne gleich mal mit der erfreulichsten Nachricht: Wir haben identische Fingerabdrücke an beiden Tatorten gefunden, die wir nicht zuordnen können.«

Ein Raunen ging durch die Gruppe.

»Es ist nicht auszuschließen«, warf Möller ein, »dass es sich hierbei um den Täter«, er warf einen Blick zu Jan, »oder die Täterin handelt. Auf jeden Fall ist es ein Beweis dafür, dass beide Männer mit einer Person Kontakt hatten.«

»So ist es«, stimmte ihm der Kriminaltechniker zu. »Punkt zwei: Wir konnten erfreulicherweise auch das Handy von André Borchert entsperren. Er hat aktiv einen Messenger-Dienst benutzt. Es gibt zahlreiche Nachrichten an seine Frau und an eine Sarah. Wie Robert mir vorhin sagte, ist euch schon bekannt, dass diese Sarah seine Geliebte war. Ich kann das aufgrund der Nachrichten an sie bestätigen. Robert sagte mir auch, Frau Bischof habe schon ausgesagt, dass sich in den letzten Wochen vor Borcherts Tod etwas zwischen den beiden geändert hat. Auch das kann ich bestätigen. Die Chatverläufe findet ihr in der Datenbank. Alles ganz klassisch, bei der Ehefrau und auch bei der Geliebten. Interessant ist, dass Daniel Albers ebenfalls mit Borchert über diesen Nachrichtendienst in Verbindung stand. Leider sind alle Nachrichten zwischen den beiden gelöscht worden. Wir konnten sie auch nicht wiederherstellen. Auf Daniel Albers' Handy war, wie ihr euch sicher erinnert, die App nicht einmal mehr installiert. Wir können jetzt davon ausgehen, dass er sie gelöscht hat – und damit natürlich auch sämtliche Nachrichten.«

»Keine Chance, da wieder ranzukommen?«, fragte Oberkommissar Jörg Krause.

»Wenn du gute Verbindungen in die USA und zu dem Messenger-Dienst hast, gäbe es wahrscheinlich eine kleine Chance. Aber Scherz beiseite. Nein, ich kann ausschließen, dass wir da jemals drankommen.«

»Gibt es weitere neue Erkenntnisse aus den beiden Durchsuchungen?«, fragte Möller.

»DNA läuft noch. Wie ihr wisst, kann das schnell mal bis zu zwei Wochen dauern, und das wäre immer noch im Turbogang. Ansonsten keine neuen Ergebnisse. Im Borchert-Büro haben wir die Kundenadressen gesichert und an euch weitergeleitet. Wenn ihr keine Fragen habt, wäre es das von meiner Seite.«

Stefan Lützen nickte Möller zu, stand auf und verließ den Raum.

»Weiter geht's. Willst du, Nina?«

Nina Jacobi schlug ihr Notizbuch auf. »Wir sind mit den Bankdaten durch. Der erste Eindruck hat sich bestätigt, der Borchert-Agentur ging es finanziell nicht gut.«

Hanna räusperte sich. »Vielleicht kann ich da kurz die zweite Befragung von Frau Bischof einschieben.« Sie berichtete von den Problemen der Firma, dem aggressiven Mitbewerber in Geesthacht und dem Kredit eines Freundes.

»Passt alles«, sagte Nina Jacobi. »Wir haben die Einzahlungen gefunden und haben eine Vermutung, wer der Freund war. Daniel Albers hat hunderttausend Euro in bar von seinem Konto abgehoben. Da wir keine entsprechenden Ausgaben bei ihm gefunden haben, die er eventuell bar bezahlt haben könnte, nehmen wir an, dass er den Betrag anderweitig verwendet hat. Etwa zur gleichen Zeit hat André Borchert rund achtzigtausend Euro in Margen unter zehntausend auf sein Privatkonto eingezahlt und später als größeren Betrag als Einlage in die GmbH eingebracht. Zwanzigtausend sind vermutlich von ihm privat verbraucht worden. Er hat sein Geschäftsführergehalt übrigens für über ein halbes Jahr um die Hälfte gekürzt. Wenn ich die Zwanzigtausend jetzt mitrechne, komme ich insgesamt auf die hunderttausend Euro, die Borchert also vermutlich von Daniel Albers bekommen hat.«

»Warum so kompliziert?«, fragte Jörg Krause.

»Vielleicht war es kein Kredit«, warf Nina Jacobi ein.

»Sondern?« Thomas Kleist äußerte sich zum ersten Mal an diesem Tag. Er wirkte auf Hanna, als habe er noch schlechtere Laune als am Vortag.

»Eine Art Schenkung, die vertuscht werden sollte«, erklärte die junge Kommissarin ihrem älteren Kollegen. »Wofür Borchert das Geld bekommen hat, lässt sich nur vermuten.«

»Schweigegeld, meinst du?«, fragte Kleist. »Wofür? Die beiden hatten doch seit über zwanzig Jahren nichts mehr miteinander zu tun.«

»Das wissen wir, Thomas«, sagte Robert Möller. »Es könnte ein Hinweis sein, dass Borchert etwas gegen Albers in der Hand hatte.«

Thomas Kleist schwieg.

»Gut, dann mache ich mal weiter«, sagte Nina Jacobi. »Bis auf diese mutmaßliche Zahlung von Albers an Borchert haben wir nichts Auffälliges gefunden. Borchert hatte privat allerdings hohe Ausgaben, die sich im Durchschnitt auf fast zehntausend im Monat beliefen. Auch in der finanziellen Notlage hat er da nicht viel reduziert. Albers hingegen hatte nur wenige Ausgaben, die allesamt notwendig waren. Gas, Strom, Wasser, Steuern und so weiter. Bis auf die hunderttausend Euro waren alle vollkommen im zu erwartenden Rahmen bei einem alleinstehenden Mann.«

»Danke, Nina«, sagte Robert Möller. Er wandte sich an Hanna. »Sie haben noch weitere Erkenntnisse aus der zweiten Befragung von Sarah Bischof gewonnen?«

»Ja«, sagte Hanna, die seit ihrem kurzen Telefonat am Vorabend noch nicht dazu gekommen war, den SoKo-Leiter auf den neuesten Stand zu bringen. Sie berichtete von dem Brand im Hause Sommer, dem Vorfall im Büro und ihrer Befragung von Jonas Sommer.

»Klingt vielversprechend«, kommentierte Robert Möller die neue Spur. »Wie war Ihr Eindruck von dem Sohn?«

Hanna gab die Frage an Jan weiter. »Hinter zwei Morden mit dieser akribischen Vorbereitung und Durchführung vermute ich ein extrem starkes Motiv. Das habe ich bei Jonas Sommer nicht gesehen. Er scheint keine starke Verbindung zu seinen Eltern gehabt zu haben, sein Ärger war vor allem auf die nicht ausgezahlte Versicherungssumme bezogen. Entweder hat er uns bewusst etwas vorgemacht – dann wäre es allerdings durchaus eine schauspielerische Leistung gewesen – oder er hat nichts mit den Taten zu tun.«

»Wir haben Sommer allerdings nicht von der Liste der Verdächtigen gestrichen«, fügte Hanna hinzu. »Wir sollten ihn schon gründlich durchleuchten.«

»Notiert«, sagte Möller. »Dann …«

»Wir haben noch den Zeugen Denis Klein befragt«, unterbrach Hanna ihn. »Vielleicht sollte ich das noch kurz berichten.« Sie brauchte keine fünf Minuten, um die Befragung in den Grundzügen darzulegen.

Möller bedankte sich und gab Thomas Kleist das Wort. Sein Team hatte sich mit den Daten der Versicherungsagentur beschäftigt und war bisher nicht über eine erste Sichtung hinausgekommen.

»Wir konzentrieren uns jetzt auf Beschwerden und Problemfälle«, beendete Kleist seinen Bericht. »Ich fürchte, das kann durchaus noch ein paar Tage dauern.«

»Okay«, sagte Robert Möller und gab den Stab weiter an Jörg Krause, der sich mit seinem Team auf die Suche nach möglichen weiteren Fällen von vorgetäuschtem Suizid gemacht hatte.

»In Stadt und Landkreis sind wir acht Suiziden der letzten sechs Monate nachgegangen. Nach Aktenlage gab es bei keinem dieser Fälle eine Verbindung nach Amelinghausen oder Zweifel am Suizid. Daraufhin haben wir den Radius erweitert und bearbeiten jetzt gerade Fälle in den benachbarten Kreisen und kreisfreien Städten. Dass die Recherche außerhalb unseres Einsatzgebietes schwieriger ist, brauche ich nicht zu erwähnen. Immerhin haben wir jetzt eine erste Namensliste der damaligen Clique. Ich würde vorschlagen, dass wir diese Personen als Erstes suchen und abklären, wo sie im Moment zu finden sind.«

Robert Möller stimmte zu und schlug vor, die weitere Aufgabenverteilung noch einmal durchzugehen, als Jan sich noch einmal zu Wort meldete.

»Ja, Kollege de Bruyn.«

»Ich habe mir vor der Sitzung Albers' Obduktionsbericht vorgenommen und etwas gefunden, das wir bisher noch nicht berücksichtigt haben. Bei Daniel Albers sind Hämatome auf dem Oberkörper gefunden worden, die nur leicht ausgeprägt waren, aber vom Rechtsmediziner nicht zugeordnet werden konnten.«

»Das ist mir auch aufgefallen«, sagte Möller. »Haben Sie dafür eine Erklärung gefunden?«

»Ich vermute, dass Albers ein Klettergurt angelegt wurde, um ihn am Balken hochzuziehen.«

»Was eine Frau ja wohl kaum schaffen würde«, warf Thomas Kleist mit spöttischem Unterton ein.

»Mit einem Flaschenzug wäre das durchaus möglich«, entgegnete Jan ruhig. »Vielleicht sollten wir die Kriminaltechnik bitten, einen Praxistest durchzuführen.«

Jan sah wenig Zustimmung in den Gesichtern der Lüneburger Kommissare. Nur Nina Jacobi schien offen für seine Argumente zu sein. »Ich denke auch, dass wir uns nicht vorschnell auf einen männlichen Täter einschießen sollten.«

»Wir halten das offen«, sagte Robert Möller. »Wie ihr sicher schon bemerkt habt, gab es bisher weder eine Pressemitteilung noch eine Pressekonferenz. Ich bin mit dem Staatsanwalt übereingekommen, dass wir unsere Erkenntnisse vorerst zurückhalten, um den Täter in Sicherheit zu wiegen. Bitte informiert die restlichen Kollegen, dass niemand auch nur ein Sterbenswörtchen mit der Presse spricht.«

Jan hob den Arm. »Ich hatte schon gestern erwähnt, dass wir weitere Tötungsdelikte nicht ausschließen können. Ob jetzt in diesem Zusammenhang eine Nachrichtensperre der richtige Weg ist, ist schwer zu sagen. Es könnte gut sein, dass es den Täter oder die Täterin verunsichern würde, wenn bekannt wird, dass die Polizei ermittelt, und er oder sie Zeit bräuchte, um eine neue Strategie zu entwickeln.«

»Ja, darüber habe ich auch mit der Staatsanwaltschaft gesprochen«, sagte Robert Möller. »Wir sind davon ausgegangen, dass eine Veröffentlichung den Täter unter Zeitdruck setzen würde. Sprich: Noch geplante weitere Morde würden eher vorgezogen als unterlassen.«

Jan wiegte den Kopf hin und her. »Ich halte meine Variante für wahrscheinlicher.«

Sekundenlang blieb es still im Raum, erst Möllers leises Räuspern beendete die angespannte Atmosphäre. »Das werden wir jetzt nicht klären können. Und wie gesagt, der Punkt ist bereits mit der Staatsanwaltschaft final abgesprochen.«

Robert Möller fasste die bisherigen Ermittlungen noch einmal kurz zusammen, verteilte die Aufgaben und schloss das Meeting.

Siebzehn

Hanna schrieb den letzten Satz des Protokolls, speicherte es ab und schloss den Laptop. »Ich bin so weit fertig.«

Jan sah von seinen Notizen auf. »Was hast du gesagt?«

»Ich bin fertig. Kaffee?«

Jan reckte sich und stand auf. »Aber nicht hier. Ich brauche Bewegung. Kommst du mit? In der Altstadt gibt es zahlreiche Cafés.«

Wenig später erreichten sie die Lüneburger Fußgängerzone.

»So schweigsam?«, fragte Hanna.

»Das Profil beschäftigt mich.«

Sie liefen an den mittelalterlichen Häuserfassaden vorbei, die nur hin und wieder durch eine Bausünde unterbrochen wurden. Die beeindruckenden Giebelhäuser zeugten von dem unglaublichen Reichtum der Lüneburger Kaufleute im Mittelalter, den sie vor allem den Salzvorkommen der Stadt und ihrer Zugehörigkeit zur Hanse zu verdanken hatten.

»Hier?«, fragte Hanna und zeigte auf die freien Tische im Außenbereich eines Cafés. »Ich gehe kurz rein und bestelle.«

Jan nickte, suchte sich einen Tisch aus und setzte sich. Wie in den letzten Tagen schien die Sonne und die Temperatur lag schon gegen Mittag bei weit über fünfundzwanzig Grad. Jan schloss die Augen und dachte über sein Täterprofil nach, das inzwischen zu einem Täterinnenprofil geworden war. An den letzten zwei Vormittagen hatte er intensiv an dem Profil gearbeitet und alle bisherigen Erkenntnisse einfließen lassen. Die Täterin war im Alter der Opfer, alleinstehend, finanziell unabhängig, hochintelligent und traumatisiert. Ein Großteil der Parameter deutete darauf hin, dass es sich um ein sehr persönliches Motiv handelte, das unmittelbar mit den beiden Opfern in Verbindung stehen musste. Das eigentliche Problem war, dass er nicht fassen konnte, wie weit das auslösende Ereignis zurücklag und, noch wichtiger, durch was die aktuellen Geschehnisse gerade jetzt in Gang gesetzt worden waren. Jan tendierte inzwischen immer mehr zu der Variante mit einem weit in der Vergangenheit liegenden Motiv und einem konkreten Auslöser in der Gegenwart.

»Schläfst du?«, fragte Hanna.

Jan öffnete die Augen und nahm den Latte macchiato in Empfang. »Danke! Und nein, ich habe nicht geschlafen, sondern über das Profil nachgedacht.«

Hanna sah sich um. Die nächsten Gäste des Cafés saßen zu weit entfernt, um sie hören zu können, und die vorbeilaufenden Menschen konnten allenfalls Bruchstücke ihres Gesprächs mitbekommen. Sie setzte sich zu Jan an den Tisch. »Lass hören!«

Jan gab ihr einen Überblick und erklärte ihr im Detail, wie er zu dem bisherigen Profil gekommen war.

»Klingt logisch. Und du tendierst jetzt tatsächlich zu einer Frau?«

»Ja«, sagte Jan. »Allerdings habe ich dafür zu wenig belegbare Anhaltspunkte. Das ist mehr Intuition als Wissenschaft.«

Hanna schmunzelte. »Dass ich das noch erleben darf. Jan de Bruyn beruft sich beim Täterprofil auf seine Intuition.« Sie trank den letzten Schluck Latte und wischte sich mit der Serviette den Mund ab. »Aber im Ernst. Was heißt das jetzt für uns? Überlassen wir Jonas Sommer den Kollegen und stürzen uns auf die Vergangenheit von Albers und Borchert?«

Jan nickte. »Sind die anderen Männer der Clique bereits ausfindig gemacht worden?«

»Ja, ich habe gerade die Liste per Mail bekommen.« Hanna griff nach ihrem Handy und rief Nina Jacobi an. Als sie wieder aufgelegt hatte, öffnete sie ihren Mail-Account. »Wir haben ein Date in Celle. Oliver Nehring. Sie konnten ihn telefonisch nicht erreichen und die Kollegen in Celle sind absolut unterbesetzt. Das kann zwei Tage dauern, bevor da jemand vorbeifährt.«

»Celle?«

Hanna öffnete die Handy-Navigation und berechnete die Route. »Eineinhalb Stunden.«

»Wie geht es dir eigentlich?«, fragte Jan, als sie bereits über die Hälfte der Strecke zurückgelegt hatten. »Bei meinem ganzen Familiendrama habe ich gar nicht gefragt, wie der Besuch bei deiner Schwester verlaufen ist.«

»Im Prinzip gut, bis meine Mutter unangemeldet auftauchte. Ich habe mich dann schnell verdrückt.«

»Hattet ihr beide Stress?«

»Mehr, als ein Mensch verkraften kann. Zumindest in den letzten fünfundzwanzig Jahren. Ich weiß, das hast du nicht gemeint. Ich halte es einfach nicht lange in ihrer Gegenwart aus. Telefonieren ist inzwischen okay, aber mit ihr an einem Tisch zu sitzen, ist verdammt schwierig.«

»Warum?«

»Frag nicht. Es ist zu viel passiert in den Jahren. Sie hat mich nie akzeptiert, wie ich bin, nicht als Kind, nicht als Jugendliche und später schon gar nicht. ›Eine Frau wird kein Soldat. Was willst du bei der Polizei? Warum muss immer alles nach deinem Kopf gehen?‹« Hanna stöhnte leise. »Das waren noch die harmlosesten Bemerkungen. Dabei hat sie doch eine Tochter, die alles so gemacht hat, wie Mama sich das vorgestellt hat.«

»Das alles ist lange her«, bemerkte Jan.

»Hast du deinem Vater verziehen, dass er deine Mutter verlassen hat?«

»Ja, sonst würde ich nicht in seinem Haus wohnen können und hätte auch das restliche Erbe abgelehnt.«

»Warum? Das war Schmerzensgeld. Wollte er sich damit nicht freikaufen?«

»Wir haben uns ein Jahr vor seinem Tod getroffen.«

»Oh, das hast du noch nicht erzählt. Hat er dich angesprochen?«

»Schon viele Jahre vorher, aber ich habe nie auf seine Briefe und später Mails reagiert. Irgendwann hat er aufgegeben. Es war an mir, den ersten Schritt zu machen. Ich habe ihn dann in Bad Zwischenahn besucht. Es war für uns beide ein langer und anstrengender Tag.«

»Wow! Das war jetzt aber keine Gebrauchsanleitung für mich, oder?«

»Nein«, sagte Jan. »Du hast gefragt, ich habe geantwortet. Wie die Beziehung zu deiner Mutter aussieht, ist einzig und allein deine Sache.«

»Leider.« Hanna starrte auf die Straße.

Jan konnte sich vorstellen, wie es gerade in ihr brodelte. Er wusste aus eigener Erfahrung, wie sehr einen die Beziehung zu den Eltern zerreißen konnte.

»Ich weiß, irgendwann ist es zu spät, um sich zu versöhnen«, fügte Hanna leise hinzu.

Jan schwieg. So gern er Hanna helfen wollte, er war nicht die richtige Person dafür.

»Themawechsel«, schlug Hanna mit einem gequälten Lächeln vor. »Wie gehen wir nachher vor?«

»Weißt du etwas von Oliver Nehring?«

»Nein, Nina recherchiert noch und wollte mich anrufen.« In diesem Augenblick klingelte ihr Handy. Hanna warf einen Blick aufs Display und nahm das Gespräch an.

»Wir sind auf der Fahrt nach Celle. Haben Sie etwas für uns, Nina?«

»Wenn Sie möchten, können wir uns gerne duzen«, schlug die junge Kommissarin vor.

»Klar, warum nicht? Hanna. Ich stell mal auf laut, damit Jan mithören kann.«

»Okay. Viel habe ich in der Kürze der Zeit nicht gefunden. Nehring hat nach der Mittleren Reife in Amelinghausen eine Ausbildung als Kfz-Mechatroniker in Harburg gemacht, anschließend zehn Jahre in Amelinghausen in einem Autohaus gearbeitet und ist dann nach Celle gezogen. Seit fünf Jahren ist er jetzt arbeitslos. Eigentlich ist es mit dem Beruf kein Problem, einen Job zu bekommen – ich konnte aber nicht herausfinden, warum er nicht arbeitet. Das muss einen Grund haben, sonst würde er keine dauerhafte staatliche Leistung beziehen können. Bei einem Anruf bei den Kollegen in Celle – es war nicht leicht, da jemanden zu finden, der für mich Zeit hatte – habe ich erfahren, dass seine Adresse in einem Kleingartenverein liegt. Mir wurde gesagt, dass man dort eigentlich nicht dauerhaft leben darf, aber die Vereinsregeln nicht durchgesetzt werden und da wohl häufiger ein Auge zugedrückt wird. Sprich: Er ist nicht der Einzige, der dort das ganze Jahr über lebt. Das war es erst mal von meiner Seite. Ach so, vorbestraft ist Nehring nicht, er hat allerdings seinen Führerschein abgeben müssen, nachdem er zweimal mit Alkohol am Steuer erwischt worden ist.«

»Danke, Nina. Solltest du noch etwas finden, wir sind noch mindestens eine halbe Stunde unterwegs.«

»Alkohol«, sagte Jan. »Kleingartenverein. Arbeitslos.«

Hanna nickte. »Habe ich auch sofort dran gedacht. Hoffentlich ist er ansprechbar. Sonst haben wir die lange Fahrt umsonst gemacht.«

Die Bundesstraße führte seit einigen Kilometern durch ein Waldgebiet. An beiden Seiten der Straße standen hohe Laubbäume.

»Ganz schön viele Bäume«, sagte Hanna.

»Der Lüßwald. Eins der größten zusammenhängenden Waldgebiete in Deutschland.«

»Warst du hier auch mit deiner Mutter?«

»Nein.«

»Sondern?«

»Ich weiß es halt.«

»Du warst schon mal hier?«, bohrte Hanna weiter.

»Ja.«

»Wann?«

»Hier wohnte jemand, den ich kannte.«

»Und wer?«

Jan stöhnte leise. Er wusste, dass Hanna keine Ruhe geben würde, bevor er ihr nicht geantwortet hatte. »Die Eltern meiner ersten richtigen Freundin lebten hier.«

»Was ist eine richtige Freundin?«, fragte Hanna.

Jan war sich sicher, dass sie wusste, wie er es gemeint hatte, und schwieg.

»Ach so. Die erste Frau, mit der du geschlafen hast. Verstehe. Und du wurdest sogar schon ihren Eltern vorgestellt? Alle Achtung. Was ist dann passiert?«

Jan hatte nicht die geringste Lust, mit Hanna über Angelika zu sprechen. Er schaute aus dem Seitenfenster und schwieg.

»Ihr habt euch getrennt?«, fragte Hanna in ihrer typisch unsensiblen Art weiter.

Jan sah Angelika vor sich, wie sie lachte, ihn mitzog und Pläne machte. Sie hatten sich in Hamburg kennengelernt, sie studierte Deutsch und Geschichte auf Lehramt, er im zweiten Semester Psychologie. Hätte er es ahnen müssen? Ihre depressiven Schübe kamen immer regelmäßiger, sie verbrachte manchmal Wochen bei ihren Eltern. Ihr Vater war Förster, das Haus stand mitten im Wald.

»Klingt nicht nach einem Happy End.«

»Suizid«, sagte Jan nach einer Weile des Schweigens. Nicht nur die Nähe von Lüneburg zum Lüßwald hatte ihn in den letzten Tagen an Angelika denken lassen, sondern auch die vermeintlichen Suizide. Zusammen mit der Sorge um George ergab das eine bittere Gefühlsmischung, die seine Energie bremste. »Ich habe es damals einfach nicht sehen wollen«, fügte er leise hinzu.

»Sorry, das konnte ich nicht wissen«, murmelte Hanna. »Wart ihr lange zusammen?«

»Gefühlt schon, tatsächlich nur vierzehn Monate und fünf Tage.«

»Wie war ihr Name?«

»Angelika.«

»Warst du oft mit ihr bei ihren Eltern?«

Jan nickte.

Hanna streckte ihre Hand aus und strich ihm über die Schulter. Den Rest der Fahrt schwiegen sie.

Achtzehn

Das Navi führte sie in den Westen der Stadt Celle. Der eigentliche Bereich der Kleingartensiedlung war nur für Anwohner befahrbar und durch eine Schranke gesichert. Hanna parkte auf dem kleinen Platz neben der Einfahrt zum Gelände.

»Jetzt heißt es suchen. Hausnummern scheint es nicht zu geben. Vielleicht finden wir jemanden, der uns weiterhelfen kann.«

Jan öffnete seinen Sicherheitsgurt und stieg aus, Hanna folgte ihm. Durch die Kleingartenanlage führte eine breite gepflasterte Straße, von der kleinere Schotterwege abführten. Jan sah sich um und entdeckte einen älteren Mann, der seinen Rasen mähte. Er ging zu ihm, wartete, bis er auf sie aufmerksam geworden war, und fragte ihn nach der Laube von Oliver Nehring.

»Nehring? Sie wollen zu dem Säufer? Warum?«

Jan zeigte seinen Polizeiausweis vor. »Wir müssen Herrn Nehring als Zeugen befragen. Sie wissen, wo seine Laube steht?«

»Polizei. Sieh an. So weit ist es jetzt schon gekommen. Ich habe Johann immer gesagt, er soll den Typ rauswerfen. Aber nein, auf mich hört ja niemand.«

»Johann?«

»Unser Vorsitzender. Ansonsten ist er immer sehr korrekt, aber bei dem Neffen von Karla macht er eine Ausnahme nach der nächsten.«

Als Jan ihn fragend ansah, erklärte er ihm, dass Karla Baum die Tante von Oliver Nehring sei und er ihre Laube geerbt habe.

»Johann hatte ein Faible für Karla.« Er zwinkerte Hanna zu. »Sie wissen schon, was ich meine. Er hat ihr wohl versprochen, einen Blick auf ihren Neffen zu werfen. Nun hat er den Salat. Der Typ macht nur Ärger.«

»Wenn Sie uns jetzt noch sagen könnten, wo Herr Nehring zu finden ist«, mischte sich Hanna ins Gespräch ein.

»Wir haben es etwas eilig«, fügte Jan mit einem Lächeln hinzu.

Der alte Mann nickte und zeigte die Straße hinunter. »Sie gehen da lang, dann die dritte rechts ganz durch, bis ein Querweg kommt. Dann ist es«, er zählte etwas an den Fingern ab, »ja, die vierte Laube sollte es sein. Weiß und die Fenster sind dunkelblau gestrichen. Die Farbe blättert schon ab. Und der Garten ist verwahrlost. Ich frage mich wirklich, was der …«

»Vielen Dank!«, fiel Hanna ihm ins Wort und wandte sich abrupt ab. Jan eilte ihr nach.

»Hätten wir ihn nicht fragen sollen, ob Nehring zu Hause ist?«, fragte Jan.

»Ich hasse diese Blockwart-Mentalität. Wir werden ja gleich sehen, ob er da ist.«

Sie liefen durch die Anlage, hin und wieder sahen sie jemanden Rasen mähen, im Garten oder am Haus arbeiten.

»Wär das was für dich?«, fragte Hanna.

»In London träumen die Menschen von so einem Stück Garten. Ich selbst habe keinen grünen Daumen und auch wohl nicht die Ausdauer.«

»Hast du einen Gärtner für dein Anwesen?«

»Und Butler und Köchin und …« Jan ärgerte sich jedes Mal, wenn Hanna das Haus seines Vaters als Anwesen bezeichnete.

Sie grinste. »Echt jetzt? Haben die immer Urlaub, wenn ich …«

»Da müssen wir rein«, unterbrach Jan sie.

Kurz darauf standen sie vor der beschriebenen Laube. Auf dem Postkasten an der Gartenpforte stand der Name Nehring, die Vorhänge der Fenster zur Straßenseite waren zugezogen. Hanna öffnete die Pforte, die quietschend aufsprang. Sie gingen auf das Holzhäuschen zu, suchten vergeblich nach einer Klingel und klopften schließlich an die Tür. Niemand öffnete. Hanna klopfte ein weiteres Mal an die Tür und anschließend ans Fenster. Keine Reaktion.

»Gehen wir um die Laube herum. Du rechts, ich links.«

Auch bei den anderen Fenstern waren die Vorhänge zugezogen. Sie bestanden aus festem Stoff und ließen keinen Blick in die Laube zu. Auf der Rückseite des Holzhauses traf Jan auf Hanna. »Nichts. Hast du etwas?«

»Nein. Der Vogel ist entweder ausgeflogen oder hier ist etwas oberfaul. Wollen wir rein?« Sie zog ein Etui aus der Tasche, das, wie Jan wusste, eine Reihe von Werkzeugen enthielt, mit denen Hanna die meisten Türen in wenigen Sekunden, allenfalls Minuten öffnen konnte.

»Das könnte uns später gewaltig auf die Füße fallen. Im Lüneburger Team könnte jemand nur darauf warten, dass wir einen Fehler machen.«

Hanna stöhnte. »Und was schlägst du vor?«

»Wir befragen die Nachbarn und dann sehen wir weiter.«

Sie klopften an den Türen zur rechten und zur linken Seite, ohne dass ihnen jemand öffnete. In den Gärten schien auch niemand zu arbeiten.

Jan zeigte auf das Holzhäuschen gegenüber von Nehrings Laube. »Ich glaube, da hat sich vorhin die Gardine bewegt.« Er ging voraus und klopfte an die Tür.

Eine ältere Frau öffnete ihm die Tür einen Spaltbreit. »Ja? Was wollen Sie?«

»Wir sind von der Polizei. Mein Name ist Jan de Bruyn und das ist meine Kollegin Hanna Will.« Jan zeigte ihr den Ausweis, den die Frau lange musterte.

»Und was wollen Sie hier?« Sie hatte die Tür inzwischen etwas weiter geöffnet.

»Wir müssen mit Herrn Nehring sprechen«, sagte Jan. »Es geht um eine Zeugenaussage.«

»Oliver? Den habe ich schon seit zwei Wochen nicht mehr gesehen.«

»Sie kennen Herrn Nehring persönlich?«

»Ja, natürlich. Er ist doch der Neffe von Karla. Wir waren befreundet, müssen Sie wissen. Als Karla dann gestorben ist, ist Oliver hier eingezogen. Nicht sofort, aber nach ein paar Monaten.«

»Wollte Herr Nehring denn verreisen?«, fragte Hanna.

»Nein, wohin auch? Er hat doch nicht einmal ein Auto. Er fährt immer mit dem Fahrrad in die Stadt.«

»Das schwarze Herrenfahrrad, das neben dem Haus steht?«

»Ja, das ist seins.«

»Er hat Ihnen also nicht gesagt, dass er für eine längere Zeit Celle verlassen wollte?«, hakte Hanna noch einmal nach.

»Ich verstehe es auch nicht. Der Junge wollte mich eigentlich zum Arzt begleiten. Ich bin nicht mehr so gut zu Fuß, müssen Sie wissen.«

»Wann war oder ist Ihr Arzttermin?«, fragte Jan.

»Der war vor einer Woche. Ich bin dann mit dem Taxi gefahren. Ich weiß wirklich nicht, warum Oliver so plötzlich verschwunden ist.«

»Zwei Wochen, sagten Sie?«

»Es kann auch etwas länger her sein. Der Junge hat doch gar kein Geld, um in Urlaub zu fahren. Er arbeitet doch nicht. Sein Rücken – er quält ihn, hat Oliver gesagt. Deshalb kann er ja auch im Garten nichts machen.«

»War denn alles normal mit Oliver, bevor er verschwunden ist?«, fragte Jan.

»Normal?«, fragte die alte Frau.

»War er gereizt oder nervös oder etwas Ähnliches?«

»Nein, überhaupt nicht. Oliver ging es richtig gut in den letzten Monaten. Er hat doch mit dem Trinken aufgehört. Das hatte er Karla versprochen. Es hat lange gedauert, aber jetzt …« Sie ließ den Satz unvollendet. Jan vermutete, dass sie gerade darüber nachdachte, ob ihr Nachbar einen Rückfall erlitten hatte und deshalb nicht in die Kleingartenlaube zurückgekehrt war.

»Danke, Frau …«

»Meyer. Christel Meyer.«

»Vielen Dank, Frau Meyer. Wir schauen noch mal am Haus vorbei. Vielleicht können wir irgendetwas entdecken.«

»Dürfen Sie das denn?«, fragte Christel Meyer.

Jan lächelte. »Aber ja, Frau Meyer. Wir sind doch von der Polizei.«

Sie verabschiedeten sich von der alten Dame und gingen zurück zur Gartenlaube.

»Da ist was faul«, sagte Hanna. »Wir sollten da sofort rein.«

Jan schüttelte den Kopf. »Frau Meyer beobachtet uns. Wir sollten vorsichtig sein. Sag mal, normalerweise deponiert man doch beim Nachbarn oder bei einem Freund einen Haustürschlüssel. Vielleicht …« Er brach ab und war bereits wieder auf dem Weg zu Christel Meyers Laube. Nachdem Frau Meyer ihm ein zweites Mal geöffnet hatte, fragte er sie, ob sie einen Zweitschlüssel von der Laube besitze.

»Ja, natürlich. Den hat Karla mir schon vor vielen Jahren gegeben. Oliver weiß Bescheid, nicht dass Sie denken, ich würde ihm nachspionieren oder so was.«

»Uns kommen die Umstände von Herrn Nehrings Verschwinden ausgesprochen suspekt vor. Wir dürfen leider nicht ins Haus, ohne dass ein Richter einen Beschluss ausgestellt hat.« Jan machte eine kurze Pause und ließ die Worte wirken. »Es scheint uns aber notwendig, dass sofort jemand im Haus nach dem Rechten schaut. Könnten Sie vielleicht einen Blick hineinwerfen?«

Frau Meyer hielt erschrocken die Hand vor den Mund. »Sie meinen …«

Jan nickte vielsagend.

»Ja, ich hole schnell den Schlüssel.«

Kurz darauf kam sie zurück, ließ ihre Haustür offen und folgte Jan über den Weg. Hanna, die im Vorgarten gewartet hatte, schloss sich ihnen an. Mit leicht zitternder Hand drehte Christel Meyer den Schlüssel um und schob vorsichtig die Tür auf.

»Oliver!«, rief sie in den dunklen Flur hinein.

Jan, der neben ihr stand, zog sie zurück. Er hatte sofort den süßlich beißenden Verwesungsgeruch wahrgenommen und reagiert. Er schloss die Tür und sprach beruhigend auf die alte Frau ein.

»Warum …?«

»Frau Meyer, ich bringe Sie zurück in Ihr Haus. Ich komme später noch einmal bei Ihnen vorbei. Machen Sie sich keine Sorgen, wir kümmern uns um alles.«

Jan begleitete die Frau bis zu ihrer Haustür und fragte, ob sie alleine zurechtkommen würde. Als Christel Meyer nickte, verabschiedete er sich von ihr und eilte zurück zu Hanna.

»Was ist das für ein verdammter Mist?«, fluchte sie.

»Vermutlich unser drittes Opfer – oder eigentlich das erste.«

Neunzehn

Eineinhalb Stunden später herrschte reges Treiben in der Kleingartenanlage. Neben einem Streifenwagen, dessen Besatzung das gesamte Grundstück von Oliver Nehring mit rot-weißem Band für alle Unbefugten sperrte, standen dort die Fahrzeuge der Kriminaltechnik und der örtlichen Kriminalpolizei sowie ein schwarzer Leichenwagen. Ein Arzt hatte den unzweifelhaften Tod des Mannes, bei dem es sich aller Wahrscheinlichkeit nach um Oliver Nehring handelte, festgestellt und hatte die Kleingartenanlage bereits wieder verlassen. Robert Möller war informiert und auf dem Weg nach Celle.

»Das sieht alles eher danach aus, als habe sich der Mann zu Tode getrunken oder sei im Vollrausch an einem Kreislaufversagen oder so gestorben.« Der Celler Hauptkommissar Thorsten Schill stand mit Hanna und Jan vor Nehrings Laube.

»Oliver Nehring gehört zu einer Freundesgruppe, aus der in den letzten zehn Tagen zwei Männer tot aufgefunden worden sind. Beide Male wurde mit viel Aufwand ein Suizid vorgetäuscht«, wiederholte Hanna zum zweiten Mal.

»Das habe ich verstanden, Frau Kollegin.«

»Ich würde vorschlagen, dass Ihre Kriminaltechniker noch warten. Die Lüneburger Kollegen sollten jeden Augenblick hier sein.«

»Auch das haben Sie schon erwähnt. Es wäre übrigens nett gewesen, wenn Sie uns von Ihren geplanten Befragungen hier in Celle in Kenntnis gesetzt hätten. Sie wissen schon, dass das der normale Dienstweg gewesen wäre, oder?«

Hanna atmete tief durch. Thorsten Schill war einen Kopf kleiner als sie, dafür schätzte sie sein Gewicht auf das Doppelte von ihrem. Sie hatte oft erlebt, dass kleinere Männer mit ihr Probleme hatten und versuchten, sie formal in die Schranken zu weisen. Normalerweise reagierte sie ausgesprochen deutlich in solchen Situationen, hoffte jetzt aber, dass Robert Möller jeden Augenblick eintreffen und die Angelegenheit in seine Hände nehmen würde.

»Ihre Dienststelle hat ziemlich deutlich gemacht, dass sie nicht in der Lage sei, die Befragung von Oliver Nehring zeitnah durchzuführen. Dass wir dann selbst tätig werden, muss doch nicht groß erklärt werden, Kollege.«

In diesem Augenblick hielten zwei Fahrzeuge mit Lüneburger Kennzeichen an der Absperrung. Robert Möller stieg aus und kam mit schnellen Schritten auf sie zugelaufen. Er reichte Thorsten Schill die Hand und sprach ihn direkt an.

»Thorsten, gut, dass du hier bist. Können wir kurz?«

Beide Männer traten zur Seite und sprachen außer Hörweite miteinander. Hanna bekam nur einzelne Wortfetzen mit, die aber reichten, um sich ein Bild zu machen. Möller hatte Schill klargemacht, wer die Ermittlungen zu Oliver Nehring übernehmen würde. An Schills Miene war deutlich abzulesen, wie wenig ihm die Unterhaltung zusagte. Kurz darauf betraten die beiden Hauptkommissare die Kleingartenlaube. Während Schill wenig später zusammen mit den beiden Kriminaltechnikern zurückkam, winkte Möller seine Leute zu sich.

»Was für eine überflüssige Aktion«, sagte Hanna leise zu Jan. »Hoffentlich haben sie damit nicht auch noch Spuren zertrampelt.«

Sie warteten, bis Robert Möller wieder das Haus verließ und zu ihnen kam. »Wir haben seinen Personalausweis gefunden. Der Tote ist mit hoher Wahrscheinlichkeit Oliver Nehring. Bisher ist kein Abschiedsbrief gefunden worden, dafür aber drei leere Flaschen Wodka neben dem Sofa, auf dem er lag.«

»Wir halten Nehring für das erste Opfer«, sagte Hanna. »Seine Nachbarin, die ihn gut kannte und auch einen Zweitschlüssel der Laube besitzt, hat ihn seit über zwei Wochen nicht mehr gesehen. Dass es keinen Abschiedsbrief gibt, ist bei dem Szenario nicht weiter verwunderlich. Nehring soll an einer Alkoholvergiftung gestorben sein. Ein Brief macht da keinen wirklichen Sinn. Laut der Nachbarin hat Nehring sein Alkoholproblem in der letzten Zeit mehr und mehr in den Griff bekommen. Da passt doch etwas nicht zusammen.«

Möller wiegte den Kopf hin und her. »Warten wir ab, was die Kriminaltechnik findet und die Rechtsmedizin sagt. Ich würde ungern voreilige Schlüsse ziehen. Der Staatsanwalt, mit dem ich im Auto gesprochen habe, übrigens auch nicht. Er meint, wir sollen den Ball erst mal flach halten. Das ist auch meine Meinung. Ich hoffe, ich kann mich da auf Ihre Diskretion verlassen?«

In Hanna brodelte es. Was hatte Möller da mit dem Staatsanwalt ausgekungelt? Im Moment sah alles danach aus, als wäre ein Serienmörder am Werk, der wahrscheinlich schon sein nächstes Opfer im Visier hatte. Es konnte kein Zufall sein, dass eine dritte Person aus dem ehemaligen Freundeskreis so zeitnah zu Tode gekommen war.

»Ich halte das für einen Fehler«, sagte Hanna mit Nachdruck.

Robert Möller ließ sich Zeit für seine Reaktion. »Wie gesagt, zuerst die Kriminaltechnik, dann die Rechtsmedizin. Keine voreiligen Schlüsse.«

Bevor Hanna etwas entgegnen konnte, räusperte sich Jan. »Wann kann ich ins Haus?«

»Reichen nicht die Fotos?«

»Nein.«

»Zwei Stunden werden die Kollegen auf jeden Fall brauchen. Ich kann ein Video drehen lassen. Sie könnten dann schon wieder …«

»Wir würden gerne den Tatort selbst sehen«, unterbrach ihn Hanna.

Möller verzog genervt sein Gesicht. »Ob es sich hier überhaupt um einen Tat…«

»Wann?«, wiederholte Hanna energisch.

Robert Möller zögerte, zuckte aber schließlich mit den Schultern. »Dann müssen Sie halt warten.«

»Kein Problem«, antwortete Hanna. »Wir gehen zwischenzeitlich etwas essen. Rufen Sie mich einfach an, wenn die Kollegen so weit sind.«

»Kollege Möller hat mir vorhin gar nicht gefallen«, sagte Hanna. »Um es einmal nett auszudrücken.«

Sie saßen im Außenbereich einer Pizzeria und warteten auf ihr Essen. Hanna hatte sich eine Pizza mit Meeresfrüchten bestellt, Jan einen Vorspeisenteller als Hauptgericht.

»Er leitet die SoKo. Es ist sein Fall und nicht unserer. Das war zumindest seine Botschaft.«

»Er kann doch den ganzen Ruhm einstecken, wenn wir den Täter oder meinetwegen auch die Täterin erst mal dingfest gemacht haben.«

»So sehen wir beide das, aber für ihn kann sich das ganz anders darstellen. Wir haben bisher die entscheidenden Hinweise gefunden und jetzt noch das vermutlich erste Opfer.«

»Dass ausgerechnet wir Nehring gefunden haben, war Zufall.«

»Was wäre passiert, wenn Kollegen aus Celle in der Kleingartenanlage vorbeigeschaut hätten?«

»Nichts«, sagte Hanna. »Sie hätten ihn nicht angetroffen und aus die Maus.«

»Natürlich schieben wir uns nicht in den Vordergrund, aber du kannst dir sicher vorstellen, wie intern über uns gesprochen wird.«

Hanna rollte mit den Augen. »Interessiert uns das wirklich?«

»Sollte es zumindest. Vor zwei Wochen habe ich mit einem Kollegen aus Hannover telefoniert. Er sagte mir, dass unser Ruf als Super-Cops uns vorauseilen würde.«

»Wir waren bisher nur dreimal im Einsatz«, warf Hanna ein. »Mit Lüneburg kommen wir auf vier.«

»Und haben jedes Mal die entscheidenden Hinweise geliefert. Das spricht sich rum. Wir sollten das bei Robert Möller berücksichtigen. Er steht sicher mehr unter Druck, als er es nach außen zeigt.«

»Sehe ich anders. Für mich sieht alles danach aus, als wollten Möller und der Staatsanwalt die dritte Tat vertuschen. Wir müssen die anderen Freunde von Albers, Borchert und Nehring warnen. Wenn es nicht schon zu spät ist.«

»Im Prinzip sehe ich das genauso, trotzdem ist es richtig, zunächst die Ergebnisse der Kriminaltechnik und der Rechtsmedizin abzuwarten.«

»Glaub mir, da läuft gerade eine ziemlich schräge Nummer ab. Und da kann und will ich nicht mitspielen.«

In diesem Augenblick kam der Kellner auf sie zu und servierte das Essen.

»Trotz allem erst mal guten Appetit«, sagte Hanna und griff nach Messer und Gabel.

Der Verwesungsgeruch war immer noch deutlich wahrnehmbar, als Hanna und Jan drei Stunden später zusammen mit Stefan Lützen die Laube betraten. An Türgriffen und vielen weiteren Gegenständen waren Rückstände des Spurensicherungspulvers zu sehen.

»Habt ihr weiteren Alkohol gefunden?«, fragte Hanna.

»Bis auf eine Flasche Whisky, die weit hinten im Schrank unter einem Stapel von Bettwäsche gelegen hat, gab es keinen Alkohol mehr. Weder Bier noch Wein noch härtere Sachen.«

Der Leiter der Kriminaltechnik führte Hanna in die kleine Küche der Laube. Jan war weitergegangen, um in Ruhe die Atmosphäre des Raumes, wie er es nannte, aufsaugen zu können.

»Der Kollege möchte alleine sein?«, fragte Lützen.

»Ja, er braucht eine Weile, um alles in sich aufzunehmen.«

Lützen schmunzelte. »Kontakt mit den Geistern?«

»Fragen Sie ihn selbst. Bis jetzt hat seine Methode immer gut funktioniert. Da frage ich nicht groß nach.« Sie sah sich in der Küche um. »Was sagen Sie, hat hier ein schwer kranker Alkoholiker gelebt?«

»Ich habe da schon ganz andere Wohnungen und Häuser gesehen«, antwortete der Kriminaltechniker zurückhaltend.

»Ja oder nein?«

»Spontan nein, aber behalten Sie es für sich. Kollege Möller möchte den …«

»… Ball flach halten«, vervollständigte Hanna seinen Satz.

Lützen verzog das Gesicht. »Er ist der Chef im Ring. Ich halte mich da raus.«

»Okay, also unter uns. Ist das hier die Küche eines Alkoholikers?«

»Wie gesagt, auf den ersten Blick eher nicht, aber ich kenne einen trockenen Alkoholiker, der einen Rückfall hatte. Das kam wie aus dem Nichts. Jahrelang war alles gut. Er hatte keinen Tropfen angerührt, hatte nicht einmal ein Problem damit, gemütlich mit uns anderen in der Kneipe zu sitzen. Und dann plötzlich, von einer Sekunde auf die andere, der Rückfall. Und der war so heftig, dass wir alle, die ihn kannten, entsetzt darüber waren.«

Hanna hatte bei ihrer aktiven Zeit in Mali mehrere Kameraden gehabt, die ein Problem mit Alkohol hatten. Ein Rückfall hatte sich bei ihnen immer angekündigt, manchmal über Wochen und Monate. Die Symptome waren für Außenstehende nicht immer leicht zu deuten. Konnte es sein, dass sich die Nachbarin so geirrt hatte?

»Warum war die versteckte Whisky-Flasche nicht mit im Spiel?«

»Keine Ahnung. Vielleicht hatte er vergessen, dass sie dort liegt. Oder er war tot, bevor er sich daran erinnern konnte.«

Hanna sah sich in der Küche um. »Sieht alles recht ordentlich aus. Kein schmutziges Geschirr, kein altes Trockentuch, alles steht akkurat an seinem Platz. Bei mir ist mehr Chaos.«

»Jeder Mensch ist anders. Mag ja sein, dass der Tote versucht hat, vom Alkohol wegzukommen. Aber einen Rückfall kann man einfach nicht ausschließen.«

Hanna schoss ein paar Fotos mit ihrem Handy, stieg dann auf einen Stuhl und strich mit der flachen Hand über die Abdeckplatte eines Hängeschrankes. Selbst hier lag kein Staub. Schließlich öffnete sie den Kühlschrank, der zur Hälfte gefüllt war. Keine Fertiggerichte, sondern Milch, Butter, Joghurt, Karotten, Rote Bete und Sellerie. Den Lebensmitteln war anzusehen, dass sie seit mehreren Wochen dort lagen. Oliver

Nehring schien sein Essen aus frischen Zutaten selbst zubereitet zu haben.

»Ich bin hier durch«, sagte Hanna und folgte dem Kriminaltechniker ins Schlafzimmer. Der Raum bot nur Platz für ein Bett und einen Schrank. Hannas Eindruck setzte sich hier fort. Sie konnte sich nicht vorstellen, dass hier ein stark alkoholabhängiger Mann geschlafen hatte. Selbst die Fenster mussten erst vor kurzer Zeit geputzt worden sein.

Sie warfen noch einen kurzen Blick ins kleine Wohnzimmer, in dem Jan sich weiter aufhielt, und verließen dann die Laube.

»Wie lange braucht Ihr Kollege noch?«, fragte Lützen. »Oder versiegeln Sie später die Laube?«

»Das kann noch dauern«, antwortete Hanna. »Fahren Sie ruhig, ich kümmere mich um alles.«

Zwanzig

Hanna parkte auf dem gleichen Platz wie in den zwei Nächten zuvor. Auf dem Rückweg von Celle hatten sie an einem Supermarkt angehalten und gemeinsam eingekauft.

Jan holte die Campingstühle sowie den kleinen Tisch aus dem Wohnmobil und baute sie auf, während Hanna Kaffee kochte.

»Kaffee?«, rief sie aus dem Wohnmobil heraus.

»Gerne«, antwortete Jan und setzte sich. Die Heide duftete noch intensiver als in den vergangenen Tagen, die Sonne bewegte sich langsam auf den Horizont zu und ein leichter Wind wehte von Westen.

Hanna reichte ihm den Becher, griff nach dem Campingstuhl und stellte ihn neben Jans. Sie schmunzelte. »Hier kann uns ja zum Glück niemand beobachten. Möller hat mich schon gefragt, ob wir ein Hotel gefunden hätten.«

»Was hast du gesagt?«

»Ich habe schnell das Thema gewechselt, bevor noch die wildesten Gerüchte in Umlauf gebracht werden.« Sie hielt schützend die Hand hoch. »Nicht, dass es mich kümmert, wie die Kollegen reden, aber es muss ja nicht sein.«

Jan trank einen Schluck Kaffee und schwieg.

»Oder?«, fügte Hanna hinzu.

»Warum nicht offen damit umgehen? Wir leben im einundzwanzigsten Jahrhundert, da sollte es kein Problem sein, wenn wir gemeinsam in einem Wohnmobil übernachten.«

»Wie du meinst. Ich bin es gewohnt, dass man über mich redet.«

Nimmt sie mich gerade in Schutz?, fragte sich Jan. *Meine zarte Seele, die nicht belastet werden darf? Und wenn schon.* Vielleicht hatte sie ja recht. Noch mehr Gegenwind würde ihrem Team nicht guttun – und ihm im Moment schon gar nicht.

»Es wäre übrigens nicht nötig gewesen, den Umweg zu nehmen. Wir hätten auch durch den Lüßwald fahren können.«

»Okay«, sagte Hanna.

»War trotzdem schön, dass du daran gedacht hast«, fügte Jan nach einer Weile hinzu. »Ich bin im Moment wohl etwas dünnhäutig.«

»Ich weiß.«

Jan sah in Hannas strahlend blaue Augen. Sie lächelte und stupste ihn in die Seite. »Keine Angst, ich will deinen Job nicht«, sagte Hanna. »Aber dass es dir nicht gut geht, ist nicht schwer zu erraten.«

»Was machst du, wenn es dir so geht?«

»Keine Ahnung. Zu viel trinken, mir einen Mann für ein paar Stunden suchen, laufen oder ins Boxcenter gehen.«

»Trinken und Laufen habe ich schon abgehakt. Hat nicht wirklich geholfen. Männer sind nicht so meine Sache und von Boxen habe ich keine Ahnung.«

»Da ist guter Rat teuer.« Sie strich ihm mit der Hand über die Wange. »Ich kann dir noch einmal den Platz in meinem Bett anbieten.«

Die letzte Nacht hatte Jan auf der Besucherliege geschlafen. Sie waren sich in der Nacht davor zu nahe gekommen, schoss es ihm durch den Kopf. Ihr Team würde auseinanderbrechen, wenn er die rote Linie überschreiten würde. Oder sie.

»Wovor hast du Angst?«, fragte Hanna in die entstandene Stille hinein.

»Ich will dich nicht verlieren.«

»Du machst dir zu viele Gedanken.«

»Mag sein«, murmelte Jan.

Sie saßen eine Weile schweigend nebeneinander. Die Sonne kroch langsam dem Horizont entgegen und leuchtete inzwischen orangerot.

»Schön hier«, flüsterte Jan.

»Ja. So langsam verstehe ich Daniel Albers.«

»Ich leider noch nicht«, sagte Jan und richtete sich im Stuhl auf. »Warnen wir den Rest der Gruppe? Zumindest, soweit er uns bekannt ist?«

»Lass uns die Teamsitzung morgen abwarten. Irgendwie habe ich das Gefühl, dass uns da eine Überraschung erwartet.«

Jan öffnete die Augen und reckte sich. Hanna stand vor der Besucherliege und schaute auf ihn hinunter. Sie hatte sich zum Laufen umgezogen. »Gut geschlafen? Ich laufe jetzt. Kommst du mit?«

Jan richtete sich mühsam auf. »Haben wir noch die Zeit?«

»Würde ich sonst fragen? Hoch, alter Mann. Ich habe dir schon die Sachen rausgelegt.«

Wenige Minuten später liefen sie den Weg durch die Heide. Jan fiel es heute leichter, mit Hanna mitzuhalten, und er forderte sie sogar zu einem kleinen Wettkampf heraus, den er aber haushoch verlor.

Kurz bevor sie umkehrten, zeigte Hanna zum Horizont. »Das glaube ich jetzt nicht. Ist das eine Schafherde?«

»Ja, sieht so aus.«

»Dann weiter. Das will ich mir nicht entgehen lassen.«

Robert Möller eröffnete das Meeting und fasste kurz die Ereignisse in Celle zusammen, bevor er Thomas Kleist das Wort gab.

Der Oberkommissar richtete sich auf und sah in die Runde. »Mein Team hat die Kunden von Borcherts Versicherungsagentur unter die Lupe genommen. Wir haben fünf relevante Beschwerden in den Unterlagen gefunden, alles Privatkunden aus der Gegend. Hinzu kommt der schon bekannte Jonas Sommer. Zwei Personen von der Liste haben wir schon befragt und als unverdächtig eingestuft. Unser Augenmerk lag letztlich auf Jonas Sommer. Seine finanzielle Lage ist mehr als angespannt. Er hat Klage gegen die Versicherungsgesellschaft eingereicht, aber ein Gerichtstermin wurde noch nicht festgelegt und wird wohl auch weiter auf sich warten lassen. Er hat das Erbe zwar angenommen, aber das Grundstück noch nicht verkauft. Gleichzeitig gibt es eine Auflage der Gemeinde, die Überreste des Hauses entfernen zu lassen. Da Asbest verbaut wurde, ist das eine kostspielige Angelegenheit. Auf den Punkt gebracht, es scheint ausgesprochen schwierig zu sein, in dieser Situation einen Käufer fürs Grundstück zu finden. Unter Umständen ist der Boden durch die Löscharbeiten kontaminiert, was den Kauf unkalkulierbar macht. Sommer steckt also in einer klassischen Zwickmühle. Mit ganz viel Pech könnte er am Ende mit einem Minus aus der ganzen Geschichte rauskommen.«

Kleist schaute in die Runde und ließ seine Worte nachklingen.

»Das wirft ja durchaus ein anderes Licht auf die Lage«, kommentierte Robert Möller den Bericht.

»Sehe ich auch so«, sagte Kleist. »Wir haben Sommer heute Morgen aus Soltau abgeholt und ihn bereits eine knappe Stunde vernommen.«

»So früh?«, entfuhr es Jan.

»Der frühe Vogel fängt den Wurm«, sagte Thomas Kleist, ohne Jan anzuschauen. »Kurz und gut, Sommer ist noch nicht so weit, die Wahrheit zu sagen, aber wir nähern uns.«

»Gibt es neue Erkenntnisse?«, fragte Hanna.

»Durchaus, Kollegin«, antwortete Kleist mit spöttischem Unterton. »Wir haben Zeugen gefunden, die bestätigen, dass Sommer mehrfach in der Nähe der Agentur gesehen wurde, und Frau Borchert hat ebenfalls ausgesagt, dass sie den jungen Mann mindestens zweimal vor dem Mietshaus gesehen hat. Ganz so einmalig war die Aktion mit dem Messer wohl doch nicht.«

Jan zog die Augenbrauen hoch. War Thomas Kleist nicht der Beamte gewesen, der die angebliche Messerattacke zu den Akten gelegt hatte? Und jetzt zauberte er sie quasi als Beweis wieder hervor? Wollte er seine damalige Nachlässigkeit überspielen oder diente er sich vor allem seinem Chef an? Nina Jacobi hatte Jan im Vertrauen erzählt, dass Kleist bereits lange auf seine Beförderung wartete und darauf hoffte, Möllers Stellvertreter zu werden.

Kleist stand auf. »Aus diesem Grund muss ich mich jetzt auch leider verabschieden. Wir haben nur eine kurze Pause eingelegt.«

Robert Möller nickte Thomas Kleist zu, der wandte sich ab und verließ den Meetingraum.

»Die Kriminaltechnik hat mir mitgeteilt, dass keine der bisher nicht identifizierten Fingerabdrücke in der Datenbank gefunden wurden.«

Nina Jacobi räusperte sich. »Sind denn die Abdrücke von Jonas Sommer abgeglichen worden?«

»Natürlich, aber ohne Treffer. Da können wir allenfalls auf den DNA-Abgleich hoffen. Fingerabdrücke sind ja leicht zu verhindern.«

»Soll ich dann weitermachen?«, fragte Nina Jacobi und fuhr fort, nachdem Möller sie mit einem Nicken dazu aufgefordert hatte. »Wir haben jetzt die Freundesliste recherchiert. Daniel Albers, André Borchert und Oliver Nehring sind tot. Denis Klein ist bereits befragt worden. Bleiben noch fünf Männer, die nach bisherigen Informationen zum inneren Kreis der Clique gehörten.« Sie blätterte die Seite ihres Notizbuchs um. »Florian Hamann, Patrik Richter, Matthias Frantzen, Sebastian Schäfer und Sven Paschke.«

»Ist es bestätigt, dass alle zu der fraglichen Zeit in Amelinghausen oder unmittelbarer Umgebung gelebt haben?«, fragte Robert Möller.

»Das haben wir als Erstes geprüft. Alle kommen direkt aus der Gemeinde Amelinghausen«, antwortete Nina Jacobi. »Florian Hamann lebt in Hannover und ist Zahnarzt mit eigener Praxis. Patrik Richter haben wir in München gefunden. Er hat dort Betriebswirtschaftslehre studiert und ist in der Stadt geblieben. Matthias Frantzen ist Biobauer. Er hat den Hof seines Vaters übernommen, der in Rehlingen liegt, einem kleinen Ort wenige Kilometer von Amelinghausen entfernt. Sebastian Schäfer ist vor zehn Jahren bei einem Autounfall gestorben. Er lebte zu der Zeit in Kiel. Ich habe mit den Kollegen telefoniert, die seinerzeit den Unfall aufgenommen haben. Er ist auf spiegelglatter Straße ins Schleudern gekommen und einen Abhang hinuntergerollt. Das Fahrzeug hat Feuer gefangen, er konnte sich nicht rechtzeitig befreien. Also keine verdächtigen Umstände. Bleibt noch Sven Paschke. Er lebt weiterhin in Amelinghausen, hat Heizungsbauer gelernt und arbeitet in der elterlichen Firma, die ihm vor einigen Jahren übertragen worden ist.« Sie klappte ihr Notizbuch zu. »So weit der erste Überblick.«

»Paschke und Frantzen können wir übernehmen«, schlug Hanna vor. »Den Hannoveraner Zahnarzt würde ich zuerst anrufen und dann entscheiden, ob wir ihn vor Ort befragen.«

»Soll ich den Betriebswirt in München übernehmen?«, fragte Nina Jacobi. »Ich habe auch Zeit, den Zahnarzt anzurufen.«

Hanna warf dem SoKo-Leiter einen fragenden Blick zu.

»Ja, das können wir so machen«, sagte Möller. »Nina kümmert sich um die Anrufe, Sie sich um die beiden Männer in Amelinghausen.« Er wandte sich an Jörg Krause. »Hast du noch was zu den Suizid-Fällen im Umkreis herausgefunden?«

»In unserem Bezirk war es noch relativ einfach. Wir kennen die Kollegen und konnten direkt nachfragen. Je weiter wir rausgehen, desto aufwendiger wird es. Und wahrscheinlicher, dass wir etwas übersehen. Ich habe mich ja nach Rücksprache mit dir, Robert, auf Suizide des letzten halben Jahres konzentriert. Leider sind wir bisher auf keine Fälle gestoßen, die wir mit Amelinghausen oder dem Freundeskreis zusammenbringen können.«

Robert Möller schloss die Runde und bat Hanna und Jan, im Raum zu bleiben.

»Natürlich verfolgen wir die Spur bezüglich der Freunde von Albers und Borchert weiter. Ich würde Sie aber bitten – und das habe ich mit dem Staatsanwalt abgesprochen –, dass Sie sehr vorsichtig vorgehen. Wir möchten nicht, dass die Befragten in Panik geraten. Im Moment gibt es keine gesicherten Beweise, dass die drei Fälle – Albers, Borchert und Nehring – zusammenhängen, geschweige denn, dass für die restliche Freundesgruppe irgendein Risiko besteht. Es wäre verfrüht, die Zeugen in Angst und Schrecken zu versetzen.« Er sah Hanna an. »Sie verstehen, was ich meine?«

»Durchaus, Kollege. Wir sollen die Männer nicht warnen.« Hanna sah Möller fragend an. »Offiziell sehen wir also keine Gefahr für sie?«

»Wie gesagt, es gibt keine gesicherten Hinweise.«

»Sie übernehmen die Verantwortung?«

»Ich habe die Verantwortung für alles, was die SoKo betrifft«, sagte Robert Möller verärgert. »Darauf müssen Sie mich nicht extra hinweisen.«

Einundzwanzig

Hanna und Jan standen hinter Nina Jacobis Schreibtisch. Auf ihrem Bildschirm wurde die Vernehmung von Jonas Sommer übertragen.

»Kannst du den Ton etwas lauter stellen?«, fragte Hanna.

Nina Jacobi drückte mehrfach auf eine Taste, Thomas Kleists Stimme donnerte aus dem Lautsprecher neben dem Bildschirm.

»Du hast also Herrn Borchert regelrecht observiert. Ist das richtig?«

Jonas Sommer saß zusammengesunken auf dem Stuhl und zuckte mit den Schultern.

»Ist das richtig?«, fuhr ihn Kleist lautstark an.

»Ich habe ihn beobachtet. Mehr nicht«, murmelte Sommer so leise, dass Hanna es kaum verstehen konnte.

»Lauter!«

»Hin und wieder«, sagte der junge Mann.

»Du wusstest also, dass Herr Borcherts Frau und Kind häufiger ein paar Tage nicht in Lüneburg waren?«

»Nein, woher sollte ich das wissen?«

»Da du das Haus der Borcherts beobachtet hast, war das ja kaum zu übersehen. Oder?«

Wieder zuckte Jonas Sommer mit den Schultern.

»Ist dir das aufgefallen?«

»Das weiß ich nicht mehr.«

Thomas Kleist beugte sich weit über den Tisch. »Guck mich an!« Sommer hob langsam den Kopf. »Also, du beobachtest über Wochen das Haus der Borcherts. So weit waren wir jetzt schon. Ist das richtig?«

Jonas Sommer nickte.

»Laut ins Mikrofon sprechen! Hast du über Wochen das Mietshaus der Borcherts beobachtet?«

»Ja.«

»Ist dir dabei aufgefallen, wer sich in der Wohnung aufhält?«

»Nicht immer«, sagte Jonas Sommer. »Das ist doch eine Penthouse-Wohnung.«

»Ah, du weißt also genau, um welche Wohnung es sich handelt?«

Jonas Sommer nickte und wurde gleich darauf wieder angefahren, die Antwort laut zu geben. Ein zaghaftes Ja erklang.

»Du wusstest also, wann Frau Borchert und ihr Sohn nicht in der Wohnung waren?«

»Nicht immer. Wie auch?«

»Gut, fangen wir noch einmal von vorne an. Wann hast du zum ersten Mal die Wohnung beobachtet?«

Hanna legte Nina Jacobi die Hand auf die Schulter. »Du kannst es leise machen. Ich habe genug gehört.«

Die Kommissarin stellte den Ton aus und wandte sich zu Hanna und Jan um. »Ich vermeide es tunlichst, mit Thomas im Zweierteam zusammenzuarbeiten. Wenn der sich erst mal in eine Sache verbissen hat, ist er kaum davon abzubringen.«

»Warum hat Sommer keinen Anwalt dabei?«, fragte Hanna.

»Angeblich wollte er keinen. Thomas ist in diesen Sachen unglaublich geschickt.« Nina Jacobi zeigte auf den Bildschirm. »Jetzt gerade hat er wieder auf lieb umgeschaltet. Das geht die ganze Zeit so hin und her. Sommer wird bald nicht mehr wissen, wo ihm der Kopf steht. An einen Anwalt denkt er da nicht mehr.«

Hanna stöhnte. »Und Möller lässt ihn einfach so machen?«

»Solange er Ergebnisse bringt … er ist noch nie eingeschritten.« Nina Jacobi zeigte auf den Bildschirm. »Wollt ihr noch mehr hören?«

Hanna schüttelte den Kopf. »Es reicht.«

Nina Jacobi schloss das Programm. Das Videobild verschwand. »Worauf soll ich bei den Anrufen besonders achten?«

Hanna sah Jan an, der bisher schweigend neben ihnen gestanden hatte. Er räusperte sich leise. »Zunächst müssen wir wissen, ob die Personen tatsächlich länger zum engeren Freundeskreis um Albers und Borchert gehört haben. Dann geht es um den Kontakt in den letzten zwanzig Jahren mit besonderem Augenmerk auf die letzten zwei Jahre.«

»Notiert«, sagte Nina Jacobi.

»Wichtig für uns ist, ob vor über zwanzig Jahren etwas passiert ist. Ein Unglück, Unfall oder natürlich eine Straftat, bei der eine oder mehrere Personen zu Schaden gekommen sind.«

»Sie werden fragen, warum ich das alles wissen will.«

»Du kannst offen sagen, dass Albers und Borchert tot aufgefunden wurden und die Umstände auf Fremdverschulden hinweisen«, sagte Hanna.

»Und Nehring?«

»Erwähnen wir erst mal nicht. Sollten sie fragen, ob sie auch in Gefahr sind, verneinst du das nicht, sondern umschiffst das Thema. Wenn sie ganz hartnäckig sind, sagst du, dass der beteiligte Kriminalpsychologe sie anrufen wird. Unter Umständen müssen wir ohnehin persönlich mit den Männern sprechen.«

»Okay. Und wenn sie gar nicht mit mir sprechen wollen? Viele Menschen sind am Telefon misstrauisch.«

»Bietest du ihnen an, dass sie dich zurückrufen. Dann sind sie zumindest sicher, dass sie mit der Polizei sprechen. Wenn das nicht hilft, bleibt nichts anderes übrig, als die Befragung vor Ort in Hannover zu machen oder die Kollegen in München um Hilfe zu bitten.«

»Okay, braucht ihr sonst noch Unterstützung?«, fragte Nina Jacobi. Sie reichte Hanna eine Mappe. »Hier habe ich alle Informationen zu Matthias Frantzen und Sven Paschke zusammengestellt, die ich bisher gefunden habe.«

»Kleist wird Jonas Sommer ein Geständnis abpressen«, sagte Jan, als sie aus Lüneburg hinausfuhren. Er klappte Nina Jacobis Mappe zu, in der er in den letzten Minuten gelesen hatte.

»Und wenn schon. Sommer wird irgendwann nach einem Anwalt rufen und der wird ihm raten, nichts mehr zu sagen und, sollte es ein Geständnis geben, dieses zu widerrufen. Der Anwalt schaltet die Presse ein und beschuldigt die Polizei. Nicht unsere Baustelle.« Hanna zeigte auf die Mappe. »Zu wem fahren wir zuerst?«

»Matthias Frantzen, zweiundvierzig, geschieden, zwei Kinder, ein Junge und ein Mädchen, zehn und dreizehn Jahre alt. Sein Vater ist vor fünf Jahren an einem Schlaganfall gestorben, seine Mutter lebt auf dem Hof – zumindest ist sie dort gemeldet. Seine Ex-Frau wohnt direkt in Amelinghausen. Frantzen hat in Göttingen Agrarwissenschaften studiert und – laut der Hof-Homepage – vor sieben Jahren auf biologische Landwirtschaft umgestellt. Hofladen, Belieferung von Haushalten bis nach Lüneburg und Soltau. Er hat Schafe, Rinder und Hühner. Im Hofladen bekommt man Brot, das auf dem Hof in einem traditionellen Holzofen gebacken wird.«

»Ganz schön breit aufgestellt«, warf Hanna ein. »Leben die Kinder bei der Frau?«

»Wechselmodell, hat Nina Jacobi herausbekommen. Du weißt, was das ist?«

»Eine Woche hier, eine Woche da. Chaos vorprogrammiert.«

»Nicht unbedingt. Wenn sich die Eltern einig sind, kann das schon funktionieren.«

Hanna erschrak. Wie konnte sie so unsensibel sein? »Sorry, ich hatte dich und deine Ex nicht gemeint.«

»Schon gut. Du hast ja recht. Man muss sich gut absprechen, ansonsten wird es schwierig. Aber vielleicht schaffen die Frantzens es ja. Hat die Frau noch den gleichen Namen wie ihr Mann?«

Jan schlug die Mappe auf und las. »Sieht so aus.«

»Das ist zumindest ein gutes Zeichen.«

Das Ortsschild von Amelinghausen kam in Sicht. Sie passierten den Ort und folgten den Anweisungen aus dem Navi. Wenige Minuten später bogen sie nach rechts in eine schmale gepflasterte Straße ein, die über eine Eichenallee auf den Hof des landwirtschaftlichen Betriebs führte. Neben dem Haupthaus gab es einen separaten Hofladen und mehrere Ställe und Scheunen. Hanna parkte neben zwei Pkws und stellte den Motor ab.

Sie betraten den Hofladen und warteten, bis zwei Kundinnen ihren Einkauf beendet und den Laden verlassen hatten.

»Kann ich Ihnen helfen oder finden Sie alles alleine?«, fragte die Frau hinter dem Tresen.

Hanna trat auf sie zu, stellte sich und Jan vor und wies sich aus. »Wir müssten mit Herrn Frantzen sprechen.«

»Polizei? Was ist passiert? Ist etwas mit den Kindern?«

»Nein, wir haben nur ein paar Fragen zu einem Freund von Herrn Frantzen. Sie sind hier angestellt, Frau …?«

»Hofmann, Jana Hofmann. Ich wohne auch auf dem Hof. Matthias, also Herr Frantzen, ist mein Lebensgefährte.« Sie hielt kurz inne. »Matthias ist bei den Schafen. Ich kann ihn allerdings anrufen, wenn es wichtig ist.«

»Es wäre wichtig«, sagte Hanna, doch Jana Hofmann hatte bereits nach ihrem Handy gegriffen und eine Nummer gewählt. Sie trat ein paar Schritte zurück und sprach leise ins Telefon, bevor sie wieder hinter den Tresen trat. »In fünf Minuten ist Matthias da. Möchten Sie sich vielleicht setzen?« Sie zeigte auf eine Tür im hinteren Bereich des Ladens. »Wir haben dort ein Büro.«

Jana Hofmann führte sie in den Nebenraum und bot ihnen Plätze an einem Besprechungstisch an. »Kann ich Ihnen etwas zu trinken anbieten?«

»Wasser wäre gut«, sagte Jan.

»Ja, es ist fürchterlich heiß.« Sie stellte drei Gläser auf den Tisch und holte aus dem Verkaufsraum eine gekühlte Flasche Wasser, aus der sie Hanna und Jan einschenkte. »Matthias müsste gleich da sein. Ich gehe dann mal wieder in den Laden. Wenn Sie etwas brauchen, rufen Sie mich einfach.«

Kurz darauf kam ein kräftiger Mann mit naturblonden Haaren ins Büro geeilt, begrüßte Hanna und Jan und setzte sich zu ihnen.

»Jana sagte mir, dass es um einen meiner Freunde geht. Was ist passiert?«

»Sie sind ein Jugendfreund von Daniel Albers und André Borchert?«

»Ja, die beiden kenne ich – warum fragen Sie?«

»Beide Männer sind in den letzten zwei Wochen tot aufgefunden worden«, sagte Hanna. »Wir gehen von Fremdverschulden aus.«

Matthias Frantzen starrte sie fassungslos an. »Ein Unfall?«, brachte er nach einer Weile heraus.

»Nein, sie wurden ermordet«, sagte Hanna. Sie benutzte das Wort ungern, da erst das Gericht feststellen würde, ob Mord,

Totschlag oder vielleicht auch nur eine Körperverletzung mit Todesfolge vorlag. In diesem Fall wollte sie sehen, wie Frantzen auf die schockierende Information reagieren würde.

»Zusammen?«

»Nein, aber innerhalb von wenigen Tagen«, antwortete Hanna. »Hatten Sie in den letzten zwanzig Jahren Kontakt zu Ihren Jugendfreunden?«

Er schüttelte den Kopf.

»Absolut keinen?«, fragte Hanna nach.

»Mag sein, dass wir uns mal in Amelinghausen gesehen und ein paar Worte gewechselt haben. Vielleicht beim Heideblütenfest. Da schauen ja viele Ehemalige vorbei. Ja, ich denke schon. André bin ich wohl hier und da über den Weg gelaufen. Aber Kontakt kann man das nicht nennen. Und Daniel, keine Ahnung, der war ja kurz nach dem Abitur wie vom Erdboden verschwunden. Irgendwann hat mir jemand erzählt, dass er zurück sei und in Lüneburg wohne. Mehr weiß ich von ihm nicht.« Er schluckte schwer. »Und jetzt sind beide tot – ermordet.« Er zuckte zusammen und sah Hanna ungläubig an. »Sie glauben doch nicht, dass diese Morde etwas mit unserer Jugend zu tun haben, oder warum fragen Sie danach?«

»Die Möglichkeit besteht«, brachte sich Jan in die Befragung ein. »Ist damals etwas passiert, das Sie mit dem Tod Ihrer Jugendfreunde in Verbindung bringen würden? Ein Unfall, eine körperliche Auseinandersetzung oder etwas Ähnliches?«

Matthias Frantzen schüttelte vehement den Kopf. »Natürlich nicht. Davon wüsste doch auch alle Welt. Was meinen Sie, was in so einem kleinen Ort getratscht wird. Da bleibt nichts lange geheim.«

»Überlegen Sie bitte noch einmal. Ist etwas passiert, was Sie im Nachhinein als problematisch ansehen würden?«

»Ich war nicht immer dabei. Es gab eine Zeit – also, mein Vater hatte da seinen ersten kleinen Schlaganfall. Ich musste da von heute auf morgen auf dem Hof mit einspringen. Das habe ich gerne gemacht und deshalb war es auch nicht so schlimm, dass die Clique dann eine Zeit lang nur noch die zweite Geige gespielt hat.«

»Wie alt waren Sie zu dem Zeitpunkt?«

»Muss ich nachdenken. Ja, sechzehn beziehungsweise fast siebzehn. Das war ein halbes Jahr. Anstrengend, Schule und die Arbeit auf dem Hof. Aber damals ist mir klar geworden, dass ich studieren und irgendwann den Hof übernehmen will.«

»Sie waren also eine Weile nicht so präsent in Ihrem Freundeskreis. Hatten Sie trotzdem Kontakt zu Ihren Freunden?«

»Wenig. Damals gab es zwar schon Handys, aber sie waren ja viel zu teuer für uns, von den monatlichen Tarifen einmal ganz abgesehen. Ich bin nach der Schule gleich nach Hause und am Wochenende hatte ich auch kaum Zeit. Klar, in der Schule hätte ich sicher etwas gehört – also wenn etwas Wichtiges passiert wäre. Habe ich aber nicht.«

Jana Hofmann trat ins Büro. »Entschuldigung, wenn ich störe.«

»Tust du nicht«, sagte Matthias Frantzen. »Muss ich kommen?«

»Nein, darum geht es nicht. Mir ist da was eingefallen. Vor sechs Wochen war jemand im Laden und hat nach dir gefragt. Er sagte, er sei ein alter Freund von dir und wolle dich besuchen. Du warst doch zwei Tage mit den Kindern weg. Es war so viel los, dass ich ganz vergessen habe, dir davon zu erzählen.«

»Hat er seinen Namen genannt?«, fragte Hanna.

»Wahrscheinlich schon. Vielleicht habe ich es mir auch aufgeschrieben, aber genau kann ich mich nicht erinnern.«

Hanna zog ihr Handy aus der Tasche und rief ein Foto von André Borchert auf. »War es dieser Mann?«

»Nein, ganz bestimmt nicht.«

Sie zeigte ihr ein weiteres Foto, auf dem Daniel Albers zu sehen war.

»Ja, genau. Etwas älter sah er aus, aber das war er.«

Matthias Frantzen ging um den Tisch herum und schaute auf das Foto. »Daniel. Er war hier? Du hast mir gar nichts gesagt.«

»Es war so viel zu tun …«

»Schon gut«, sagte Matthias Frantzen und setzte sich wieder an den Tisch. »Ich weiß aber nicht, was Daniel von mir wollte.«

»Er hat sich nicht noch einmal gemeldet?«, fragte Jan.

»Nein.«

Als die Ladenglocke bimmelte, sah Jana Hofmann in die Runde. »Brauchen Sie mich noch?«

»Im Moment nicht«, sagte Jan. »Vielen Dank.« Er wandte sich wieder Matthias Frantzen zu.

»Hatten Daniel oder André Freundinnen?«, fragte Hanna.

»Also Daniel war ja lange in festen Händen. Kerstin – den Nachnamen habe ich vergessen. Ich meine aber, ich hätte sie letztens in Amelinghausen gesehen.«

»Denecke?«, half Jan aus.

»Genau! Daniel war lange mit ihr zusammen, aber er konnte die Finger nicht von den anderen Mädchen lassen. Irgendwann hat Kerstin dann die Reißleine gezogen. Großes Drama. Zumindest bei ihr. Ich weiß noch, wie sie bei mir ankam und wollte, dass ich ein gutes Wort für sie bei Daniel einlege. Ich habe es ihr versprochen, wusste aber, dass es keinen Sinn hat. Daniel war niemand, der sich demütigen ließ. Und genau so hat er das wohl empfunden, als Kerstin Schluss gemacht hat.«

»Sie haben also damals nicht mit Daniel Albers gesprochen?«, fragte Hanna.

»Ich glaube, ich habe es mal versucht. Ja, stimmt. Wir beide waren mal sehr früh im Club. Es war noch niemand da. Da habe ich ihn angesprochen. Er ist regelrecht wütend geworden. Da habe ich schnell den Schwanz eingezogen. So nett Daniel auch sein konnte, er war auch ein kleiner Choleriker. Aufbrausend und aggressiv. Gerade wenn er zu viel Alkohol getrunken hatte, habe ich einen großen Bogen um ihn gemacht.«

»Er war auch in körperliche Auseinandersetzungen verwickelt?«, hakte Jan sofort nach.

»Nichts Dramatisches. Deshalb bringt ihn doch niemand um. Schon gar nicht nach so vielen Jahren.« Matthias Frantzen sah zwischen Jan und Hanna hin und her. »Deshalb stellen Sie doch die ganzen Fragen, oder?«

»Das ist einer unserer Ermittlungsansätze«, sagte Hanna. »Es gibt weitere.«

Matthias Frantzen kratzte sich am Kopf. »Muss ich mir etwa auch Sorgen machen?«

Zweiundzwanzig

Hanna parkte vor Sven Paschkes Firma und stellte den Motor ab. »Du bist so schweigsam. Ist dir die Befragung des Biobauern auf den Magen geschlagen?«

»Wer wird der Nächste sein?«, sagte Jan. Er legte den Kopf in den Nacken und schloss die Augen.

»Das spielt im Moment keine so große Rolle. Wir müssen das Motiv finden, dann kommen wir auch dem Täter oder der Täterin näher. Unter Umständen waren alle Jungs zusammen in etwas verstrickt.«

»Oder der Täter oder die Täterin weiß nicht, wer alles beteiligt war, wer vielleicht davon wusste und geschwiegen hat.«

»Und geht auf Nummer sicher? Das klingt jetzt sehr an den Haaren herbeigezogen.«

»Nicht unbedingt«, sagte Jan. »Die Person könnte Gefallen am Töten gefunden haben oder es hat sich eine Dynamik entwickelt, der sie sich nicht mehr entziehen kann. Sie muss die Aufgabe zu Ende bringen, wenn sie endlich ihren Frieden finden will.«

»Wie sollen wir alle Leute finden, die jemals etwas mit der Jugendclique zu tun hatten? Nach allem, was wir gehört haben, können das im Laufe der Jahre schnell fünfzig und mehr sein. Die Zeugen haben sich bisher schon kaum an die Nachnamen der Personen des inneren Kreises erinnert.«

»Ich weiß. Darüber habe ich die ganze Zeit nachgedacht.«

Hanna zeigte auf das Gebäude. »Wollen wir?«

Im Büro der Firma erfuhren sie, dass Sven Paschke sich auf einer Baustelle aufhielt. Hanna schrieb sich die Adresse auf und fragte nach, wie lange Paschke dort anzutreffen sei.

Zurück im Wohnmobil gab Hanna »Ebstorf« ins Navi ein und fluchte leise. »Über zwanzig Kilometer. Klasse. Hoffentlich ist er noch da, wenn wir kommen.«

Die Landstraße war wenig befahren und gut ausgebaut. Jan schwieg und ging in Gedanken noch einmal sämtliche Punkte durch, die ihn zu seiner bisher schlüssigsten Theorie geführt hatten. Der einzig erkennbare Zusammenhang zwischen den drei Toten war ihre Vergangenheit in Amelinghausen. Nur Albers und Borchert hatten sich nach bisherigen Erkenntnissen wiedergetroffen. Ob es über den geschäftlichen Kontakt hinausgegangen war, war noch nicht klar. Oliver Nehring schien keinen Bezug mehr nach Amelinghausen oder Lüneburg gehabt zu haben. Bei zwei der Toten war ein Abschiedsbrief gefunden worden. Bei Nehring hatte es keinen gebraucht, weil sein Tod als Unfall durchgehen sollte. Jan suchte nach Fehlern in seinen Überlegungen, fand aber keine.

»Alles klar?«, fragte Hanna.

Jan nickte.

»Wir stecken fest, oder?«, fragte Hanna. »Im Moment können wir nur auf das nächste Opfer warten und hoffen, dass der Täter einen Fehler macht. Keine gute Perspektive.«

»Es muss einen Weg geben.«

»Und der wäre?«

»Ich hab noch keinen gefunden«, sagte Jan.

»Bleibt nur die Ochsentour. Wir suchen in fünf bis sechs Jahrgängen alle Mädchen heraus und recherchieren, ob etwas Ungewöhnliches in ihrem Lebenslauf zu finden ist. Leider wird Möller da nicht mitmachen. Und die jetzige Größe der SoKo reicht kaum aus, um so viel Arbeit in angemessener Zeit zu bewältigen.«

»Und wenn wir selektieren?«, schlug Jan vor.

»Bedeutet?«

»Wir erstellen eine Liste. Fünf Jahrgänge. Nur Frauen. Das werden nicht mehr als hundert, maximal hundertfünfzig Personen sein. Diese Liste legen wir dann unseren Zeugen vor. Sozusagen als Erinnerungskrücke. Dadurch sollten wir die Anzahl auf zehn bis fünfzehn Mädchen reduzieren können.«

»Auch da wird Möller nicht mitspielen.« Hanna hielt inne. »Verstehst du, warum er sich so gegen die Vergangenheitsschiene sträubt?«

»Er spürt, dass ihm der Fall über den Kopf wachsen würde, wenn wir es hier mit einem raffinierten Serienmörder zu tun haben. Wenn dann noch der Staatsanwalt in die gleiche Kerbe haut und Thomas Kleist ihn ja auch massiv unterstützt, kann das schnell zu einer Abwehrreaktion führen.«

Hannas Handy machte sich bemerkbar. Sie nahm das Gespräch über die Freisprechanlage an.

»Denis Klein hier. Frau Will?«

»Ja. Ich bin gerade im Auto, aber Sie können sprechen.«

»Mir ist noch ein Name eingefallen. Katja Weber. Ich weiß gar nicht, wie ich sie vergessen konnte. Sie war fast die ganze Zeit in der Clique und auch mit einigen von uns kurz oder länger zusammen.«

Hanna hatte inzwischen am Straßenrand gehalten. »Vielen Dank für die Information. Sie wird uns sicher weiterhelfen.«

Denis Klein räusperte sich. »Noch eine Frage. Muss ich mir Sorgen machen? Bin ich auch in Gefahr?«

Hanna warf Jan einen kurzen Blick zu. Er nickte. »Eine konkrete Gefahr können wir noch nicht bestätigen. Ich würde Ihnen aber raten, in den nächsten Tagen vorsichtig mit neuen Kontakten zu sein. Und auch mit Personen aus Ihrer Jugendzeit, die sich lange nicht mehr gemeldet haben.«

Denis Klein schwieg eine Weile. »Verstehe. Ich werde mich daran halten. Danke für Ihre Offenheit.«

Sie verabschiedeten sich, Hanna rief gleich darauf im Kommissariat an und bat Nina Jacobi, nach Katja Weber zu suchen. Sie startete den Motor und fuhr weiter.

Die Navi-Stimme forderte sie auf, in hundert Metern rechts abzubiegen. Hanna reduzierte die Geschwindigkeit und setzte den Blinker. Nach wenigen Minuten kam ein Neubaugebiet in Sicht. Sie fuhren an mehreren halb fertigen Häusern vorbei und suchten nach dem Firmenwagen von Sven Paschke.

Jan zeigte auf die letzte Baustelle. »Dahinten.«

Nachdem sie sich durchgefragt hatten, standen sie endlich vor einem kleinen stämmigen Mann in Arbeitskleidung. Hanna stellte sich vor und bat um ein paar Minuten seiner Zeit. Auf Nachfrage erklärte sie ihm, um was es ging.

»Dass Daniel sich umgebracht hat, habe ich gehört. Der war doch schon lange nicht mehr zurechnungsfähig, oder?«

»Es war kein Suizid. Er wurde getötet.«

»Ermordet, sagen Sie? Sieh an! Ja, was die Leute alles so quatschen. Da kann man wirklich nichts mehr drauf geben.« Er hielt kurz inne. »Und was wollen Sie jetzt von mir? Doch wohl kein Alibi, oder?« Sven Paschke rollte mit den Augen. »Ich habe Daniel schon hundert Jahre nicht mehr gesehen. Und André? Auch ermordet?«

»Ja, davon gehen wir aus«, sagte Hanna. »Können wir uns irgendwo in Ruhe unterhalten?«

»Ich muss arbeiten. Termine. Morgen ist der nächste Bau dran.«

»Es wäre wirklich wichtig, Herr Paschke.«

Er hielt eine Hand hoch. »Fünf Minuten.« Er sah sich in dem Rohbau um. »Hier hört uns niemand. Was wollen Sie denn wissen?«

»Sie waren als Jugendlicher zusammen mit Daniel Albers und André Borchert in einer Clique?«

»Was fragen Sie das großartig, wenn Sie es schon wissen?«

»Wir gehen der Frage nach, ob die Morde mit der Vergangenheit zu tun haben könnten. Gab es zu der Zeit Vorfälle oder Auseinandersetzungen, die sehr gravierend waren?«

»Vorfälle? Was denn bitte schön? Das ist über zwanzig Jahre her. Wer sollte einem nach so langer Zeit schon noch was krummnehmen?«

»Vielleicht beantworten Sie einfach meine Frage«, sagte Hanna. »Dann sind wir auch schneller durch.«

Sven Paschke schien etwas entgegnen zu wollen, hielt sich aber im letzten Augenblick zurück. »Es gab damals nichts. Noch Fragen?«

»Haben Sie Herrn Albers oder Herrn Borchert in den letzten Jahren getroffen?«

Sven Paschke zögerte und einen Moment wirkte es, als wolle er die Befragung abbrechen. Schließlich zuckte er mit den Schultern. »Nee, die feinen Herren haben nicht mehr mit mir gesprochen. Sie sind mir aus dem Weg gegangen. Zum Beispiel auf dem Heideblütenfest vor … keine Ahnung, wahrscheinlich ist das schon ein paar Jahre her, da habe ich André getroffen. Ich wollte ein Bier mit ihm zusammen trinken, aber er hatte keine Zeit. Später habe ich ihn aber mit so feinen Pinkeln zusammen gesehen. Von wegen keine Zeit.«

»Und Herr Albers?«

»Nee, der hat sich nie wieder in Amelinghausen blicken lassen. Man munkelt, er hat geerbt und sich irgendwo in der Heide ein altes Bauernhaus gekauft. Wer's mag.« Er machte eine abfällige Handbewegung. »Sorry, aber die beiden gehen mir am Arsch vorbei.« Er deutete auf einen an der Wand lehnenden Heizkörper. »Ich muss jetzt arbeiten. Fürs Rumstehen bezahlt mich niemand.«

»Das hätten wir uns auch sparen können«, murmelte Hanna auf dem Weg zum Wohnmobil. »Solche Typen liebe ich.«

Jan schmunzelte. »Echt jetzt?«

»Veräpple mich ruhig, Jan de Bruyn.«

»Seit wann bist du so empfindlich?«, neckte er sie.

»Ach, hör auf. Sag mir lieber, was wir jetzt machen.«

Jan warf einen Blick auf seine Armbanduhr. »Mittagessen. Wie wäre es mit einem Burger in Amelinghausen?«

Eine gute halbe Stunde später saßen sie im Außenbereich des Imbisses, hatten bestellt und bereits die Getränke serviert bekommen.

»Darf ich dich heute ins Hotel einladen?«, fragte Jan. »Eine richtige Dusche, ein schönes Zimmer mit komfortablem Bett und ein paar Drinks am Abend in der Hotelbar.«

»Ich wäre lieber allein mit dir in der Wildnis«, sagte Hanna. »Und nein, das war keine Liebeserklärung.«

Jan grinste. »Okay. Überredet.«

Hanna sah ihn erstaunt an. »Was ist mit dir los? Du genießt doch nicht etwa unsere gemeinsamen Nächte? Romantisch und … keine Ahnung, was noch.«

Jan beugte sich vor. »Erholsam?«

»Das auch.«

Oder war da mehr?, fragte sich Jan. Warum geisterte ständig diese Frage in seinem Kopf herum? Ja, es gab nur selten reine Freundschaften zwischen Männern und Frauen.

Irgendwann kam es immer zu dem Punkt, an dem daraus ein Liebesverhältnis wurde. Waren sie beide eine Ausnahme? *Du wirst es nicht herausbekommen, wenn du dich zurückziehst,* flüsterte Jans innere Stimme. Was macht Freundschaft aus? Vertrauen, Selbstlosigkeit, Unterstützung, Angst um den anderen zu haben, Sympathie. *Lass es,* fuhr ihn die innere Stimme an. *Denk nicht darüber nach, sondern genieße es. Es kann schneller vorbei sein, als du denkst.*

»Einen Goldtaler für deine Gedanken«, durchbrach Hanna seine Grübelei.

»Ach, nichts Wichtiges.«

Hanna lächelte vielsagend. »Schwindler, elender.«

»Ja, das bin ich wohl.« Jan zögerte. »Ich habe über uns nachgedacht.«

»Und? Ist etwas dabei herausgekommen?«

»Nein, nicht wirklich. Außer, dass ich vielleicht damit aufhören sollte, mir so viele Gedanken zu machen.«

»Meine Rede.« Hanna deutete mit dem Kopf hinter Jan. »Unsere Burger sind im Anmarsch.«

»Kaffee?«, fragte Hanna und zog gleichzeitig ihr klingelndes Handy aus der Tasche. »Hallo, Nina! Neuigkeiten? Ich stell kurz auf laut, dann kann Jan mithören.«

»Ich habe Patrik Richter nach einigen Versuchen in München erreicht. Er konnte sich kaum an seine Jugend erinnern und bestreitet, dass etwas Besonderes passiert ist. Details bekommt ihr später. Den Zahnarzt in Hannover konnte ich nicht erreichen. Die Praxis ist diese Woche geschlossen, wie ich von der AB-Ansage weiß. Die private Handynummer habe ich noch nicht, aber auf der Homepage stehen die Namen von Mitarbeiterinnen. Ich bin gerade dabei, nach deren privaten Telefonnummern zu suchen. Aber deshalb habe ich eigentlich nicht angerufen.« Beim letzten Satz war sie leiser geworden. »Ich habe hin und wieder in die Vernehmung von Jonas Sommer reingehört. Wenn ihr mich fragt, ist er kurz davor, zu gestehen.«

»Ist immer noch kein Anwalt bei ihm?«

»Nein. Ich glaube auch nicht, dass er noch in der Lage ist, klar zu denken.«

»Danke, Nina. Wir machen uns gleich auf den Weg. Wir sind in Amelinghausen.«

»Bis später.«

Hanna stand auf. »Ich zahle und dann fahren wir.«

Jan griff nach seinem Handy, suchte nach einem Lüneburger Anwalt für Strafrecht, schrieb sich die Daten auf und stellte seine Rufnummernunterdrückung ein, bevor er die Nummer wählte. Als er zum Anwalt durchgestellt wurde, stellte er sich als Freund von Jonas Sommer vor, schilderte die Situation und fragte, ob der Jurist direkt zur Lüneburger Polizeiinspektion fahren könne.

Als Hanna auf ihn zueilte, hatte Jan das Handy bereits wieder verstaut.

»Auf geht's«, rief Hanna ihm zu.

»Mit wem hast du vorhin gesprochen?«, fragte Hanna, als sie die Hälfte der Strecke nach Lüneburg hinter sich gebracht hatten.

»Nicht so wichtig.«

»Geheimnisse? Ich dachte …« Sie ließ den Satz in der Luft hängen.

»Ich habe einen Lüneburger Anwalt unter falschem Namen angerufen und ihn gebeten, Jonas Sommer zu vertreten. Er sollte bereits vor Ort sein. Die Kanzlei liegt nur zwei Straßen von der Polizeiinspektion entfernt.«

»Respekt! Darauf bin ich nicht gekommen. Dann ziehen wir uns mal warm an. Möller ist kein Idiot. Er wird ahnen, wer dahintersteckt.«

Jan grinste. »Er wird dich verdächtigen. Mich sicher nicht.«

Hanna warf ihm einen gespielt empörten Blick zu. »Das hast du also schon alles mit eingeplant. Ich glaube, ich muss mich mehr vor dir in Acht nehmen.«

»Mag sein«, murmelte Jan.

Dreiundzwanzig

Als Hanna die Räume der SoKo betrat, spürte sie gleich die in der Luft liegende Spannung. Aus Robert Möllers verschlossenem Büro waren laute Stimmen zu hören. Hanna schnappte ein paar Wortfetzen auf und war sich sicher, dass es um den Anwalt ging, der aus dem Nichts aufgetaucht war.

»Lass uns bei Nina reinschauen«, schlug Hanna vor. »Möller möchte ich gerade nicht begegnen.«

Sie huschten in das Büro der jungen Kommissarin. Sie nickte ihnen zu und holte einen dritten Stuhl aus dem Nachbarbüro.

»Was ist bei Möller los?«, fragte Hanna.

»Vorhin ist ein Anwalt aufgetaucht, der angeblich Jonas Sommer vertritt. In letzter Sekunde, sozusagen.«

»Hat Sommer doch jemanden angefordert?«, fragte Hanna und gab sich Mühe, so unwissend wie möglich zu klingen.

»Angeblich nicht. Aber mehr weiß ich nicht. Der Anwalt spricht jetzt wohl mit Sommer. Thomas ist auf hundertachtzig und beim Chef im Büro.«

»Ach, er war das, der so laut rumgeschrien hat«, warf Jan ein. »Hast du denn jetzt Florian Hamann erreicht? Oder jemand anderen aus der Praxis?«

»Hamann nicht, aber eine der Helferinnen oder eigentlich ja ZFA – eine zahnmedizinische Fachangestellte. Frau Schmidt. Sie hat mir verraten, dass ihr Chef in Hamburg auf einem Kongress ist. Mit ganz viel Mühe habe ich ihr auch die Handynummer entlocken können. Soll ich ihn anrufen?«

»Klar«, sagte Hanna. »Wenn du schon so weit gekommen bist, solltest du auch den Rest machen. Sag Bescheid, wenn du was erreicht hast. Wir müssen noch ein paar Protokolle schreiben.«

Auf dem Weg zu ihrem Büro begegnete ihnen Thomas Kleist. Er blieb stehen und warf Hanna einen wütenden Blick zu. »Stecken Sie dahinter?«

Hanna zog die Augenbrauen hoch. »Um was geht es?«

»Tun Sie doch nicht so scheinheilig. Sie wissen doch genau Bescheid. Das wird Konsequenzen haben.«

»Kollege Kleist«, sagte Hanna ruhig. »Wenn Sie in ganzen Sätzen reden würden, könnte ich Ihnen vielleicht folgen. Bis dahin würde ich Sie bitten, mir nichts zu unterstellen, was immer es auch sein sollte.«

Kleist ging einen Schritt auf sie zu. Hanna nahm intuitiv eine Verteidigungsposition ein. In diesem Augenblick sprang die Bürotür von Robert Möller auf. »Thomas!«, schrie der SoKo-Leiter über den Flur. Kleist zuckte zurück und richtete sich vor Hanna zu seiner vollen Größe auf, um ihr auf Augenhöhe zu begegnen.

»Wir sprechen uns noch, du …« Er schluckte das letzte Wort hinunter, wandte sich abrupt ab und lief den Flur entlang.

Robert Möller kam auf Hanna und Jan zu. »Was hatte das gerade zu bedeuten?«

Hanna zuckte mit den Schultern. »Das müssen Sie Kollege Kleist fragen. Er ist auf mich zugestürmt und hat mich beschuldigt, ohne genau zu sagen, wofür. Wissen Sie mehr?«

»Der Rechtsbeistand von Jonas Sommer ist unvermittelt aufgetaucht und Kollege Kleist sucht Schuldige, die es nicht gibt.« Möller hielt inne und sah Hanna direkt an. »Sie haben ja wohl kaum den Anwalt informiert, oder?«

»Nein, ganz sicher nicht. Ich hoffe doch, Kollege Kleist wird keine Gerüchte über mich in die Welt setzen. Sie verstehen sicher, dass ich das nicht auf sich beruhen lassen könnte.«

Robert Möller zögerte kurz. »Wie gesagt, Thomas hat überreagiert. Ich werde mit ihm sprechen.«

»Wird Jonas Sommer dem Haftrichter vorgeführt?«, fragte Jan.

»Die Vernehmung geht weiter. Alles andere entscheiden wir morgen.«

Jemand klopfte an die Tür ihres provisorischen Büros und gleich darauf trat Nina Jacobi ein. »Kann ich kurz?«

»Hast du Hamann erreicht?«, fragte Jan.

Die junge Kommissarin schloss die Tür und lehnte sich dagegen. »Nein. Ich habe mit der Tagungsleitung telefoniert und darum gebeten, dass man ihn ausruft und ihm dann meine Bitte um Rückruf mitteilt.«

»Er hat sich nicht gemeldet?«

»Nein, aber jemand von der Tagungsleitung. Florian Hamann scheint nicht auf dem Kongress zu sein. Er hätte vor einer halben Stunde einen Vortrag halten sollen, ist aber nicht erschienen.«

Hanna schlug mit der flachen Hand auf den Schreibtisch. »Verdammt, das darf nicht wahr sein.«

»Wo findet der Kongress statt?«, fragte Jan.

»CCH. Congress Center Hamburg. Ganz in der Nähe des Dammtor-Bahnhofs.«

Jan gab die Daten ins Internet ein. »Wir können mit Glück in einer Stunde dort sein.«

Hanna stand auf und griff nach ihrer Tasche. »Worauf wartest du noch?« Im Hinausgehen bat sie Nina Jacobi, die Hamburger Kollegen zu informieren.

Die A39 Richtung Hamburg war stärker befahren, als sie gehofft hatten. Mehrmals stockte der Verkehr, vor Hamburg kamen sie in einen Stau. Nach weit über einer Stunde parkten sie in der Tiefgarage des CCH, fuhren mit dem Aufzug nach oben und kämpften sich durch die Menschenmenge.

»Nachmittagspause?«, fragte Hanna mit leicht genervter Miene.

»Sieht so aus.« Jan ging auf einen Infotisch zu, fragte nach der Tagungsleitung und winkte Hanna zu sich. »Ich weiß, wo wir hinmüssen.«

Der Leiter des Kongresses stellte sich als Dr. Lohmeier vor und ließ sich die Ausweise zeigen. »Was kann ich für Sie tun?«

»Es eilt«, sagte Hanna, die sich Mühe gab, ruhig zu bleiben. »Herr Hamann könnte in Gefahr sein.«

Dr. Lohmeier nickte, öffnete einen Laptop und schrieb etwas auf einen Notizzettel. »Der Kollege übernachtet im Radisson Blu. Das ist …«

»Finden wir«, unterbrach Hanna ihn und griff nach dem Zettel.

Sie verabschiedeten sich und eilten aus dem Büro.

»Das Hotel liegt hier gleich nebenan«, sagte Jan. »Es muss irgendwo Hinweisschilder geben.«

»Achtundzwanzigster Stock«, las Hanna im Laufen. »Der hohe Turm?«

Jan nickte und zeigte auf ein Schild, das ihnen die Richtung wies. »Das kann sich alles als ganz harmlos herausstellen.«

»Und wenn nicht?« Hanna öffnete eine Tür, orientierte sich kurz und lief weiter. Jan hastete ihr hinterher.

»Ich fahr hoch zu seinem Zimmer, du suchst jemanden, der uns die Tür öffnen kann«, sagte Hanna, als die Aufzüge des Hotels in Sicht kamen. »Diese verdammten Türen mit den Schlüsselkarten sind schwer zu öffnen.«

Jan nickte, sah sich um und ließ Hanna vor den Aufzügen zurück. Als sich die erste der vier Aufzugstüren öffnete, drängelte Hanna sich durch die geduldig wartenden Gäste und hielt ihren Polizeiausweis hoch, als ein Mann sie zurechtwies.

Die Tür schloss sich, Hanna stand vor der Leiste mit den leuchtenden Stockwerktasten und drückte auf die Achtundzwanzig. Als die nächste Hand vorschnellte, stieß sie sie zur Seite. »Polizei. Ich muss dringend in den achtundzwanzigsten Stock. Sie müssen leider warten.« Ein Raunen ging durch die Gruppe. »Tut mir leid«, fügte Hanna hinzu, immer noch ihren Ausweis in die Luft reckend.

Als der Fahrstuhl hielt, drängte sie sich durch die kleine Gruppe, betrat den Flur und folgte den Hinweisschildern zu Hamanns Hotelsuite, deren Nummer Dr. Lohmann ihnen notiert hatte. Endlich blieb sie vor der richtigen Tür stehen und klopfte, doch niemand öffnete. Wie sie vermutet hatte, ließ sich die Tür ausschließlich mit einer Schlüsselkarte öffnen. Mit ihrem Dietrichset konnte sie hier nichts ausrichten.

Hanna drückte das Ohr an die Tür und horchte. Nichts. Erneut hämmerte sie an die Tür, trat schließlich auf den Flur zurück und zog ihr Handy aus der Tasche. »Wo bist du?«, fragte sie, als Jan den Anruf entgegennahm.

»Auf dem Weg.«

»Alleine?«

»Nein.«

»Wird es schwierig?«

»Ja.«

»Ich warte vor der Tür.«

Wenige Minuten später erschien Jan zusammen mit dem stellvertretenden Hotelmanager.

»Ich habe Ihrem Kollegen schon gesagt, dass ich nicht einfach so ein Zimmer öffnen kann.« Er hielt eine Schlüsselkarte in der Hand, machte aber keine Anstalten, sie zu benutzen. »Haben Sie etwas Offizielles für mich? Ansonsten tut es …«

Hanna schnappte sich die Karte, hatte im selben Augenblick die Tür entriegelt und stieß sie auf.

»Ich darf doch sehr bitten«, zischte der Hotelmanager in Hannas Rücken. »So geht das nicht.«

Hanna zog sich im Laufen Latexhandschuhe über, betrat den Vorraum der Suite und sah sich um. »Wo ist das Schlafzimmer?«

Der Hotelmanager zeigte schweigend nach rechts, Hanna hastete weiter, riss die Tür auf und lief im nächsten Moment auf das breite Bett zu, auf dem regungslos ein Mann lag. Er war vollständig angezogen, Hose, weißes Hemd, Jackett, Schuhe. Hanna hielt zwei Finger an seine Halsschlagader. »Der Puls ist schwach. Notarzt. Rettungswagen.«

Jan wählte den Notruf, dann trat er näher ans Bett. »Zehn bis fünfzehn Minuten.«

Hanna wandte sich zum Hotelmanager um, der in der Schlafzimmertür stand. »Sagen Sie unten Bescheid, dass die Rettung kommt. Es soll sie jemand am Eingang empfangen und zum Aufzug begleiten. Sie warten bitte hier auf der Etage und bringen die Leute hierher.«

Der Hotelmanager nickte und verließ eilig den Raum. Hanna beugte sich wieder zum Mann auf dem Bett und kontrollierte ein weiteres Mal den Puls. »Halbwegs stabil, würde ich sagen.«

»Schlaganfall oder Herzinfarkt?«

Hanna ging um das Bett herum und fand die Ursache für den durchdringend säuerlichen Geruch im Raum. Der Mann hatte sich übergeben. »Glaube ich nicht. In der Klinik muss er auf K.-o.-Tropfen getestet werden.«

»Nummer vier?«, fragte Jan.

»Ich denke schon.«

Eine halbe Stunde später war der Mann, den sie inzwischen anhand seines Personalausweises als Florian Hamann identifiziert hatten, auf dem Weg ins Klinikum St. Georg. Hanna hatte Robert Möller benachrichtigt und anschließend mit einem Kollegen vom LKA Hamburg gesprochen, der sich um die Kriminaltechnik kümmern würde. Der Notarzt hatte leichte Entwarnung gegeben und tippte ebenfalls auf eine Vergiftung.

Hanna und Jan warteten auf den LKA-Kollegen, erklärten ihm die Situation und baten ihn, die Kriminaltechniker zu instruieren. Zuvor hatten sie mit Stefan Lützen, dem Leiter der Lüneburger Kriminaltechnik, gesprochen, der sich ebenfalls mit seinen Kollegen kurzschließen würde.

Sie sprachen noch einmal mit dem Hotelmanager, der versprach, ihnen die Videoaufnahmen der letzten vierundzwanzig Stunden zuzuschicken, sobald der richterliche Beschluss vorlag.

»Sie sind Angehörige von Herrn Hamann?«, fragte der Oberarzt im Klinikum St. Georg, als Hanna und Jan ihn nach dem Zustand von Florian Hamann fragten.

Hanna legte ihm ihren Polizeiausweis vor. »Wir ermitteln in mehreren Tötungsdelikten im Kreis Lüneburg. In dem Zusammenhang wollten wir Herrn Hamann befragen, da wir bereits befürchtet hatten, dass er auch als potenzielles Opfer infrage kommt.«

»Verstehe. Herr Hamann ist stabil. Wir haben ihm Blut und Urin abgenommen, um der Vergiftungstheorie nachzugehen. Das Ergebnis sollte morgen Vormittag vorliegen.«

»Können wir mit ihm sprechen?«, fragte Hanna.

»Nein, im Moment muss ich das leider verweigern. Morgen, jedenfalls wenn sein Zustand sich weiter bessert.«

»Ich habe ihn gefunden«, sagte Hanna. »Sein Puls war sehr schwach. Was wäre passiert, wenn er unversorgt geblieben wäre?«

»Schwer zu sagen, aber seine Überlebenschancen wären nicht gerade gestiegen. Alles Weitere wird Ihnen sicher ein Kollege aus der Rechtsmedizin erklären, wenn er die Befunde vorliegen hat.«

»Fahren wir zurück?«, fragte Jan, als sie das Klinikum verlassen hatten.

»Keine Ahnung. Ich kann auch hier auf dem Parkplatz übernachten. Bis wir unseren Platz in der Heide erreichen, ist es ohnehin schon dunkel.«

»Hotel?«

Hanna musterte ihn. »Du hast schon gebucht, oder?«

»Nicht direkt. Ich kenne ganz in der Nähe ein kleines Hotel und habe darum gebeten, zwei Zimmer frei zu halten.«

Hanna zuckte mit den Schultern. »Da kann ich ja nur noch zustimmen.«

»Den Tapas-Teller kann ich empfehlen«, sagte Jan. Nachdem sie im Hotel eingecheckt hatten, waren sie zu Fuß in die nahe Hamburger Altstadt gegangen, wo sie in einem kleinen spanischen Restaurant einen Tisch gefunden hatten.

»Du warst schon hier?«

»Ja, vor Jahren. Ein Kongress in Hamburg. Ich habe da einen Vortrag gehalten.«

»Wie passend zur Situation. Auch im CCH?«

Jan nickte.

Sie schob ihm die Speisekarte über den Tisch. »Entscheide du. Ich vertrau dir.« Sie stand auf. »Bin gleich wieder da.«

Jan bestellte zwei große Tapas-Teller und eine Flasche Tempranillo. Als Hanna von der Toilette zurückkam, stand bereits der Rotwein auf dem Tisch.

Jan schenkte ihr ein und hob das Glas. »Auf unser kleines Team.«

»Ich weiß nicht. Wenn Hamann jetzt das vierte Opfer ist, waren wir zu langsam.«

Jan setzte das Glas wieder ab. »Wenn wir morgen mit Hamann gesprochen haben, werden wir darauf drängen, dass die SoKo sich klar ausrichtet und die weiteren potenziellen Opfer gewarnt werden.«

Hanna nickte. »Als ich Möller vorhin informiert habe, war er ziemlich kleinlaut. Ich hoffe, er hat jetzt verstanden, was für ein Risiko er eingehen würde, wenn wir nicht sofort aktiv werden.«

Vierundzwanzig

»Sie sind von der Polizei?«, fragte Florian Hamann mit matter Stimme, als Hanna sich ihm vorstellte. Der Mann sah mitgenommen aus. Er hatte dunkle Ringe unter den Augen, seine Haut wirkte farblos. Er saß leicht aufgerichtet im Bett.

»Wir haben Sie gestern in dem Hotelzimmer gefunden.«

»Sie waren das? Dr. Wolters hat mir davon erzählt. Sie haben mir das Leben gerettet. Ich weiß gar nicht, wie ich Ihnen das danken kann.« Er hatte langsam gesprochen, schien aber klar im Kopf zu sein.

»Es reicht, wenn Sie uns erzählen, was vorgestern Abend passiert ist«, sagte Hanna und erklärte ihm, aus welchem Grund sie ihn ursprünglich hatten sprechen wollen.

»Daniel und André?« Hamann sah entsetzt zwischen Hanna und Jan hin und her. »Ermordet?« Er schluckte schwer. »Und jetzt glauben Sie, dass jemand mich …« Er brach ab und rang nach Luft.

»Dr. Wolters hat uns leider nur eine Viertelstunde genehmigt«, sagte Hanna. »Wir würden uns gerne auf den Abend beziehungsweise die Nacht konzentrieren. Wo waren Sie und was ist Ihnen passiert?«

»Ich weiß nicht mehr viel, alles ist verschwommen und unklar.«

»Versuchen Sie es einfach.«

»Am Dienstagabend war ich mit drei Kollegen essen. Nicht weit entfernt vom Hotel. Eine Kleinigkeit, ein paar Gläser Wein waren wohl auch dabei. Wir sind danach noch in eine Bar gegangen.«

»Wissen Sie, wie die Bar heißt?«

»Nein. Ich glaube, es war ein kurzer Name. Aber an mehr kann ich mich nicht erinnern.«

»Sie sind also in die Bar gegangen.«

»Ja, mit einem Kollegen. Die anderen beiden wollten ins Hotel.«

»Was geschah da?«

»Der Kollege traf einen alten Freund aus Jugendtagen und hat sich mit an seinen Tisch gesetzt. Ich habe noch meinen Whisky ausgetrunken und dann …«

Hanna wartete, aber Florian Hamann nahm den Faden nicht wieder auf. »Was geschah dann?«

»Ich bin vermutlich irgendwann ins Hotel gegangen. Oder? Mein Kollege ist mit seinem Freund weitergezogen. Er hat sich noch von mir verabschiedet.« Florian Hamann schloss die Augen und dachte nach. »War da eine Frau? Sie hat mich angesprochen.«

»Kannten Sie die Frau?«, fragte Jan. »War es eine Kollegin, die auch auf dem Kongress war?«

»Kann sein. Ich glaube, wir haben uns unterhalten. Ja, vielleicht war sie tatsächlich eine Kollegin. Vielleicht hatte sie eine Frage zu meinem Vortrag am Nachmittag.« Er zuckte mit den Schultern. »Ich weiß es leider nicht mehr. Ist das denn so wichtig?«

»Hat die Frau mit Ihnen geflirtet?«, fragte Hanna.

»Glaube ich nicht. Und wenn, ich habe kein Interesse an Frauen. Ich bin schwul.«

»Hat die Frau Sie auf dem Weg ins Hotel begleitet?«, fragte Jan.

»Das weiß ich nicht mehr. Ab da habe ich einen vollkommenen Filmriss.« Er hielt inne und sah auf. »Nicht, dass Sie denken, ich hätte zu viel getrunken. Ganz und gar nicht. Zwei Glas Wein zum Essen und einen Whisky in der Bar. Mehr nicht.«

»In Ihrem Blut und Urin ist eine extrem hohe Dosis GHB nachgewiesen worden.«

»K.-o.-Tropfen? Aber wer …?«

»Das wissen wir noch nicht«, sagte Hanna. »Ebenso kennen wir nicht das Motiv. Wir haben bisher alle Ihre ehemaligen Freunde danach gefragt, ob damals etwas Besonderes passiert ist.«

»Sie suchen nach einem Motiv?«

Hanna nickte.

»Aber …« Florian Hamann stockte. »Das müsste ja …« Erneut ließ er den Rest des Satzes unausgesprochen.

»Fällt Ihnen irgendein Ereignis ein, bei dem eine Person aus Ihrem erweiterten Kreis oder auch eine vollkommen fremde zu Schaden gekommen ist?« Aus dem Augenwinkel sah Hanna, dass der Oberarzt hinter der Scheibe auf seine Armbanduhr zeigte. »Bitte, überlegen Sie genau«, fügte sie hinzu. »Es ist sehr wichtig.«

Florian Hamann schüttelte den Kopf.

»Sie erinnern sich nicht oder sind Sie sich sicher, dass nichts dergleichen passiert ist?«

»Niemand ist je zu Schaden gekommen. Wer sollte nach so langer Zeit Menschen umbringen? Das ist doch Wahnsinn.«

Zwei Stunden später verließen Hanna und Jan Hamburg. Vor Florian Hamanns Krankenhauszimmer würde bis zu seiner

Entlassung ein Polizist stehen. Die Hamburger Kollegen hatten den Bekannten von Hamann ausfindig gemacht und von ihm erfahren, in welchem Restaurant sie gegessen und in welcher Bar sie anschließend etwas getrunken hatten. Weitere Ermittlungen folgten.

»Was hat Möller eigentlich dazu gesagt?«, fragte Jan. »Du hast doch vorhin noch einmal mit ihm telefoniert.«

»Beim ersten Gespräch hatte ich ja das Gefühl, er würde einknicken. Jetzt war er schon wieder etwas abweisender.«

»Wird Jonas Sommer noch festgehalten?«

»Er soll heute dem Haftrichter vorgeführt werden. Vielleicht ist es auch schon passiert. Keine Ahnung.«

Jan seufzte. »Sollten wir über den Kopf von Möller mit der Staatsanwaltschaft sprechen?«

»Ich glaube kaum, dass das etwas bringt. Mein Gefühl sagt mir, dass der Staatsanwalt die treibende Kraft hinter der jetzigen Ermittlungsstrategie ist.«

Jan schwieg. Sie würden jetzt ihre gesamte Energie darauf verwenden müssen, Möller und den Staatsanwalt von ihrer Theorie zu überzeugen oder zumindest einen tragbaren Kompromiss zu finden, um weitere Morde zu verhindern. Seine Gedanken wanderten zu George, der sich nach der Schule vermutlich mit Freunden treffen oder etwas mit seiner Mutter unternehmen würde. Den Flug nach London hatte Jan noch nicht gebucht. Im Moment war nicht absehbar, wie lange Hanna und er noch an den Ermittlungen beteiligt sein würden. Es konnte durchaus sein, dass Robert Möller und der Staatsanwalt bald ganz auf ihre Unterstützung verzichten wollten. Im Moment fand er den Gedanken gar nicht so unattraktiv.

»Schon wieder so nachdenklich?«, holte ihn Hanna zurück in die Gegenwart.

»Du hast eine Strategie?«, fragte Jan.

»Für das Meeting gleich? Klartext, würde ich sagen, alles andere macht keinen Sinn oder, wie du sagen würdest, ist nicht zielführend.«

Jan lächelte. »Riskant, aber das weißt du selbst.« Er legte den Kopf in den Nacken. »Ich verstehe immer noch nicht, wie Möller sich so auf Jonas Sommer konzentrieren kann.«

»Na ja, das Motiv in Bezug auf André Borchert ist glasklar. Bei Daniel Albers wird es etwas schwieriger. Vielleicht hat er die beiden zusammen gesehen und vermutet, dass Albers der Partner von Borchert ist.«

»Und dann nimmt er sich ihn zuerst vor?«, warf Jan ein. »Möller muss schon von zwei Tätern ausgehen. Und das ist angesichts der Tötungsumstände absurd. Möller, der Staatsanwalt und Kleist scheinen sich gegenseitig zu pushen.«

»Wir sollten uns lieber auf das Gespräch gleich konzentrieren. Wir werden alles auf eine Karte setzen müssen. Entweder fokussieren wir jetzt die Hauptermittlungsarbeit auf die Zeit vor zwanzig Jahren oder wir sind raus. Meinetwegen soll Kleist Jonas Sommer weiter vernehmen. Dann steht er zumindest nicht im Weg herum.«

»Diesen Vorschlag solltest du für dich behalten.«

»Echt jetzt? Ich dachte, ich klotze gleich so richtig los und verteile erst mal Loser-Karten am laufenden Band.«

Jan schmunzelte. »Sorry, vergiss einfach meinen Rat. Du findest schon die richtigen Worte.«

Hanna grinste. »Klar, was sonst.« Sie warf ihm einen schnellen Blick zu. »Und dein Täterprofil? Bist du bereit für deinen großen Auftritt?«

Jan schaute in die Runde der versammelten SoKo-Mitglieder. Robert Möller hatte sein gesamtes Team zusammengerufen. Sechzehn Beamte warteten gespannt auf Jans Ausführungen.

Er fasste noch einmal kurz die bisherigen Ermittlungen zusammen und untermauerte gleichzeitig sein Täterprofil. »Wir haben inzwischen vier potenzielle Opfer, die allesamt der Jugendclique von Daniel Albers und André Borchert zuzuordnen sind. Ich habe vorhin ausgeführt, wieso ich eine Frau als Täterin favorisiere: Tatvorbereitungen, Tatausführungen, Tatumstände weisen in mehreren Fällen auf eine Frau hin. Hinzu kommt, dass Florian Hamann auf eine Frau getroffen ist und sich ab da nicht mehr erinnern kann, wie er ins Hotel kam.«

»Und was ist mit Sommer?«, knurrte Thomas Kleist. »Lassen wir den laufen?«

»Nein«, antwortete der SoKo-Leiter ruhig. »Du setzt die Vernehmung weiter fort. Kurz vor dem Termin beim Haftrichter später entscheiden wir gemeinsam mit dem Staatsanwalt, ob es reichen wird.«

Kleist stand auf und gab einem jungen Kommissar in der Runde einen Wink, ihm zu folgen. »Dann gehe ich mal wieder an die Arbeit.« Ohne Möllers Reaktion abzuwarten, ging er auf die Tür zu und drehte sich noch einmal zu Jan um. »Vielleicht stellt sich Sommer ja noch als Frau heraus. Wer weiß.« Er öffnete die Tür, ließ dem jungen Kollegen den Vortritt und rauschte hinaus.

Robert Möller sah ihm mit irritierter Miene hinterher, räusperte sich schließlich und nickte Jan zu. »Fahren Sie doch bitte fort.«

»Ich sehe die Täterin als eine Frau zwischen fünfunddreißig und fünfundvierzig Jahren. Sie ist alleinstehend oder lebt getrennt von ihrem vorherigen Partner. Ihr Motiv ist ein sehr persönliches. Entweder ist sie unmittelbar betroffen, sprich, sie war in Ereignisse verstrickt, die sie massiv belastet haben, oder eine ihr sehr nahe stehende Person.«

»Zum Beispiel?«, fragte Nina Jacobi.

»Es kann sich um ein Familienmitglied handeln, aber auch um einen Menschen, zu dem die Täterin eine tiefe Beziehung hat oder hatte. Die bisherigen Opfer haben in den letzten Jahren kaum oder gar keinen Kontakt zueinander gehabt. Das lässt darauf schließen, dass das Ereignis, das ich als Grundmotiv bezeichnen möchte, zwanzig und mehr Jahre zurückliegt.«

»Ungewöhnlich lange, oder?«, warf Jörg Krause ein.

»Definitiv. Von daher ist die Wahrscheinlichkeit hoch, dass es in den letzten zwei Jahren ein weiteres Ereignis gegeben hat, das das auslösende Moment war.«

»Was könnte das sein?«, fragte ein Beamter, der zuvor nicht mit in der SoKo-Runde gewesen war.

»Die Person, also das Opfer aus der damaligen Zeit, könnte sich erst jetzt offenbart haben, er oder sie könnte Suizid begangen und in einem Abschiedsbrief die Gründe genannt haben. Es wären aber auch weitere Szenarien denkbar. Die Person könnte schon vor zwanzig Jahren gestorben sein und jetzt erst sind Hinweise dazu aufgetaucht, was seinerzeit passiert ist. Die Person kann im Ausland oder weit entfernt von Amelinghausen gelebt haben und ist jetzt wieder zurückgekehrt. Vielleicht galt die Person als vermisst und hat bei der Täterin damals tiefe Schuldgefühle ausgelöst, die sich im Laufe der Jahre massiv verfestigt haben. Das Auftauchen der Person löst lange unterdrückte Wut aus, die sich nicht wie zuvor nach innen, sondern auf eine bestimmte Gruppe richtet. In unserem Fall auf den inneren Kreis der Jugendclique.«

»Das sind sehr viele Möglichkeiten«, warf Jörg Krause ein.

»Es gibt weitere«, sagte Jan. »Ich habe jetzt nur ein paar Beispiele genannt, um für die Suche zu sensibilisieren. Aber dazu sagt Kollegin Will gleich mehr. Ich komme noch einmal zum Täterinnenprofil zurück. Alter und Motivlage habe ich erwähnt. Die Person ist intelligent und geht analytisch vor. Sie bereitet sich akribisch vor, prüft jedes Detail ihres Planes mehrfach und betreibt – wie wir an den fast perfekten Abschiedsbriefen sehen können – einen extrem hohen Aufwand, um nicht entdeckt zu werden.« Jan hielt inne und schaute in die Runde. »Oder nicht vor Ende ihrer Aufgabe entdeckt zu werden.«

»Ihr ist es egal, ob sie erwischt wird?«, warf eine Kommissarin ein.

»Sie ist intelligent genug, um ihre Chancen uns gegenüber realistisch einschätzen zu können. Bei der Anzahl von Opfern ist immer von einer großen und lang andauernden Ermittlung auszugehen. Dass es fast unmöglich ist, keine Spuren zu hinterlassen, ist inzwischen auch kein Fachwissen mehr. Fernseh-Dokus, Bücher und das Internet sind ausreichende Informationsquellen, die heutzutage jedem zugänglich sind. Um die Frage konkret zu beantworten: Ja, es könnte durchaus sein, dass die Person mit ihrer Überführung rechnet und sie von vornherein einkalkuliert hat. Hier könnte auch die Motivation herrühren, gerade bei den ersten Fällen Suizide vorzutäuschen, um Zeit zu gewinnen.«

»Das heißt, wir müssen ab jetzt mit ganz«, Nina Jacobi malte Anführungszeichen in die Luft, »normalen Morden rechnen.«

Jan nickte. »Ich denke, bei Florian Hamann sehen wir bereits diese Tendenz. Der Täterin muss klar sein, dass wir das Muster durchschauen und eine Suizid-Vortäuschung keine Chance mehr hat. Hinzu kommt, dass sie keine Zeit mehr für wochenlange Vorbereitungen hat oder zumindest befürchtet, keine mehr zu haben.«

»Also ist die Gefahr, dass jetzt schnell die restlichen Gruppenmitglieder an die Reihe kommen, extrem hoch?«

»Ja, das wäre meine Einschätzung. Es kann sein, dass uns nicht mehr viel Zeit bleibt. Sollte die Täterin allerdings darauf aufmerksam werden, dass wir ihr Spiel durchschaut haben, könnte sie sich auch zurückziehen und zunächst abwarten. Der nächste Anschlag könnte dann auch erst erheblich verzögert stattfinden.«

»Oder das Gegenteil könnte passieren«, sagte Nina Jacobi. »Sie wird ihren Plan noch schneller umsetzen.«

»Auch die Möglichkeit steht im Raum«, bestätigte Jan. »Wir wissen zu wenig von ihr, um in diesem Punkt gesicherte Aussagen machen zu können.«

»Was halten Sie für das wahrscheinlichste Szenario?«, fragte Robert Möller, der bis jetzt schweigend Jans Vortrag angehört hatte.

»Dass wir unmittelbar mit dem nächsten Anschlag rechnen müssen.«

»Vorausgesetzt, Ihr Täterprofil ist korrekt«, warf Möller ein. »Ich halte es für riskant, alle Ressourcen auf diesen Ermittlungsstrang zu konzentrieren.«

»Vielleicht darf ich einen Vorschlag für das weitere Vorgehen machen«, sagte Hanna.

Möller zögerte, hob aber schließlich einladend die Hand. »Bitte!«

»Wenn wir davon ausgehen, dass das auslösende Ereignis sich in einem Zeitfenster von etwa fünf Jahren abgespielt hat, sollten wir uns auf die entsprechenden Jahrgänge von Schülern an den verschiedenen Schulen fokussieren. Hier zuerst auf die Schülerinnen und später auf die Schüler.«

»Das dürften Hunderte Mädchen und Jungen sein«, warf Jörg Krause ein. »Wir würden Wochen brauchen, um alle Personen zu durchleuchten.«

»Das ist zu vermuten. Deshalb würde ich vorschlagen, dass wir zunächst ausschließlich die Namen auflisten und sie anschließend den noch lebenden Männern der ehemaligen Jugendclique vorlegen. Ich denke, dass sie sich besser an einzelne Personen erinnern werden, wenn sie den Namen schwarz auf weiß lesen. Anschließend konzentrieren wir uns zunächst auf die so identifizierten Personen.«

Alle Augen richteten sich auf Robert Möller, es wurde still im Besprechungsraum. Schließlich räusperte sich der SoKo-Leiter leise. »Nun gut, die Teams von Nina und Jörg werden zusammengelegt und etwas verkleinert und verfolgen dann für die nächsten vier Tage diesen Ermittlungsstrang. Thomas' Team wird um zwei Kollegen aufgestockt und kümmert sich um Jonas Sommer und die weiteren Personen aus dem beruflichen Umfeld von André Borchert. Hier geht es konkret um den Mitbewerber aus Geesthacht und andere unzufriedene Kunden. Gleichzeitig werden wir noch einmal Daniel Albers' Umfeld unter die Lupe nehmen. Im Moment können wir Jonas Sommer noch nicht mit Albers in Verbindung bringen. Entweder haben wir noch etwas übersehen oder es gibt einen zweiten Täter.«

Nach der Teamsitzung gingen Hanna und Jan mit Nina Jacobi und Jörg Krause die anstehenden Aufgaben durch, teilten sie ein und machten sich anschließend an die Arbeit.

Kurz bevor sie Schluss machen wollten, kam Nina Jacobi zu ihnen ins Büro. »Habt ihr noch ein paar Minuten? Ich habe Katja Weber gefunden.« Als Hanna nickte, schob Nina Jacobi einen Stuhl vor die beiden Schreibtische. »Gefunden habe ich sie genau genommen nicht. Sie ist nämlich vor knapp vier Wochen von ihrer Mutter als vermisst gemeldet worden.«

»Und noch nicht wieder aufgetaucht?«, fragte Jan erstaunt.

»Nein, bisher nicht. Sie lebt in Winsen, das liegt etwa zwanzig Kilometer von Lüneburg Richtung Norden. Ihre Mutter hat regelmäßig Kontakt zu ihr, konnte sie nicht mehr erreichen und ist nach Winsen gefahren. Die Wohnungsnachbarin hat ihr – und später auch den Kollegen vor Ort – erzählt, dass Katja Weber von heute auf morgen verschwunden sei. Sie sind befreundet und die Nachbarin fand es ausgesprochen merkwürdig, dass sie ihr nichts gesagt hat. Frau Webers Mutter ist dann mit dem Zweitschlüssel in die Wohnung. Auch hier sah alles nach einem überhasteten Aufbruch aus. Der Kühlschrank war gefüllt, als wäre Frau Weber ganz normal zu Hause, schmutzige Wäsche lag herum und auch alles andere sah nicht nach einem geplanten Aufbruch aus.«

»Und was sagen die Kollegen?«, fragte Hanna, die aufmerksam zugehört hatte.

»Katja Weber ist ja erwachsen und voll zurechnungsfähig. Viel gemacht wurde nicht. Sie haben mir aber am Telefon bestätigt, was ich von der Mutter erfahren habe. Auch sie finden die Umstände ungewöhnlich. Der Kollege meinte, er würde den Fall noch mal auf die Tagesordnung bringen, glaubte aber nicht, dass dann mehr unternommen würde.« Nina Jacobi sah zwischen Hanna und Jan hin und her. »Könnte sie ein weiteres Opfer sein?«

»Möglich«, sagte Hanna. »Aber wenn sie nicht gefunden wird, lebend oder tot, sind uns die Hände gebunden. Halte die Verbindung zu dem Kollegen und frag in ein paar Tagen noch einmal nach.«

Nina Jacobi nickte und notierte sich den Auftrag.

Fünfundzwanzig

Hanna reichte Jan den Kaffeebecher und setzte sich neben ihn auf den Campingstuhl. Seit einer halben Stunde standen sie auf ihrem Stammplatz mitten in der Heide.

Jonas Sommer war gegen Abend auf freien Fuß gesetzt worden, da der Staatsanwalt keine Chance gesehen hatte, den Richter von einer Untersuchungshaft zu überzeugen.

Florian Hamann würde noch bis zum nächsten Tag im Klinikum St. Georg bleiben und anschließend nach Hannover zurückkehren. Hanna hatte mit ihm telefonisch die Sicherheitsmaßnahmen besprochen. Mit Patrik Richter in München sowie Matthias Frantzen und Sven Paschke hatte Hanna ebenfalls telefoniert und ihnen dazu geraten, sich für einige Tage bedeckt zu halten und jeglichen Kontakt mit Fremden zu vermeiden.

»Wie hat Sven Paschke reagiert?«, fragte Jan, der zurückgelehnt im Stuhl die Augen geschlossen hatte.

»Kurz angebunden und pampig. Er könne auf sich selbst aufpassen und brauche keinen Polizeischutz.«

»Hattest du ihm Schutz angeboten?«

»Nein. Die Kollegen vor Ort werden hin und wieder vor dem Haus nach dem Rechten sehen und dort eine kurze Runde im Streifenwagen drehen. Mehr ist nicht drin, hat Möller mindestens dreimal betont.«

Jan öffnete die Augen und ließ seinen Blick über die blühende Heide schweifen. »Kollege Möller glaubt immer noch nicht an eine Serientäterin, oder?«

»Weder Serien- noch -täterin. Keine Pressemitteilung, kein Polizeischutz für die fünf Männer. Das ist ein gefährliches Spiel, das er und der Staatsanwalt da spielen.« Hanna stöhnte leise. »Und wir spielen Hase und Igel. Wir kommen immer zu spät, obwohl wir die Schnelleren sind.«

»Florian Hamann lebt. Wenn wir nicht gleich gefahren wären …« Jan ließ den Satz in der Luft hängen.

Dieses eine Mal, dachte Hanna. Ein Zufallstreffer. Wäre die Täterin mit auf Hamanns Zimmer gegangen, hätte er keine Chance gehabt.

»Warum hat sie ihn alleine ziehen lassen?«, fragte Hanna.

»Ich vermute, dass sie ihn verführen wollte, um so mit in seine Suite zu kommen«, sagte Jan. »Sie wusste nicht, dass er schwul ist. Vermutlich musste sie kurzfristig umdisponieren und hat ihm die Tropfen in der Bar verabreicht. Vielleicht reichte die Zeit nicht, um ausreichend GHB in den Whisky zu schütten. Oder er hat nur einen Teil davon getrunken. Auf jeden Fall hat er es noch bis in seine Suite geschafft und ist erst da zusammengebrochen.«

Hanna nickte nachdenklich. »Sie wird nachlässiger, planloser. Warum wusste sie nicht, dass er schwul ist? Hamann scheint da kein Geheimnis draus zu machen.«

»Auf der Homepage wird es wohl kaum stehen«, warf Jan ein. »Trotzdem, mit etwas Mühe hätte sie es herausbekommen. Entweder fehlte die Zeit oder sie war sich sicher, dass er sie mit ins Hotel nimmt.«

»Bringt uns das jetzt weiter?«, murmelte Hanna. »Bei ihm wird sie es nicht so schnell noch einmal probieren.« Sie richtete sich im Stuhl auf. »Wer wird deiner Meinung nach der Nächste sein?«

»Kann ich nicht verlässlich sagen. Dafür habe ich zu wenig An…«

»Schon klar«, unterbrach ihn Hanna. »Rein aus dem Bauch heraus. Wer?«

»Ich weiß nicht, ob es eine bestimmte Reihenfolge gibt.«

»Vielleicht nach Schwere des Vergehens?«, schlug Hanna vor.

»Da wir den Ausgangspunkt nicht kennen, hilft uns das nicht weiter.«

»Ich tippe auf Sven Paschke.«

»Warum?«

»Du würdest sagen, er ist empathielos. Ich würde ihn als Arsch bezeichnen. Als Jugendlicher wird er nicht viel besser gewesen sein.«

»Bringt uns das jetzt weiter?«, wiederholte Jan Hannas Worte. »Willst du ihn etwa observieren?«

»Wäre eine Möglichkeit.« Hanna stand auf und holte ihren Laptop aus dem Wohnmobil. Sie klappte ihn auf und suchte nach der Tabelle, die Nina Jacobi über die Männer des inneren Freundeskreises angelegt hatte. »Er ist geschieden, übrigens nach nur einem halben Jahr Ehe. Kinderlos. Er hat als junger Erwachsener mehrfach Probleme bekommen. Es ging jedes Mal um Körperverletzung. Eine Verurteilung, drei Ermittlungen, die im Sande verliefen. Und«, Hanna hob den Zeigefinger, »Anzeigen wegen sexueller Belästigung. Auch ohne Konsequenzen.«

»Wann war die letzte?«

»Vor sieben Jahren. Eine Frau hat einen Strafantrag gestellt. Paschke soll sie beim Heideblütenfest massiv sexuell bedrängt haben. Sie hat aber ihren Antrag zurückgezogen, der Staatsanwalt hat später das Verfahren eingestellt.«

»Das war lange nach der Zeit, in der wir suchen.«

»Und wenn schon. Lea Carstens wohnt in Lüneburg. Wir sprechen morgen mit ihr. Einverstanden?«

»Wie alt ist sie und wo ist sie aufgewachsen?«

»Siebenunddreißig, geboren in Embsen. Das liegt etwa auf halber Strecke zwischen Lüneburg und Amelinghausen.«

»Sind sie in die gleiche Schule gegangen?«

»Steht hier nicht. Allerdings sind sie ja fünf Jahre auseinander. Selbst wenn, ein Siebzehnjähriger interessiert sich wohl kaum für eine Zwölfjährige.« Hanna sah Jan fragend an. »Besuchen wir sie morgen?«

Als Jan nickte, griff sie nach ihrem Handy und wählte die Telefonnummer aus der Liste. Als der AB bereits angesprungen war, nahm Lea Carstens den Anruf entgegen. Hanna stellte sich vor und bat darum, am nächsten Tag mit ihr sprechen zu können.

»Geht es um die Anzeige von damals?«, fragte Lea Carstens.

»Indirekt.«

»Hat er wieder eine Frau angefasst?«

»Wie wäre es morgen früh gleich um acht Uhr?«, schlug Hanna vor.

»Sie haben meine Adresse?«

»Ja, die ist mir bekannt. Wir sind dann pünktlich bei Ihnen.«

»Zwanzig Minuten, länger habe ich auf keinen Fall Zeit.«

Hanna trat ans Bett und ging neben dem schlafenden Jan in die Hocke. Vorsichtig strich sie ihm eine Strähne aus dem Gesicht und beobachtete sein ruhiges Ein- und Ausatmen. Nach der einen Nacht im gemeinsamen Bett hatte Jan wieder auf der engen Gästeliege geschlafen. Sie wusste, dass eine weitere Einladung keinen Erfolg haben würde. Es war eine einmalige Ausnahmesituation gewesen. So unverfänglich würden sie nicht wieder in einem Bett schlafen können. Hanna stutzte. Warum eigentlich nicht? Ja, für sie war es eine Premiere gewesen. Schon allein der Gedanke daran, morgens neben einem Mann aufzuwachen, war ihr seit Jahren unangenehm. Jan war seit Langem der erste Mann, bei dem sie das Gefühl hatte, ihm vertrauen zu können. Zumindest bis zu einem gewissen Punkt.

Jan reckte sich und sah sie aus kleinen Augen an. »Sitzt du da schon lange?«, fragte er schlaftrunken.

»Kann sein.«

Er richtete sich auf und sah auf die Uhr. »Ich habe verschlafen. Warum hast du mich nicht geweckt?«

Sie stand auf und hielt ihm die Hand entgegen. »Jetzt bist du ja wach. Frühstück steht in fünf Minuten auf dem Tisch. Schaffst du das?«

»Darf ich Ihre Ausweise sehen?«, fragte Lea Carstens. Die Frau mit langen schwarzen Haaren musterte die Ausweise von allen Seiten und nickte schließlich. »Kommen Sie herein.« Sie führte sie ins Wohnzimmer und bot ihnen einen Platz auf dem Sofa an. Sie selbst setzte sich auf einen Sessel. »Die Sache von damals ist abgeschlossen. Aber das wissen Sie sicher.«

»Kannten Sie Sven Paschke vor dem Vorfall?«, fragte Hanna.

»Wir waren auf der gleichen Schule, allerdings ist er ein paar Jahre älter als ich. Aber meine Schwester hatte mal kurz etwas mit ihm. Sie ist fast in seinem Alter.«

Hanna fiel auf, dass Lea Carstens Sven Paschke bisher nicht beim Namen genannt hatte. »Sie kannten Sven Paschke also schon, als Sie ihm auf dem Heideblütenfest begegnet sind?«

»Nicht direkt. Er hat mich angesprochen, weil ich meiner Schwester so ähnlich sehe. Erst dachte ich, es sei nur ein dummer Anmachspruch à la ›Wir kennen uns doch irgendwoher‹. Aber dann ist mir eingefallen, wer er ist. Wir haben ein Bier zusammen getrunken und später, als ich schon auf dem

Rückweg war, hat er mich noch einmal angesprochen. Da ist es dann zu der unschönen Szene gekommen. Okay, ich habe später etwas überreagiert und bin zur Polizei gelaufen. Aber dann habe ich ja die Anzeige zurückgezogen.«

»Was muss ich mir unter einer ›unschönen Szene‹ vorstellen?«, fragte Hanna weiter.

»Er ist mir etwas näher gekommen, als es mir recht war. Zu viel Alkohol, aufgeheizte Stimmung, ich habe vielleicht auch die falschen Signale gesendet. Keine Ahnung. Das spielt doch jetzt alles keine Rolle mehr. Warum wollen Sie das wissen? War er wieder übergriffig?«

»Wir ermitteln in mehreren Tötungsdelikten«, sagte Hanna, die sich entschlossen hatte, Lea Carstens bis zu einem bestimmten Punkt einzuweihen. »Herr Paschke ist in diesem Zusammenhang als Zeuge vernommen worden. Bei seiner Überprüfung ist uns aufgefallen, dass er seinerzeit von Ihnen angezeigt worden ist.«

»Verstehe ich nicht ganz. Werde ich jetzt auch auf Herz und Nieren überprüft?«

»Nein, wir sind ausschließlich an Herrn Paschke interessiert.«

»Gut, jetzt wissen Sie ja, was passiert ist.« Sie sah auf die Uhr. »Eigentlich müsste ich jetzt los. Ein Termin.«

»Die zwanzig Minuten sind ja noch nicht vorbei«, sagte Hanna. »Sie haben die Anzeige beziehungsweise den Strafantrag zurückgezogen. Warum? Ihre Schilderungen haben sich eher nach einer versuchten Vergewaltigung angehört als nach einer harmlosen Anmache.«

»Mag sein«, murmelte Lea Carstens.

Jan beugte sich leicht vor. »Ich bin Kriminalpsychologe und habe häufig erlebt, dass Frauen nach einem solchen Erlebnis irgendwann einen Schlussstrich ziehen wollen. Viele zeigen die Tat gar nicht an. Sie waren so mutig, zur Polizei zu gehen. Ich bewundere das.« Jan hatte ruhig und gefühlvoll gesprochen und lächelte Lea Carstens jetzt an.

»Im Nachhinein sieht man doch solche Dinge klarer«, sagte Lea Carstens. »Ich hatte keine Lust auf einen Prozess. Wer will so was schon in der Öffentlichkeit sehen?« Sie richtete sich auf. »Wie gesagt, ich habe etwas überreagiert. Das passiert schon mal nach so einer Sache.«

»Hat Herr Paschke Kontakt zu Ihnen aufgenommen?«

Lea Carstens schwieg.

»Wir haben kein unmittelbares Interesse an dem damaligen Übergriff«, sagte Jan. »Es geht uns ausschließlich um Herrn Paschke und seine Glaubwürdigkeit als Zeuge.«

»Die Sache ist ein für alle Mal abgeschlossen?«, fragte Lea Carstens.

»Davon gehe ich aus«, sagte Jan. Er wartete einen Moment und fragte ein weiteres Mal: »Herr Paschke hat Sie damals angesprochen?«

»Ich war ja nicht schwer zu finden.«

»Was ist passiert?«

»Er stand vor meiner Wohnungstür, hat geklingelt und ich habe aufgemacht, ohne durch den Spion zu schauen. Er ist einfach rein in die Wohnung. Ohne mich zu fragen. Dann hat er rumgeheult, sich entschuldigt und immer wieder gesagt, dass es ein Missverständnis war und ich ihn so sehr an meine Schwester erinnert habe.«

»Hat er Sie bedroht?«, fragte Jan.

»Nicht richtig, aber …« Sie schluckte schwer. »Ja, im Grunde genommen war klar, was er meinte. Er ist dann gegangen, auch weil ich ihn rausgeworfen habe. Mit ziemlich deutlichen Worten sogar. Ich war wütend. Aber später … ich hatte einfach keine Lust auf diesen ganzen Stress. Meine Schwester hat mir übrigens auch dazu geraten. Sie meinte, er könne ganz schön unangenehm werden und auch, dass seine Eltern reichlich Geld hätten, um einen teuren Anwalt zu bezahlen.«

»Hat Ihre Schwester noch mehr von der Zeit mit Sven Paschke erzählt?«

»Das eine oder andere.« Lea Carstens' Miene entspannte sich. Sie schien froh zu sein, dass Jan das Thema wechselte.

»Wo können wir Ihre Schwester erreichen?«

»Das weiß ich nicht genau. Sie lebt wahrscheinlich in Berlin. Aber wo?« Sie zuckte mit den Schultern. »Ich fürchte, sie ist dort nicht mal offiziell gemeldet und hat keine feste Wohnung. Nachdem sie das Studium abgebrochen hat, ging es steil bergab mit ihr. Sie hat einen Typen kennengelernt, der harte Drogen genommen hat. Ob er sie dann dazu überredet hat oder sie es selbst wollte, weiß ich nicht. Ich weiß nicht mal, ob man jemanden dazu überreden kann. Meine Schwester hat mich – das alles ist jetzt so fünf Jahre her – immer wieder in Lüneburg besucht, aber es ging jedes Mal nur darum, dass ich ihr Geld leihe. Bis mir klar wurde, was dahintersteckt. Ich habe ihr noch ein paar Mal etwas gegeben, aber dann damit aufgehört. Ich war bei einer Beratungsstelle und die haben mir gesagt, dass ich meiner Schwester mit Geld nicht helfen kann. Ich habe es dann anders versucht, bin aber nicht zu ihr durchgedrungen. Jetzt habe ich schon fast ein Jahr nichts mehr von ihr gehört.«

»Verstehe«, sagte Jan. »Es tut mir leid, was mit Ihrer Schwester passiert ist. Ich wünsche Ihnen und ihr, dass sie sich noch eine Chance gibt und sich professionelle Hilfe sucht.«

»Das habe ich auch gehofft, aber bis jetzt …« Sie brach ab und senkte den Kopf.

»Sie haben nichts falsch gemacht«, fuhr Jan fort. »Angehörigen sind in aller Regel die Hände gebunden. Es kann eine Weile dauern, bis Ihre Schwester sich wieder meldet.«

»Ja, ich weiß.«

»Können Sie uns noch mehr darüber erzählen, was Sie von Ihrer Schwester über die damalige Zeit erfahren haben? Wie lange war sie mit Sven Paschke zusammen und warum haben sie sich getrennt?«

»Meine Schwester hat Schluss gemacht. Es hat irgendwann nicht mehr gepasst, glaube ich. Sie hat mal gesagt, er habe eine schwere Zeit gehabt und dass sie ihn nicht mehr erreichen konnte. So oder so ähnlich hat sie es ausgedrückt. Was genau da passiert ist, weiß ich aber nicht.«

»Schwere Zeit?«

»Ja, Greta, also meine Schwester, sagte mal, dass irgendetwas passiert sei. Aber was genau, wusste sie nicht. Ich glaube, die ganze Clique ist danach auch mehr oder weniger auseinandergefallen. Klar, sie haben natürlich außerhalb studiert oder eine Ausbildung gemacht. Da verliert man sich schon aus den Augen.«

»Aber es steckte etwas anderes dahinter?«, fragte Jan.

»Ich weiß es wirklich nicht, aber Greta hat das vermutet. Sie war ziemlich verknallt in den Typen und ich war damals überrascht, als sie Schluss gemacht hat. Das klang ein paar Monate vorher noch ganz anders. Von wegen ewige Liebe und so.«

»Wissen Sie noch, wann das genau war?«

»Warten Sie … Ich muss dreizehn gewesen sein. Das wäre dann also im Jahr 1997 gewesen. Ja, Greta muss da siebzehn gewesen sein und er dann etwas älter. Hilft Ihnen das?«

Hanna schloss die Tür des Wohnmobils auf und setzte sich hinters Steuer. Jan ließ sich auf den Beifahrersitz fallen. Er zog sein Notizbuch aus der Tragetasche und schrieb eine Weile, während Hanna mit Nina Jacobi telefonierte.

»In einer halben Stunde setzen wir uns kurz zusammen«, sagte Hanna, als sie das Gespräch beendet hatte. »Was schreibst du auf?« Sie hob ihr Handy hoch. »Ich habe doch alles aufgenommen.«

»Nur ein paar Notizen. Wir haben jetzt zumindest einen Hinweis auf ein Ereignis. 1997 – da waren die meisten aus dem Freundeskreis siebzehn, allenfalls achtzehn. Wir sollten uns erst mal auf das Jahr konzentrieren.«

»Wenn Lea Carstens denn die Wahrheit gesagt hat.«

Jan sah sie fragend an.

»Sie passt in dein Profil. Eine Frau, deren Schwester während der Zeit mit einem der Jungs zusammen war. Inzwischen ist diese drogenabhängig und seit einem Jahr nicht mehr aufgetaucht.«

»Es liegen zwanzig Jahre zwischen der Jugendzeit und der Drogenabhängigkeit«, warf Jan ein. »Ein sehr langer Zeitraum. Lea Carstens hat nicht davon gesprochen, dass ihre Schwester nach der Trennung von Sven Paschke Schwierigkeiten hatte.«

»Greta Carstens hat das Studium abgebrochen. Vermutlich hat sie sehr zeitnah nach dem Abitur studiert. Sagen wir drei Jahre und dann war Schluss. Den Abbruch hat ihre Schwester als den Anfang vom Ende bezeichnet.«

»Möglich. Wir müssen herausfinden, ob Greta Carstens noch lebt.«

Hanna startete den Motor. »Und ihre Schwester sollten wir genau unter die Lupe nehmen.«

Sechsundzwanzig

Die Besprechung im »Team Vergangenheit« war kurz. Die erste Liste mit hundertdreiundzwanzig Frauen und dreiundneunzig Männern lag vor. Hanna schlug vor, sich zunächst auf die Frauen zu konzentrieren und deren Hintergründe zu durchforsten. Sie stellten die Punkte zusammen, die für die Ermittlungen wichtig waren, und teilten die Namen unter den SoKo-Mitgliedern auf, bevor alle an ihre Arbeitsplätze zurückkehrten.

»Hast du schon was?«, fragte Hanna, die gerade mit zwei Bechern Kaffee aus der Teeküche zurückkam.

»Ich habe drei Frauen überprüft. Das ist doch aufwendiger, als ich gedacht habe.«

»Einen Verdacht?«

»Ganz normale Lebensläufe. Zwei von ihnen sind verheiratet, zwei beziehungsweise drei Kinder, ein Account auf Facebook. Die dritte lebt in Hamburg in der Hafen-City. Nicht verheiratet, keine Kinder. Sie arbeitet in einer Werbeagentur. Die Geschwister der drei Frauen waren allesamt um mehrere Jahre jünger, von daher ist es unwahrscheinlich, dass sie etwas mit der Jugendclique um Albers und Borchert zu tun hatten.

Alle Geschwister leben noch, die Eltern der drei Frauen auch. Und bei dir?«

»Ich habe mir Lea Carstens und ihre Schwester Greta vorgenommen. Greta hat Psychologie in Hamburg studiert, muss also ein sehr gutes Abitur gehabt haben. Sie war dort vierzehn Semester eingeschrieben und hat das Studium aus eigenem Antrieb abgebrochen, sprich, sie ist nicht zwangsexmatrikuliert worden. Anschließend hat Greta verschiedene Jobs von Service im Restaurant bis Taxifahren ausgeübt, alles noch in Hamburg. Fünf Jahre später ist sie nach Berlin umgezogen. Da verliert sich dann tatsächlich ihre Spur. In der letzten Wohnung, auf deren Adresse sie angemeldet war, wohnt sie schon seit vier Jahren nicht mehr. Der Vermieter hat sie abgemeldet. Ich habe mit zwei Kollegen in Berlin gesprochen, die sich in der Drogenszene auskennen. Einer von ihnen geht davon aus, dass sie seit geraumer Zeit dealt. Alles harte Drogen, sagte er. Der andere Kollege kannte sie aus der Zeit, als sie als Sexarbeiterin auf der Straße gearbeitet hat. Er ist sich aber sicher, sie in den letzten zwei Jahren dort nicht mehr gesehen zu haben. Vorstrafen hat sie nicht, in Ermittlungsakten taucht sie auch nicht auf.«

»Die Kollegen wissen nicht, wo Greta Carstens zu finden ist?«

»Nicht auf Anhieb. Ich habe einen von ihnen gebeten, Augen und Ohren offen zu halten und auch mal in der Szene nach ihr zu fragen. Er hat zugesagt, auch wenn er nicht sehr begeistert klang.«

»Habe ich das richtig verstanden? Greta Carstens ist von beiden Kollegen seit einiger Zeit nicht mehr gesehen worden?«

»Genau. Etwa seit einem Jahr scheint sie verschwunden zu sein. Ein ziemlich langer Zeitraum, oder?«

»Du glaubst Lea Carstens nicht, dass sie das einfach so hingenommen hat?«

»Du etwa?«

»Nein, aber was hätte sie machen sollen? Nach Berlin fahren und nach ihr suchen?«

»Zum Beispiel. Vielleicht hat Lea ihre Schwester ja auch gefunden. Wer sagt uns, dass sie überhaupt noch lebt? Was wäre, wenn Lea zum Beispiel das Tagebuch ihrer Schwester gefunden hätte? Vielleicht hat sie da ihren Suizid angekündigt und auch niedergeschrieben, was sie damals in der Clique erlebt hat. Vielleicht hat Greta sich aus einem ganz anderen Grund von Sven getrennt.«

»Du weißt schon, was du gesagt hättest, wenn ich diese Theorien aufgestellt hätte?«

»›Wilde Spekulationen.‹ Oder ich hätte zumindest mit den Augen gerollt und anschließend weitergearbeitet.«

Jan schmunzelte. »Eins zu null für dich. Okay, wie willst du an Informationen herankommen? Warten wir auf den Berliner Kollegen, der vielleicht niemals tätig wird?«

»Nein. Wenn die Schwester Suizid begangen hat, wird sie sich nicht anschließend selbst versteckt oder vergraben haben. Ich habe eine Anfrage an die Berliner Behörden geschickt. Es geht darum, ob es im fraglichen Zeitraum eine nicht identifizierte Frauenleiche gab.«

Jan zeigte ihr den erhobenen Daumen.

»Weiterhin habe ich alle Einrichtungen, die auf Drogenentzug spezialisiert sind, angeschrieben und alle psychiatrischen Kliniken in und um Berlin herum. Gleich schicke ich noch eine offizielle Anfrage an die Berliner Kollegen mit der Bitte, eine interne Suchanfrage nach Greta Carstens zu starten. Ihr Ausweisfoto ist zwar schon sieben Jahre alt, aber es wird wohl den Zweck erfüllen.«

Jan sah auf die Uhr. »Zeit für eine Pause?«

Hanna sprang auf. »Immer doch.«

Jan reckte den Kopf in die Sonne. Der wievielte heiße Sommertag war es heute? Wie lange hielten sie sich schon in Lüneburg und Umgebung auf? Die Tage verschwammen vor seinem geistigen Auge, Opfer, Zeugen und verdächtige Personen huschten vorbei und schienen ihm etwas sagen zu wollen. Übersah er etwas? Hatte er sich zu schnell auf eine Frau als Täter festgelegt? War seine Theorie zum Motiv der Taten richtig?

Hanna stieß ihn an. »Deine Nudeln werden kalt. Oder hast du keinen Hunger?«

Jan schreckte aus seinen Gedanken auf. Er hatte nicht bemerkt, dass der Kellner an ihren Tisch getreten war und ihnen das Essen serviert hatte. »Doch, doch.« Er griff nach Messer und Gabel. »Haben wir irgendetwas übersehen?«

»Wieso? Die Nudeln sehen doch gut aus.«

Jan probierte und nickte. »Aber das meine ich nicht«, sagte er mit vollem Mund. »Und das weißt du auch.«

»Wir sind auf dem richtigen Weg. Alles andere wird sich zeigen.«

Hannas Handy machte sich bemerkbar. Sie schaute aufs Display, stand auf und nahm das Gespräch an. Während sie zuhörte, entfernte sie sich vom Außenbereich des Restaurants und kam kurz darauf an den Tisch zurück.

»Wer war es?«, fragte Jan.

»Berlin. Gleich.« Sie nahm ein Pizzastück von ihrem Teller in die Hand und biss ab. Jan wartete und zwang sich, etwas zu essen. Am Abend zuvor hatte er mit George telefoniert. Es hatte ihn einige Mühe gekostet, das sensible Thema »Wohnung in London« zu vermeiden. George hatte von seinen Freunden erzählt und war gut gelaunt gewesen. Trotzdem meinte Jan, einen traurigen Zwischenton wahrgenommen zu haben.

»Ein Suchtbehandlungszentrum aus Potsdam hat sich zurückgemeldet«, holte Hanna Jan aus seinen Gedanken zurück. »Sie haben bestätigt, dass Greta Carstens innerhalb der letzten zwölf Monate bei ihnen Patientin war. Mehr wollten sie nicht sagen ohne Beschluss.«

Jan schob seinen Teller mit dem Rest der Nudeln zur Seite. »Den wir kaum bekommen werden.«

»Nein, aber immerhin eine erste Spur.«

»Wann es war, haben sie nicht gesagt?«

»Nein. Aber als ich nachgebohrt habe, klang es so, als sei es noch nicht ein Jahr her. Damit, ob der Entzug erfolgreich war oder nicht, wollten sie natürlich schon gar nicht rausrücken.«

Erneut klingelte ihr Handy. »Noch mal Berlin. Eine andere Nummer.« Hanna stand wieder auf und entfernte sich von den Tischen.

Mit ernster Miene kam sie zurück und setzte sich neben Jan. »Greta Carstens ist vermutlich tot. Das war ein Kollege aus Berlin, der meine Anfrage auf den Tisch bekommen hat. Das Foto sieht einer unbekannten Toten ähnlich, die vor vier Monaten in der Spree gefunden wurde. Ich bekomme gleich die Fotos der Frau. Alter, Größe und Haarfarbe kommen hin.«

»Lass uns bezahlen und zurückgehen«, schlug Jan vor.

Der Leiter der Kriminaltechnik lud das Foto aus Berlin in sein Software-Programm. Zuvor hatte er bereits das Passfoto von Greta Carstens eingescannt. Er startete den Vorgang. »Das dauert jetzt ein paar Minuten, bis beide Fotos miteinander abgeglichen sind.«

Hinter seinem Schreibtisch standen Hanna, Jan, Nina Jacobi und Jörg Krause und starrten gebannt auf den Bildschirm seines Laptops. Nach einer gefühlten Ewigkeit erklang ein Signalton. Stefan Lützen öffnete eine Datei und hob die geballte Faust. »Fünfundneunzig Prozent Übereinstimmung.«

»Reicht das?«, fragte Nina Jacobi.

»Angesichts der Umstände und des Alters des Passfotos ist das ein exzellentes Ergebnis. Ich denke, das hätte selbst vor Gericht Bestand.«

Er klappte seinen Laptop zu und stand auf. »Ich schicke auch gleich das Protokoll des Abgleichs. Falls ihr es für Berlin braucht.« Er griff nach seinem Laptop und verabschiedete sich.

»Und nun?«, fragte Jörg Krause.

Hanna warf Jan einen Blick zu. Er nickte.

»Wir fahren nach Berlin.« Hanna schaute auf ihre Armbanduhr. »Mit Glück sind wir noch am späten Nachmittag da und können direkt mit den Kollegen vor Ort sprechen.« Sie wandte sich an ihre beiden Lüneburger Kollegen. »Ihr haltet hier die Stellung. Morgen um neun machen wir zu viert eine kurze Videokonferenz und sprechen die weiteren Ermittlungen ab.«

»Okay«, sagten Nina Jacobi und Jörg Krause fast gleichzeitig.

»Soll ich dich ablösen?«, fragte Jan, als sie in der Nähe von Gudow auf die A24 auffuhren.

»Später vielleicht. Wir haben mindestens noch zweieinhalb Stunden vor uns.«

Kurz nachdem sie in Lüneburg gestartet waren, hatten sie Hans Bach, einen Berliner Oberkommissar, angerufen und sich mit ihm in der Berliner LKA-Zentrale verabredet.

»Wie soll Lea Carstens von dem Tod ihrer Schwester erfahren haben?«, fragte Jan. »Hätte sie sich bei den Kollegen gemeldet und sie identifiziert, würde Greta Carstens nicht mehr als Unbekannte geführt werden. Und sie hätte sie ganz sicher zurück in die Lüneburger Heide geholt.«

»Das werden wir herausbekommen. Warum bist du plötzlich so pessimistisch eingestellt? Sag mir lieber, ob Lea in dein Täterinnenprofil passen würde. Du hast dir doch ihren Lebenslauf angeschaut, oder?«

»Ja.«

»Ja, sie passt, oder ja, du hast dich damit beschäftigt?«

»Beides.«

»Ich bin ganz Ohr!«

»Lea hat nach der Mittleren Reife aufs Gymnasium gewechselt und mit dem Abitur als Beste ihres Jahrgangs abgeschlossen. Anschließend hat sie Mathematik und Informatik studiert und auch hier mit Bestnoten abgeschlossen. Sie arbeitet in der Forschung für ein Unternehmen der Luft- und Raumfahrt.«

»Interessant«, warf Hanna ein.

»Beide Studienfächer erfordern analytisches Denken und Planung. Lea Carstens hat aufs Gymnasium gewechselt, was ohnehin nicht einfach ist, und war dort trotzdem die Beste ihres Jahrganges. Das erfordert Durchhaltevermögen, Disziplin und Ehrgeiz. Es sieht danach aus, dass sie, wenn sie sich einmal etwas vorgenommen hat, es planmäßig durchzieht. Sie hat sich als Frau in einem nicht gerade klassischen Frauenberuf durchgesetzt und wird sich nicht so schnell geschlagen geben.«

»Den Strafantrag hat sie zurückgezogen«, gab Hanna zu bedenken.

»Das ist vielleicht ein Zeichen dafür, wie sehr Lea mit ihrer Schwester verbunden war. Sie hat uns gesagt, dass Greta ihr abgeraten habe, die Sache weiterzuverfolgen. Eventuell war das auch ein Wendepunkt in Leas Leben. Eine solche Anzeige ist kein leichter Schritt, wenn die Beweislage so dünn ist. Sie kannte den mutmaßlichen Täter, hat mit ihm gefeiert, sie waren alleine, als der Übergriff passierte. Da es nicht zur Vergewaltigung gekommen ist, wird es auch keine Spuren – Sperma oder Abwehrspuren – gegeben haben.«

»Lea hatte wenig Kontakt zu ihrer Schwester. War die emotionale Verbindung trotzdem so groß, dass sie mehrere Menschen tötet?«

»Sie hat die finanzielle Unterstützung eingestellt. Der Schritt war objektiv gesehen zwar richtig, ob sie es im Nachhinein weiter so gesehen hat, ist etwas ganz anderes. Unter Umständen gibt sie sich die Schuld an dem Tod ihrer Schwester.«

»Klingt alles nachvollziehbar«, sagte Hanna. »Aber du hast natürlich recht. Wir müssen ihr erst mal nachweisen, dass sie vom Tod ihrer Schwester wusste. Ansonsten fehlt uns das Motiv.«

Siebenundzwanzig

Hanna schaute an der Fassade des Berliner LKA-Baues hoch. »Das sieht ja mehr nach einem Parkhaus als nach einem Bürogebäude aus.«

Sie meldeten sich an und wurden kurz darauf von Hans Bach empfangen. Er führte sie in sein Büro und bot ihnen etwas zu trinken an.

»Ich habe inzwischen die Fotos vergleichen lassen. Mit hoher Wahrscheinlichkeit ist die Tote Greta Carstens. Gibt es lebende Verwandte, damit wir einen DNA-Abgleich machen können?«

»Die Schwester und die Mutter«, sagte Hanna.

»Können Sie das in die Wege leiten?«

Hanna nickte. »Ich hatte ja schon am Telefon erwähnt, dass es uns nicht primär um die Identifizierung der Frau geht. Wir arbeiten an einem Fall mit vermutlich drei getöteten Personen und einem Tötungsversuch.«

»Ein Serienmörder in der Provinz?«, fragte der Oberkommissar erstaunt.

»Das ist zumindest einer der Ermittlungsansätze, die wir verfolgen. In diesem konkreten Fall geht es um die Schwester der Toten, Lea Carstens.«

»Eine Serienmörderin? Noch ungewöhnlicher.«

»Ja, mein Kollege«, Hanna wandte sich zu Jan um, »hat ein Täterprofil erstellt, das auf eine Frau hinweist.«

Hans Bach schaute auf die beiden Visitenkarten, die Hanna und Jan ihm überreicht hatten. »Sie sind …« Er zog die Augenbrauen hoch. »Ich habe von dem Fall im Alten Land gehört. Das waren Sie?«

»Wir haben in der SoKo mitgearbeitet«, bestätigte Hanna.

Hans Bach warf Jan einen anerkennenden Blick zu. »Metropolitan Police. Respekt.« Er räusperte sich. »Jetzt also eine Serienmörderin.«

»Alles weist im Moment darauf hin«, sagte Jan. »Haben Sie für uns weitere Informationen zu Greta Carstens? Für uns ist besonders wichtig, ob ihre Schwester in Berlin nach ihr gesucht hat und Kenntnis von Greta Carstens Tod hatte.«

Hans Bach richtete sich im Stuhl auf. »Ja, ich habe die Zeit genutzt und mich weiter umgehört. Also: Es gab keine registrierten Anfragen bezüglich der Toten. Weder bei uns noch im Rechtsmedizinischen Institut noch sind wir von Krankenhäusern informiert worden, dass jemand eine vermisste Frau suche.«

»Gibt es andere Wege, über die die Schwester von dem Tod hätte erfahren können?«, fragte Jan.

»Nein. Es gibt Fälle, in denen das Foto veröffentlicht wird, aber in diesem Fall ist bisher darauf verzichtet worden. Warum genau, müsste ich noch prüfen, aber letztlich erübrigt sich das ja jetzt.« Hans Bach machte eine kurze Pause, als erwarte er eine weitere Frage. »Bei der Obduktion ist festgestellt worden, dass die Frau lange Zeit harte Drogen genommen haben muss, und es gab Anzeichen, dass sie obdachlos gewesen sein könnte. Leider gibt es nicht wenige dieser Fälle in der Szene. Wir haben weitere Maßnahmen ergriffen, um sie zu identifizieren, sind aber keinen Schritt weitergekommen.«

»Dann haben wir ein kleines Problem«, sagte Hanna. »Unsere Theorie fußt darauf, dass Lea Carstens vom Tod ihrer Schwester wusste und ihn gerächt hat.« Hanna hielt kurz inne. »Fand sich in der Drogenszene niemand, der sie kannte?«

»Sie haben das Foto der Leiche ja gesehen. Ohne Softwareeinsatz ist eine Identifizierung nur schwer möglich. Vermutlich wären wir mit einer Zeichnung, die sich mehr an ihrem mutmaßlichen vorherigen Aussehen orientiert hätte, weitergekommen. Aber der Aufwand ist nicht betrieben worden.«

»Ja, verständlich. Aber schade für uns.«

»Vielleicht war Greta Carstens auch nicht mehr in der Drogenszene aktiv«, warf Jan ein. »Sie hat einen Entzug gemacht.«

»Davon haben wir leider nichts geahnt. Wie gesagt, unsere Ressourcen sind seit Jahren eingeschränkt. Aber das wird Ihnen ja nicht anders gehen.« Hans Bach wandte sich an Hanna. »Ich habe auf Ihre Bitte noch einmal Kontakt zu der Entzugsklinik aufgenommen.« Er sah auf die Uhr. »In etwa einer Stunde haben wir einen Termin dort. Ich hoffe, das war in Ihrem Sinne?«

»Definitiv«, sagte Hanna. »Werden wir da ohne Beschluss mehr erfahren?«

»Ich hatte schon mehrfach mit der Leiterin der Einrichtung zu tun und habe noch etwas gut bei ihr. Über die Therapie kann sie selbstverständlich nicht sprechen, aber vielleicht bekommen wir trotzdem Infos, die Sie weiterbringen.«

Dr. Silke Hagen, die ärztliche Leiterin der Entzugsklinik in der Nähe von Potsdam, holte sie am Empfang ab und bat sie in ihr Büro. Hans Bach fasste mit wenigen Worten ihr Anliegen zusammen und übergab für weitere Fragen an Hanna.

»Wir wissen selbstverständlich um Ihre Schweigepflicht«, sagte Hanna. »Wir sind in Lüneburg einer Serientäterin auf der Spur und benötigen dringend Informationen zu Greta Carstens.«

»So gerne ich Ihnen helfen möchte, mir sind die Hände gebunden.«

»Wie gesagt, wir wissen um Ihre Schweigepflicht und akzeptieren sie selbstverständlich. Aber vielleicht können Sie uns trotzdem helfen. Manchmal reichen schon kleine Hinweise. Darf ich Ihnen ein paar Fragen stellen und Sie entscheiden, ob und was Sie antworten wollen und dürfen?«

Die Ärztin nickte.

»Die Rückfallquote nach einer Therapie ist bei harten Drogen relativ hoch. Ich habe gelesen, dass sie bei siebzig und mehr Prozent liegt. Können Sie das aus Ihrer Praxis bestätigen?«

Dr. Hagen sah Hanna im ersten Augenblick erstaunt an, schien aber gleich darauf zu verstehen, auf was sie hinauswollte.

»Unsere Quote liegt zwar leicht über dem Bundesdurchschnitt, aber auch hier müssen wir mit diesen Zahlen leben. Es gibt auch Patienten, die ihre Therapie frühzeitig abbrechen. Die meisten von ihnen sind ja freiwillig in der Klinik und können sie selbstverständlich jederzeit verlassen.«

»Warum brechen Patienten die Therapie vorzeitig ab?«

»Es gibt verschiedene Gründe. Sie überschätzen die ersten Erfolge und wenn dann noch hinzukommt, dass sie hier bei uns auf jemanden treffen, dem es genauso geht, kann sich schon eine Dynamik entwickeln, die zu solchen Fehleinschätzungen beiträgt oder sie auch erst entstehen lässt.«

»Es kommt also vor, dass hier unter den Patienten Freundschaften geschlossen werden?«, fragte Hanna.

»Ja, durchaus. Nicht immer sehen wir das gerne, gerade da, wo wir aus therapeutischer Sicht Nachteile für die Patienten sehen.«

»Verstehe«, sagte Hanna. »Das klingt, als würden nicht nur Freundschaften entstehen, sondern sich auch Beziehungen zwischen Frauen und Männern entwickeln.«

»Ja, das kommt vor.«

»Und dann ist die Gefahr größer, dass sie beide abbrechen?«

»Ja, auch das könnte man so formulieren.«

»Sie bekommen als Klinik mit, wenn die ehemaligen Patienten einen Rückfall haben?«

»Normalerweise nicht, es sei denn, sie versuchen es ein weiteres Mal bei uns. Aber das kommt eher selten vor.«

»Haben Ihre Patienten häufig Suizidgedanken?«

»Wenn sie sich zu einer freiwilligen Therapie entschlossen haben, sind viele weit weg von solchen Gedanken. Ist die Therapie erst mal erfolgreich abgeschlossen, sehen die meisten auch positiv in die Zukunft. Allerdings ist das hier quasi eine Glocke und nicht die reale Welt. In der muss man anschließend bestehen. Das ist die eigentliche Aufgabe. Eine schwierige Aufgabe.«

»Und bei Patienten, die gemeinsam abbrechen? Ist da auch diese positive Grundeinstellung?«, fragte Hanna weiter.

»Ja, sie sind ja der Meinung, dass sie es gemeinsam schaffen können, schon zu dem Zeitpunkt des Abbruchs schaffen können. Umso tiefer ist der Fall anschließend, wenn sie wieder in die Szene rutschen. Und das, obwohl sie durch die Liebe zu einem Menschen so viel Kraft verspürt haben.«

»Die Aufgabe ist dann nicht mehr weit?«

Dr. Hagen nickte. »Wie gesagt. Der Fall ist tief und schmerzhaft.« Die Ärztin stand auf, öffnete einen Aktenschrank, suchte eine Weile und kam mit einem dünnen Ordner zurück. Sie legte ihn vor sich auf den Tisch, setzte sich aber nicht wieder. »Sie haben sicher noch Fragen. Ich muss ganz kurz mit einer Mitarbeiterin sprechen und bin gleich wieder da.« Ohne auf Hannas Reaktion zu warten, verließ Silke Hagen das Büro.

Hanna griff nach dem Ordner, fotografierte rasch mit dem Handy einige Seiten und legte ihn wieder zurück.

Kurz darauf kam Dr. Hagen zurück, setzte sich und beantwortete noch einige Fragen, bevor sich die Kommissare verabschiedeten.

»Nicht ganz legal, aber effektiv«, sagte Hans Bach, als sie vor der Klinik zusammenstanden. »Wie ist der Name?«

»Tobias Borck, fünfunddreißig.« Hanna las die Adresse vor. »Wie lange brauchen wir?«

»Knapp vierzig Minuten«, sagte Hans Bach. »Sie wollen es jetzt noch versuchen?«

»Auf jeden Fall«, sagte Hanna.

»Okay, fahren Sie einfach hinter mir her.«

Hanna warf Jan einen Blick zu. Sie hatten bereits die Hälfte der Strecke hinter sich gebracht und bisher geschwiegen. »Hoffentlich ist Tobias Borck ansprechbar.«

»Er muss überhaupt mit uns reden wollen. Seine Erfahrungen mit der Polizei werden nicht unbedingt die besten sein.«

»Du schaffst das schon. Erst mal müssen wir ihn finden, dann sehen wir weiter. Bisher läuft es doch ganz rund.«

»Fast zu rund«, murmelte Jan.

»Unsinn. Wir sind halt clever. Was hast du jetzt schon wieder für Vorbehalte?«

Jan schwieg. Er fand nicht die richtigen Worte für sein Unbehagen, aber bisher passte alles zu gut ins Bild. Ein Motiv wie aus dem Lehrbuch. Konnte er sich Lea Carstens nicht als eiskalte Mörderin vorstellen? Bei der Befragung hatte sie sympathisch gewirkt, offen und kooperativ. War er auf sie reingefallen? War sie darauf gefasst gewesen, dass die Polizei sie befragen würde, und hatte sich auf dieses Gespräch genauso akribisch vorbereitet wie auf die Morde? Jan erkannte die typischen

Anzeichen, wenn Zeugen nicht die Wahrheit sagten. In der Regel deutete er sie richtig, aber es gab Menschen, die sich sehr gut unter Kontrolle hatten und exzellente Schauspieler waren. Sie waren in der Lage, ihre Umwelt über viele Jahre zu täuschen. Eine Lüge war bei ihnen keine Lüge, sondern hatte Realitätscharakter.

»Ich überlege die ganze Zeit, ob Lea Carstens mich so täuschen konnte. Wie war dein Eindruck?«

»Sie kam offen und ehrlich rüber, keine Widersprüche in der Aussage, kein Zögern. Trotzdem hatte ich mehrfach das Gefühl, wir sitzen in einem Theaterstück und spielen alle unsere Rollen.«

»Vielleicht war ich zu abgelenkt von meinen eigenen Problemen.«

»Wenn wir ihr nachweisen können, dass sie vom Tod ihrer Schwester wusste, wird es eng für Lea. Spätestens dann bekommst du eine zweite Chance.«

»Ja, warten wir's ab.«

Das fünfstöckige Mietshaus hatte schon bessere Tage gesehen. Ein Großteil der Wohnungen stand leer und Hans Bach wusste zu berichten, dass das Haus grundsaniert werden sollte, sich aber ein Teil der Mieter gegen die Kündigung wehre.

Er sah an der Fassade hoch. »Im vierten Stock ist auf jeden Fall noch Licht. Versuchen wir unser Glück.«

Die Haustür stand offen, sie gingen den langen Flur hinunter zur Treppe. Hanna schaltete die Handy-Taschenlampe ein, da die Beleuchtung ausgefallen war. An der Wohnungstür im vierten Stock klebten fünf Namen, Tobias Borck fehlte. Hans Bach klingelte, eine Frau Mitte zwanzig öffnete ihnen die Tür. Der Oberkommissar stellte sich vor und fragte, ob Tobias Borck hier wohne.

»Warum wollen Sie das wissen?«, fragte ein junger Mann, der hinter die Frau getreten war.

»Wir müssen ihn lediglich als Zeuge befragen«, sagte Jan.

»So fängt das immer an«, murmelte der Mann, schob seine Mitbewohnerin zur Seite und wollte die Tür schließen. Hans Bach war schneller und blockierte sie mit dem Fuß.

»Macht es wirklich Sinn, dass wir morgen mit einem Durchsuchungsbeschluss vor der Tür stehen?«

»Scheißbul…«

»Lassen Sie uns das lieber jetzt sofort klären«, fiel Hans Bach ihm ins Wort. »Alles andere bringt unnötig Ärger.«

Die junge Frau schob ihren Mitbewohner sanft zur Seite. »Ich mach das schon, Jakob.«

»Wie du meinst«, brummte dieser und wandte sich von der Tür ab.

Die junge Frau trat auf den Flur. »Besser, wenn ich hier mit Ihnen spreche.«

»Wie ist Ihr Name?«, fragte der Berliner Kommissar.

»Das tut nichts zur Sache«, sagte die Frau. »Sie wollen doch etwas von Tobias und nicht von mir. Allerdings wohnt er hier schon seit drei Jahren nicht mehr. Nach seiner Therapie war er mal hier, zusammen mit einer Freundin. Hat gefragt, ob er eine Weile bleiben könne. Ging aber nicht, wir waren komplett belegt. Er ist dann wieder abgezogen.«

»Wissen Sie, wo wir ihn jetzt finden?«, fragte Jan. »Es wäre für uns wirklich wichtig, mit ihm zu sprechen. Ich kann Ihnen versichern, dass es nur um eine Zeugenaussage geht.«

»Was soll er bezeugen?«

»Die Frau, mit der er vermutlich hier bei Ihnen war, hat Suizid begangen«, sagte Jan. »Wir suchen jemanden, der sie identifiziert.«

»Muss Tobias etwa die Leiche …« Sie schluckte. »Das wird er nicht können.«

»Nein, darum geht es nicht«, sagte Jan. »Er soll uns nur ein paar Informationen geben, ob sie Angehörige hatte und wo wir sie finden.« Jan hoffte, dass die junge Frau nicht fragen würde, woher die Polizei wusste, dass Tobias Borck mit Greta Carstens zusammen gewesen war.

»Ach so«, sagte sie. »Bitte seien Sie trotzdem vorsichtig. Tobias ist ein ganz Lieber und sehr empfindlich. Deshalb ist es mir auch schwergefallen, ihn wieder wegzuschicken. Aber wir haben hier genug Probleme und die Wohnung war wirklich voll.«

»Haben Sie denn eine Ahnung, wo Tobias sich jetzt aufhält?«

»Vielleicht. Ich habe ihm damals empfohlen, in einem Haus in der Hohlstraße nachzufragen. Ein besetztes Haus und ich kenne da jemanden gut. Vermutlich sind die beiden da hin, aber ob er da noch wohnt, weiß ich nicht.«

Jan warf einen Blick zu seinem Berliner Kollegen.

Er nickte. »Ich kenne das Haus.«

Jan wandte sich wieder an die junge Frau, bedankte und verabschiedete sich.

Achtundzwanzig

»Keine Chance«, sagte Hans Bach, als sie wieder auf der Straße vor dem Mietshaus standen. »Wir kommen da nicht rein und noch schlechter wieder raus. Ich kann nur davon abraten, ohne SEK ins Haus zu gehen.«

»Das haben wir verstanden«, sagte Hanna. »Wir haben auch nicht vor, dieses Haus zu betreten.«

Hans Bach verabschiedete sich von ihnen und schlug vor, sich am nächsten Tag in seinem Büro zu treffen.

»Und jetzt?«, fragte Jan, als ihr Berliner Kollege in seinen Dienstwagen eingestiegen war.

Hanna gab die Straße und Hausnummer des besetzten Hauses ins Navi ein. »Vielleicht haben wir Glück. Eine kleine Nachtschicht in Berlin ist doch was Feines.«

Zwanzig Minuten später standen sie auf einem Parkplatz in Sichtweite des Hauses. Es war inzwischen kurz vor zweiundzwanzig Uhr. Hanna öffnete die abfotografierte Klinikakte und stellte ihr Handy zurück in die Halterung. »Wer übernimmt die erste Schicht?«

»Wie stellst du dir das vor, wenn er wirklich das Haus verlässt oder ins Haus will?«, fragte Jan.

»Wir sprechen ihn an, du überzeugst ihn, mit uns zu sprechen, er erzählt uns, was er weiß, wir machen ein Protokoll, er unterschreibt.«

Hanna führte einen kleinen Drucker im Wohnmobil mit sich. Jan seufzte. Er hielt es zwar für aussichtslos, Tobias Borck vor dem Haus anzutreffen, und für noch unwahrscheinlicher, dass er mit ihnen reden würde, aber er wusste, dass er Hanna nicht umstimmen konnte. Sollte er sich weigern, würde sie die Aktion allein durchziehen.

»Dann mach du die erste Schicht«, schlug Jan vor. »Aber jetzt kann ich noch nicht schlafen.«

»Dann leistest du mir halt Gesellschaft oder machst hinten Kaffee für uns. Jetzt zieh nicht so ein Gesicht. Wenn wir jetzt nicht versuchen, mit Borck zu sprechen, wann dann?«

»Schon gut.« Jan quetschte sich in den hinteren Teil des Wohnmobils, setzte Kaffee auf und suchte nach etwas Essbarem. Zurück im Fahrerhaus reichte Jan Hanna die Tasse und stellte einen Teller mit Käse, Obst und zwei Scheiben Brot auf die Mittelkonsole.

Hanna trank einen Schluck. »Zwei Frauen sind ins Haus rein, ein Mann ist rausgekommen. Die Tür wird jedes Mal sorgfältig verschlossen.« Sie reichte Jan das Fernglas. »Da kommt wieder jemand raus.«

Jan griff nach dem Fernglas und richtete es auf den Eingang, der etwa fünfzig Meter von ihnen entfernt war. »Nein, der ist höchstens achtzehn. Das kann nicht Borck sein.«

Hanna stellte ihre Tasse ab und lehnte sich auf dem Sitz zurück. »Das erinnert mich hier an unseren Einsatz im Alten Land. Kommt dir das auch so vor, als läge es schon Jahre zurück und nicht wenige Monate?«

»Manchmal.«

»Warum ist das so?«

Jan schwieg.

»Du bist doch der Psychologe«, fügte Hanna hinzu.

»Die Krux ist, dass man das Wissen bei sich selbst kaum anwenden kann.«

»Aber bei mir. Und ich habe gefragt.«

Vielleicht sind wir uns ähnlicher, als wir zugeben wollen, antwortete Jan im Stillen.

»Und?«, bohrte Hanna nach. »Sind wir doch nicht so unterschiedlich, wie wir anfangs glaubten oder dem anderen vorgemacht haben? Die Toughe und der Denker, das unmögliche Paar.«

Jan musste unwillkürlich schmunzeln. »Kann sein.«

»Glaubst du an diesen esoterischen Unsinn der Seelenverwandtschaft?«

»Ist es nicht egal, wie man es nennt und aus welcher Ecke es kommt, solange es sich richtig anfühlt?«, warf Jan ein.

Sie grinste. »Wahrscheinlich sollte ich jetzt mit den Augen rollen.«

»Ja, wahrscheinlich.«

»Aber selbst ich bin lernfähig.« Sie hielt kurz inne und hing ihren Gedanken nach. »Ich hätte dich bei unserem ersten Aufeinandertreffen in der Luft zerreißen können. Ging es dir auch so?«

»Ich bin doch der liebe, zurückhaltende Psychologe, der alles und jeden versteht.«

»Ein elender Ablenker bist du. Dabei dachte ich immer, das sei meine Spezialität. Aber offenbar können wir das beide ganz gut. Weglaufen vor uns selbst. Oder wie heißt das in eurem Kauderwelsch?«

»Habe ich vergessen. Fachchinesisch hilft selten weiter.«

»Wow! Wieder ein Punkt, in dem wir uns angenähert haben?«

Warum fühlte er sich neben dieser Frau so wohl? Weil sie so direkt war? Weil sie mehr Herz hatte als alle Frauen, die er bisher kennengelernt hatte? Nein, sie konnte schroff sein, hart und unnachgiebig. Egoistisch und kopfgesteuert. Aber da war mehr. Sie würde nie jemanden im Stich lassen, der ihre Hilfe brauchte, und war loyal bis zur Selbstaufgabe.

»Der große Denker«, holte Hanna ihn zurück. Sie stieß ihn spielerisch in die Seite. »Ich mag dich, habe ich dir das schon mal gesagt?«

»Ich glaube schon.« Jan schmunzelte. »Vielleicht hast du es nur anders ausgedrückt.«

»Dann ist ja gut.« Sie griff nach dem Kaffeebecher und trank einen großen Schluck. Erst jetzt bemerkte sie den Teller, musterte ihn und nahm sich ein Stück Käse und Brot.

»Aufwachen!«

Jan schreckte hoch und sprang im nächsten Augenblick aus dem Ersatzbett. »Ist er da?«

»Ja, er ist gerade aus dem Haus gekommen.«

Jan griff nach seiner Jacke und hastete Hanna hinterher. Im Laufschritt eilten sie auf das Haus zu. Hanna zeigte nach rechts, Jan folgte ihr. Etwa dreißig Meter vor ihnen konnte er eine Gestalt erkennen.

»Bist du sicher?«, fragte Jan.

»Mehr oder weniger.« Hanna lief so schnell, dass Jan kaum mithalten konnte. Sie erreichte den Mann mit mehreren Metern Vorsprung und stellte sich ihm in den Weg.

»Was soll das?«, zischte er.

Jan holte die beiden ein. »Wir würden gerne mit dir über Greta sprechen. Greta Carstens.«

Der Mann sah ihn entgeistert an. »Woher …« Er verschluckte den Rest.

»Du weißt, dass Greta tot ist?«

»Wer bist du?«

»Ich bin Psychologe und arbeite für die Polizei.«

»Was willst du von mir? Was soll das Ganze hier?« Sein Ton war aggressiver geworden.

»Wir suchen Hilfe und haben gehört, dass du eng mit Greta befreundet warst.«

Tobias Borck zögerte und schien zu überlegen, ob er Jan trauen konnte. »Greta ist tot. Das war ihre Entscheidung. Ich konnte sie nicht daran hindern.«

»Wie hast du es erfahren?«, fragte Jan.

Das Licht der Straßenlaterne reichte aus, damit Jan Tobias Borck gut sehen konnte. Hanna hatte sich inzwischen etwas zurückgezogen und stand zwei Meter hinter ihm.

»Sie hat mir geschrieben. Ich war an dem Tag nicht da.« Tobias Borck zeigte auf sein Auge. »Eine Operation.« Er wischte sich über die feucht gewordenen Augen. »Wenn ich geahnt hätte, was sie vorhatte, dann …« Er ließ den Rest des Satzes unausgesprochen.

»Du weißt, was genau passiert ist?«

»Ich habe sie drei Tage gesucht, überall. Als ich den Notarztwagen gesehen habe, bin ich …« Er schluckte schwer. »Sie ist ertrunken. In der Spree. Ich konnte nur einen Blick auf sie werfen. Sie sah schrecklich aus.«

»Ja, ich weiß. Ich habe Fotos gesehen.«

»Greta wollte nicht, dass ich zur Polizei gehe. Sie wollte einfach verschwinden. So war sie. Niemandem zur Last fallen, alles für sich alleine regeln.«

»Und die Angehörigen?«, fragte Jan in zurückhaltendem Ton.

»Greta wollte einfach verschwinden«, wiederholte Tobias Borck leise.

»Die jüngere Schwester hat sich große Sorgen um Greta gemacht.«

»Ich habe ihr geschrieben.«

Jan wartete, ob Tobias Borck weitersprechen würde, aber er blickte nur still zu Boden. »Das finde ich gut. Hattest du ihre Adresse?«

»Ja. Sie lag bei Gretas Sachen.«

»Du hast einen Brief geschickt?«

Tobias Borck nickte.

»Direkt nach Gretas Tod?«

»Nein, eine Woche später. Mir ging es nicht so gut. Gar nicht gut.«

»Hat die Schwester sich bei dir gemeldet?«

»Nein. Konnte sie auch nicht. Ich habe es ohne Namen verschickt.«

»Du wolltest keinen Kontakt?«

»Nein.«

»Vielleicht hätte die Schwester Fragen gehabt.«

»Ich habe ihr doch Gretas Tagebuch geschickt. Das wollte ich nicht behalten. Ich konnte es einfach nicht. Aber wegwerfen ging auch nicht.«

»Hast du ihr geschrieben, dass ihre Schwester tot ist?«

Tobias Borck nickte.

»Hat Greta damals oft etwas ins Tagebuch geschrieben?«

»Ja, schon vor der Therapie, aber später noch mehr.« Tobias Borck sah auf. »Warum willst du das alles wissen?«

Diese Frage hatte Jan schon viel früher erwartet. Borck würde kaum ein Protokoll unterschreiben, wenn er erführe, dass sie Gretas Schwester verdächtigten, mehrere Menschen getötet zu haben.

»Meine Kollegin und ich kommen aus Lüneburg und arbeiten da an der Aufklärung eines Falls. Es geht da um eine Gruppe von jungen Männern, die Frauen sexuell belästigt haben. Wir vermuten, dass Greta eine von ihnen ist. Deshalb wäre für uns ihr Tagebuch sehr wichtig.«

»Greta ist vergewaltigt worden?«

»Das wissen wir noch nicht genau. Deshalb unsere Fragen.«

Jan hielt die Luft an. Würde Tobias Borck merken, wie löchrig seine Erklärung war? Sie brauchten seine Unterschrift unter dem Befragungsprotokoll, um etwas gegen Lea Carstens in der Hand zu haben.

»Ich habe das Tagebuch aber nicht gelesen«, sagte Tobias Borck.

»Es würde schon reichen, wenn du mit mir zusammen ein Protokoll machst, in dem du bestätigst, dass du Gretas Tagebuch nach Lüneburg geschickt hast.«

»Bei der Polizei? Da gehe ich nicht freiwillig rein.«

»Nein, wir sind mit einem Wohnmobil hier. Das steht zwei Minuten von hier entfernt. Es würde uns sehr helfen, wenn du noch kurz Zeit hast.«

Jan fuhr auf die Autobahn auf. Tobias Borck hatte das Protokoll unterschrieben, ohne zu hinterfragen, auf was die Lüneburger Ermittlungen hinausliefen.

»Sag Bescheid, wenn ich übernehmen soll«, sagte Hanna. »Hatte ich schon gesagt, dass das vorhin eine Spitzenleistung war?«

»Schon zweimal.«

»Was soll's. Dreimal hält besser.«

»Nicht müde?«

»Hey, das war heute der Durchbruch. Lea Carstens ist auf Platz eins der Verdächtigenliste gerutscht. Mit viel Abstand zu den nächsten Plätzen. Wie soll ich da müde sein?«

»Es sieht alles danach aus.«

Hanna stöhnte theatralisch. »Jetzt spuck schon aus. Was passt dir jetzt wieder nicht? Ja, es klingt alles nach einem Bilderbuchmotiv. Hat sie uns angelogen oder nicht?«

»Tobias Borck konnte sich an die Adresse nicht erinnern. Wir können nicht beweisen, dass das Paket bei ihr angekommen ist.«

»Und genau deshalb werden wir eine Wohnungsdurchsuchung beantragen. Bei der Beweislage wird das jeder Richter durchwinken.«

»Was hättest du an Leas Stelle gemacht, spätestens, nachdem die Polizei bei dir aufgetaucht ist? Das Tagebuch behalten?«

»Aber würde sie es verbrennen oder sonst wie vernichten?«

Jan gab sich geschlagen. »Nicht, wenn es ihr so wichtig ist, dass sie dafür Menschen tötet. Trotzdem wird sie es nicht unbedingt in ihrer Wohnung liegen haben.«

»Mag sein, aber das hält mich nicht davon ab, den Beschluss zu beantragen. Wir finden das Tagebuch, und wenn sie irgendetwas mit den Morden zu tun hat, werden wir es ihr nachweisen.«

Neunundzwanzig

Hanna reckte sich und blinzelte. Die Sonne musste schon vor einigen Stunden aufgegangen sein. Jan war die Nacht durchgefahren und hatte auf einem Parkplatz in der Nähe von Lüneburg gehalten. Sie schaute auf die Uhr. Konnte sie ihn schon aufwecken? Er hatte vielleicht drei Stunden geschlafen.

Vorsichtig stieg sie aus dem Bett, duschte kurz und zog sich an. Als sie das Wasser für den Kaffee aufsetzte, richtete sich Jan langsam im Bett auf. »Wie spät ist es?«

»Kurz vor acht. Kaffee?«

Er nickte und mühte sich aus dem engen Gästebett heraus. »Ist noch Wasser in der Dusche?«

»Sollte reichen. Ich lasse es heute auffüllen.«

Zehn Minuten später saßen sie vor dem Wohnmobil und tranken Kaffee. Hanna fühlte sich trotz der anstrengenden letzten Tage energiegeladen. Ohne Jan wäre sie jetzt bereits in der Lüneburger Polizeiinspektion gewesen und hätte mit Robert Möller und dem Staatsanwalt gesprochen.

»Du siehst aus, als wenn du es nicht erwarten könntest«, sagte Jan.

Bis vor Kurzem hätte sie noch jeden Mann in die Wüste geschickt, der am frühen Morgen ihre Gedanken erriet. Jan schenkte sie hingegen ein Lächeln und sagte: »Wir scheinen uns ohne Worte zu verstehen.«

Jan schmunzelte, trank den letzten Schluck Kaffee und stand auf. »Worauf wartest du dann noch?«

Sie platzten in das schon laufende SoKo-Meeting hinein und wurden von Möllers strengem Blick begleitet, als sie sich einen Platz in der Runde suchten.

»Wir kommen quasi direkt aus Berlin, wo wir eine Nachtschicht eingelegt haben«, sagte Hanna, griff nach der Thermoskanne und schenkte sich und Jan Kaffee ein. »Wenn es gerade passt, würden wir gerne kurz berichten.«

Hanna brauchte keine fünf Minuten, um die Fakten zusammenzufassen und Vorschläge für die nächsten Schritte zu unterbreiten. Die versammelten SoKo-Mitglieder hatten aufmerksam zugehört, selbst Thomas Kleist hatte seine abfälligen Bemerkungen unterlassen und schien erstaunt über die neue Entwicklung zu sein.

»Dieser Tobias Borck ist quasi obdachlos?«, fragte Robert Möller.

»Er wohnt in einem besetzten Haus«, antwortete Hanna. »Als wir ihn befragt haben, war er absolut klar, hatte dem Augenschein nach weder Alkohol getrunken noch andere Drogen konsumiert. Wir haben ein unterschriebenes Protokoll seiner Aussage. Wir sollten keine Zeit verlieren mit der Durchsuchung von Lea Carstens Wohnung.«

Robert Möller zögerte und atmete einmal tief durch, bevor er schließlich aufstand. »Wir unterbrechen hier die Sitzung und treffen uns um fünfzehn Uhr wieder.«

Hanna und Jan folgten ihm in sein Büro, Möller telefonierte mit dem Staatsanwalt, erklärte ihm die Situation und bat um einen schnellen Beschluss.

Als Hanna gerade aufstehen wollte, hob er seine Hand. »Auf ein Wort, Frau Will.«

Hanna sank zurück auf den Stuhl. »Gerne.«

»Für die Zukunft möchte ich Sie bitten, mich vorab über wichtige Ermittlungsergebnisse zu informieren und sie nicht ohne meine Zustimmung vor versammelter Mannschaft zu präsentieren.«

»Nun, wir wollten Sie nicht in der Nacht aus dem Bett holen. Wir waren uns nicht sicher, ob heu…«

»Es wäre ausreichend Zeit gewesen, mich zumindest kurz telefonisch zu informieren«, fiel Robert Möller ihr ins Wort. »Ich muss davon ausgehen, dass Sie es bewusst unterlassen haben. Und ich frage mich, was der Grund dafür ist.«

Hanna atmete tief durch. Wollte der SoKo-Leiter einen Konflikt provozieren, um Jan und sie vor die Tür setzen zu können? Sie würde nicht in diese Falle tappen. »Wir waren quasi die ganze Nacht unterwegs und haben kaum geschlafen. Da ist es doch mehr als verständlich, dass einem hier und da kleine Fehler unterlaufen.«

Robert Möller schien sich zu entspannen. Er nickte. »Sehen wir, was aus der Spur wird. Unter Umständen bringt sie uns ja tatsächlich weiter.«

Hanna lächelte. »Gut, dann warten wir jetzt auf den Beschluss und fahren, sobald er da ist, mit den Kollegen von der Kriminaltechnik in die Wohnung von Frau Carstens.«

»Was denn?«, fragte Hanna, als sie neben Jan zu ihrem provisorischen Büro ging. »Hätte ich Kleinholz aus ihm machen sollen?«

»Nein, ganz und gar nicht. Ich habe mich nur gewundert, wie ruhig du geblieben bist.«

Hanna zog die Tür zu ihrem Büro auf. »Dann ist ja gut.«

In den nächsten zwei Stunden schrieben sie Protokolle und Berichte, während sie auf den Beschluss warteten. In der Zwischenzeit trafen die Videoaufnahmen aus dem Hamburger Hotel vom LKA ein. Hanna klickte sich durch die Videos zur fraglichen Zeit und fand eine Aufnahme, auf der Florian Hamann zu sehen war. Er schwankte leicht, als habe er zu viel getrunken, wurde aber von keiner Frau in den Fahrstuhl begleitet. Auch in den folgenden zehn Minuten fand Hanna keine Frau, die allein die Fahrstühle genutzt hatte.

Das LKA Hamburg hatte in dem Restaurant und der Bar Befragungen durchgeführt, aber niemanden gefunden, der Florian Hamann zusammen mit einer Frau an der Bar gesehen hatte. Weder im Restaurant noch in der Bar gab es Videoüberwachung.

Gegen Mittag setzten Hanna und Jan sich mit Nina Jacobi und Jörg Krause zusammen, gingen die Jahrgangslisten durch und entschieden, welche der Frauen für ihre Ermittlungen interessant sein könnten. Anschließend machten sich Nina Jacobi und Jörg Krause auf den Weg nach Soltau, um die Liste Denis Klein vorzulegen.

Kurz nach der Besprechung informierte Robert Möller sie, dass der Durchsuchungsbeschluss gekommen sei. Zusammen mit Stefan Lützen und einem weiteren Kriminaltechniker brachen Hanna und Jan auf zu Lea Carstens Wohnung.

»Sie schon wieder?« Lea Carstens sah Hanna erstaunt an. »Haben Sie noch Fragen?«

Hanna reichte ihr den Durchsuchungsbeschluss. Lea Carstens überflog ihn.

»Warum?«, fragte sie mit entsetzter Miene.

»Sollten wir das nicht lieber in Ihrer Wohnung besprechen?«, sagte Jan.

Lea Carstens trat zur Seite und ließ sie herein. Die Kriminaltechniker warteten auf dem Flur, während Hanna und Jan mit Lea Carstens sprachen.

»Wir waren in Berlin. Leider haben wir eine schlechte Nachricht für Sie: Ihre Schwester ist vor einigen Monaten tot aus der Spree geborgen worden. Sie konnte erst jetzt eindeutig identifiziert werden.«

Lea Carstens starrte Hanna an. »Greta?«

»Ja. Es wird zwar noch ein DNA-Abgleich mit Ihnen oder Ihrer Mutter notwendig sein, aber wir können schon jetzt anhand einer Fotoanalyse sagen, dass es sich mit hoher Wahrscheinlichkeit um Ihre Schwester Greta handelt. Nach den Ermittlungen der Berliner Kollegen hat sie Suizid begangen.«

Lea Carstens reagierte zunächst nicht, sie atmete mit gesenktem Kopf tief aus und ein. Schließlich sah sie auf und hielt den Durchsuchungsbeschluss hoch. »Und was soll das jetzt hier?«

»Ein Freund Ihrer Schwester hat ausgesagt, dass er Ihnen das Tagebuch Ihrer Schwester geschickt und Ihnen gleichzeitig mitgeteilt hat, dass sie tot ist.«

Lea Carstens schüttelte kaum merklich den Kopf. »Nein, ich habe kein Tagebuch bekommen und ich wusste bis gerade nicht, dass Greta tot ist.« Sie hatte leise gesprochen und sah aus, als könne sie sich kaum auf den Beinen halten. Ihr Gesicht war schlagartig blass geworden, die Augen feucht, und sie stützte sich mit einer Hand auf einem Stuhl ab.

»Wollen Sie sich nicht setzen, Frau Carstens?«, fragte Jan.

Lea Carstens nickte und sank auf den Stuhl. »Ist Greta schon beerdigt worden?«

»Nein«, sagte Jan. »Sobald die Identität zweifelsfrei feststeht, wird der Leichnam freigegeben und kann, wenn Sie es wünschen, nach Lüneburg überführt werden.«

»Ja, das will ich auf jeden Fall. Wir haben ein Familiengrab.« Sie senkte den Kopf und vergrub das Gesicht in den Händen.

Hanna ließ ihr eine Weile Zeit, bevor sie sich leise räusperte. »Frau Carstens, wir werden jetzt Ihre Wohnung durchsuchen. Falls Sie uns vorher noch etwas mitteilen möchten …«

Ohne aufzublicken, schüttelte sie den Kopf.

»Bis auf den Schlüssel haben wir nichts gefunden«, sagte Jan. Seit eineinhalb Stunden durchsuchten sie zu viert die Wohnung und hatten sämtliche Schränke, Schubladen und Regale gründlich inspiziert. Stefan Lützen war kurz zuvor aus dem Kellerraum der Wohnung zurückgekommen und hatte den Daumen nach unten gesenkt.

Hanna hatte Mühe, ihre Enttäuschung zu verbergen. Sie schlug mit der flachen Hand gegen die Wand. »Verdammt! Sie war schneller als wir. Spätestens nachdem wir hier waren, hat sie damit gerechnet, dass wir wiederkommen.«

Jan nahm den Schlüssel in die Hand. »Für was könnte der sein? Ein Schließfach bei einer Bank?«

»Nach einem für Bahnhofsschließfächer sieht er nicht aus. Gibt es auch private Anbieter, die Schließfächer vermieten?«

»In größeren Städten vielleicht. Aber in Lüneburg kann ich mir das nicht vorstellen. Firmen, die mit Edelsteinen oder wertvollen Münzen handeln, haben manchmal einen solchen Service.«

»Hamburg«, murmelte Hanna. »Das kann ja heiter werden.«

Jan zeigte auf die Tür am Ende des kleinen Flures. »Lass uns erst mal den kürzesten Weg gehen.« Lea Carstens hatte sich, nachdem sie den Raum durchsucht hatten, ins Wohnzimmer zurückgezogen.

»Sinnlos, aber wir versuchen es.«

Sie betraten das Wohnzimmer, in dem Lea Carstens auf dem Sofa lag. Sie sah auf und richtete sich langsam auf. »Sind Sie fertig?«, fragte sie mit müder Stimme.

»Wir sind so weit durch«, sagte Jan, »hätten aber noch ein paar Fragen an Sie. Dürfen wir uns kurz zu Ihnen setzen?«

Als sie nickte, setzten sich Jan und Hanna auf das gegenüberliegende Sofa. Jan hob die verschließbare Plastiktüte mit dem Schließfachschlüssel. »Was ist das für ein Schlüssel?«

Lea Carstens beugte sich vor und musterte den Schlüssel. »Wo haben Sie den gefunden?«

»In der untersten Schublade Ihres Schreibtisches«, sagte Jan wahrheitsgemäß.

»Der muss alt sein. Entweder von meiner Mutter oder vielleicht sogar von Greta.«

»Sie selbst haben also kein Schließfach gemietet?«

»Nein. Ich besitze nichts, was sich lohnt, dort zu lagern.« Sie hielt inne. »Ich kann aber gerne meine Mutter fragen, ob sie sich an den Schlüssel erinnert. Es könnte sogar sein, dass er noch von meinem verstorbenen Vater ist.« Sie wollte nach dem Beutel greifen, doch Jan zog seine Hand zurück. Lea Carstens sackte zurück aufs Sofa und zuckte mit den Schultern.

»Wo haben Sie sich am Dienstag dieser Woche aufgehalten?«, fragte Hanna.

»Warum fragen Sie das?«

»Beantworten Sie doch einfach unsere Frage«, forderte Hanna sie auf. »Wo waren Sie am vergangenen Dienstag?«

»In der Hamburger Firma.«

»Von wann bis wann?«

»Ich bin morgens wie immer gegen acht Uhr gefahren. Dann ist im Elbtunnel nicht mehr so viel los, wenn ich da ankomme.«

»Und zurück?«

»Am Abend. Ich glaube, es ist spät geworden.« Sie griff nach ihrem Handy. »Augenblick. Ja, richtig, ich hatte noch ein Meeting um achtzehn Uhr.« Sie tippte aufs Display. »Das Meeting dauerte etwa eine Stunde. Irgendwann später muss ich dann wohl gefahren sein.«

»Wann genau?«

»Acht Uhr? Ich weiß es nicht genau. Wenn ich in Hamburg bin, achte ich nicht so sehr auf die Zeit. Mindestens drei Tage in der Woche arbeite ich im Homeoffice. Daher nutze ich die Tage in Hamburg voll aus.«

»Wie weit liegt Ihre Firma vom CCH entfernt?«, fragte Jan.

»Das Kongresszentrum? Mit dem Auto höchstens zehn Minuten. Das hängt vom Verkehr ab, der in Hamburg sehr unterschiedlich sein kann. In der Nacht geht es bestimmt schneller. Am Tag kann man auch schon mal eine Dreiviertelstunde unterwegs sein.«

»Wann waren Sie wieder in Lüneburg?«

»Wie soll ich das wissen, wenn ich nicht einmal mehr weiß, wann ich aus Hamburg weggefahren bin? Und warum sollte das auch wichtig sein? Ich verstehe weder, was Sie bei mir finden wollten, noch, was Ihre Fragen sollen.«

Lea Carstens blieb auch bei den Antworten auf die nächsten Fragen vage, erinnerte sich häufig nicht genau und wich immer wieder aus. Sie hatte kein nachprüfbares Alibi für den mutmaßlichen Todeszeitpunkt von André Borchert, gab an, Oliver Nehring nicht zu kennen, und stritt ab, jemals im Haus von Daniel Albers gewesen zu sein.

Hanna hielt den Beutel mit dem Schlüssel hoch. »Das ist entweder ein Fake, um uns in die Irre zu führen und zu beschäftigen, oder Lea Carstens hat tatsächlich gedacht, dass wir ihn übersehen.«

Nina Jacobi und Jörg Krause hatten in der Polizeiinspektion auf Hanna und Jan gewartet, während die restlichen SoKo-Beamten einschließlich Robert Möller sich bereits ins kurze Wochenende verabschiedet hatten.

»Oder Lea Carstens hat die Wahrheit gesagt und das Tagebuch nicht bekommen«, warf Jörg Krause ein.

»Das wäre die dritte Variante«, gestand Hanna. »Die ich aber für unwahrscheinlich halte. Lea Carstens hatte ausreichend Zeit, um ihre Wohnung zu säubern und alle möglichen Beweise zu vernichten.«

»Und dann soll sie den Schlüssel vergessen haben?«, sagte Nina Jacobi.

»Und wenn sie genau damit spielt? Sollte sie die Täterin sein, hat sie die ersten Morde akribisch geplant und wäre auch um ein Haar damit durchgekommen. Sie wird einen Plan B und C erarbeitet haben, in denen wir eine Rolle spielen.«

»Warum hat sie kein Alibi für die Nacht, in der André Borchert getötet wurde?«, bohrte Jörg Krause weiter. »Und keins für Hamburg? Für mich passt da noch einiges nicht zusammen.« Er hob entschuldigend die Arme. »Sorry, aber besser, wir sprechen jetzt darüber, als dass wir später wie begossene Pudel dastehen.«

»Kein Thema«, sagte Hanna. »Wir sind ein Team und diskutieren hier offen und ehrlich.« Sie warf einen Blick zu Jan. »Was sagst du zu Lea Carstens?«

»Sie passt hervorragend ins Profil. Sie ist eine attraktive Frau, die keine Probleme haben sollte, Männern den Kopf zu verdrehen. Sie hat ein starkes Motiv. Sie ist intelligent und zielstrebig.«

»Aber?« Hanna war bereits nach Jans ersten Worten klar gewesen, dass er Bedenken hatte.

Jan ließ sich Zeit mit seiner Antwort. »Angenommen, das Tagebuch ist tatsächlich bei Lea Carstens angekommen.

Auch mit der anonymen Nachricht, dass ihre Schwester Suizid begangen hat. Wie hätte sie reagiert? Kannte sie die Handschrift ihrer Schwester so gut, dass sie keinen Zweifel hatte, wer die Aufzeichnungen verfasst hat? Ihre Schwester war drogenabhängig und depressiv. Beides kann sich massiv auf die Handschrift auswirken. Hätte sie einem anonymen Briefschreiber geglaubt? Mehr noch, wäre sie auf dieser Grundlage zur Serienmörderin geworden? Ja, wir wissen nicht, was sich zwischen den beiden Schwestern in den letzten Jahren wirklich abgespielt hat. Wir wissen nicht, welche massiven Vorwürfe sich Lea vielleicht gemacht hat, als ihre Schwester sich nicht mehr bei ihr gemeldet hat. Noch weniger wissen wir, wie der uns unbekannte Text des Tagebuchs auf sie gewirkt hat. Greta hatte eine Therapie begonnen. Und das aus eigener Kraft. Hat Lea sich Vorwürfe gemacht, dass sie sie zu dem Zeitpunkt nicht unterstützt hat? Oder dass sie nicht da war, als Greta in ihre größte Krise geschlittert ist, die damit endete, dass sie sich vollkommen aufgegeben hat?« Jan legte eine kurze Pause ein. »Das Tagebuch ist meiner Ansicht nach der Dreh- und Angelpunkt. Wenn wir das Buch nicht finden, bekommen wir keinen Zugang zu Lea Carstens.«

»Du hast noch nicht gesagt, was du von ihr hältst«, sagte Hanna. »Hat sie uns etwas vorgespielt oder nicht?«

»Ich lehne mich mal weit aus dem Fenster: Sie wusste von dem Tod ihrer Schwester. Sie hat das Tagebuch gelesen und die Nachricht von Tobias Borck. Ich habe Angst in ihren Augen gesehen. Und Hass. Für das alles könnte es aber auch eine andere Erklärung geben als die Theorie, die wir uns bisher zurechtgelegt haben.«

Hanna hielt noch einmal die Plastiktüte hoch. »Um das herauszubekommen, müssen wir wissen, welches Geheimnis hinter diesem Schlüssel steckt.«

Dreissig

Jan stand vor der Polizeiinspektion und wartete. Hanna war eine Stunde zuvor zu einem nahen Campingplatz gefahren, um Wasser aufzufüllen und die Kassette der Toilette zu leeren und sauber zu machen. Die kleine Solaranlage auf dem Dach des Wohnmobils hatte den Stromspeicher im Laufe des Tages bereits wieder aufgeladen.

Für den Sonntag hatte Robert Möller einen Ruhetag angeordnet. Erst am Montagmorgen würde die nächste SoKo-Sitzung stattfinden.

Hanna fuhr vor, hielt direkt neben Jan und wartete, bis er eingestiegen war. Sie fuhren zu einem Supermarkt, kauften gemeinsam ein und entschieden sich anschließend für ihren Stammplatz in der Heide. Die Fahrt über schwiegen sie. Kurz nach ihrer Ankunft zog Hanna sich um und lief, ohne Jan zu fragen, ob er mitlaufen wolle, in die Heide hinein. Jan baute die Stühle und den Tisch auf, kochte Kaffee und setzte sich in die Abendsonne.

Nach ihrer kurzen Sitzung mit Nina Jacobi und Jörg Krause hatten sie gemeinsam eine Liste von Schließfächeranbietern in Lüneburg und Hamburg erstellt. Die ersten zwanzig Mails mit einem Foto des Schlüssels hatten sie an die Banken und Sicherheitsfirmen herausgeschickt.

Hanna war die Enttäuschung über die mehr oder weniger erfolglose Durchsuchung von Lea Carstens' Wohnung ins Gesicht geschrieben gewesen. Jan hatte sie nur mit Mühe davon abhalten können, weitere Mails zu verschicken oder die Nacht vor dem Mietshaus von Lea Carstens zu verbringen.

Waren sie auf dem Holzweg? Hatten sie eine falsche Abzweigung genommen, ohne es zu bemerken? Jan ging in Gedanken noch einmal die Ermittlungen der Woche durch, konnte aber keinen Fehler entdecken. Lediglich ein dumpfes Gefühl, dass er etwas Wichtiges übersehen hatte, blieb zurück und nagte an ihm.

Hanna blieb keuchend vor Jan stehen, sah ihn eine Weile an, griff anschließend nach dem Campingstuhl und setzte sich direkt neben ihn.

»Heidschnucken gesehen?«

»Tausende«, murmelte Hanna. »Und du so?«, fügte sie deutlicher hinzu.

»Alles gut.« Jan blinzelte in die inzwischen tief stehende Sonne.

Sie saßen eine Weile schweigend nebeneinander. Die Heide duftete so intensiv wie an den Tagen zuvor. Das Thermostat zeigte immer noch fünfundzwanzig Grad.

»Ich habe vorhin mit meiner Schwester gesprochen, oder besser, sie mit mir«, sagte Hanna in die entstandene Stille hinein.

»Hat sie sich beschwert, dass du so plötzlich verschwunden bist?«

»Ach, das kennt sie ja von mir.«

Jan schwieg und wartete, ob Hanna ihm noch mehr von dem Gespräch erzählen würde.

»Sie meinte, ich sei beziehungsunfähig. In jeder Hinsicht.«

»Weil du gefahren bist, als deine Mutter gekommen ist?«

»Ja, auch. Aber es ging bei ihren Tiraden mehr um Männer. Meine Männer, wie sie es deutlich betont hat.«

»Was hast du ihr geantwortet?«, fragte Jan.

»Nichts. Nicht jeder ist für diesen monogamen Quatsch geschaffen. Soll sie doch das Muttertier spielen. Was habe ich damit zu tun? Sie kann doch noch ein paar Kinder bekommen – dann reicht es für uns beide.«

»Ging es jetzt um Männer oder Kinder?«

»Frag sie selbst. Ich habe irgendwann aufgelegt und ihren Rückruf weggedrückt. Wir haben einen Fall zu lösen, da habe ich keine Zeit für diesen Blödsinn.«

»Okay«, sagte Jan.

Hanna verdrehte die Augen. »Mehr hast du dazu nicht zu sagen? Okay? Was soll das heißen?«

»Dass ich deine Ansicht akzeptiere. Wenn du so leben möchtest, wird das für dich der richtige Weg sein.«

»Verdammt, darum geht es doch gar nicht.« Hanna trat mit dem Fuß in den Sand. Staub wirbelte auf und wurde vom Wind verweht. »Bin ich beziehungsunfähig?«

»Von außen betrachtet erfüllst du wahrscheinlich viele oder alle Kriterien.«

Hanna sah Jan an. »Von außen? Gibt es auch ein innen?«

»Du wirst einen Grund haben, weshalb du keine dauerhaften Beziehungen eingehen willst. Das heißt nicht unbedingt, dass du es nicht kannst. Du hast dich bewusst dafür entschieden.«

»Habe ich das?«

»Sag du es mir«, spielte Jan den Ball zurück.

Hanna lächelte und strich ihm sanft über die Schulter. »Du bist mein Freund und nicht mein Therapeut. Bin ich's oder nicht?«

»Nein, bist du nicht. Vielleicht hast du Angst, jemanden wieder zu verlieren, und gehst deshalb nie den nächsten Schritt. Oder du bist zu stark für die meisten Männer. Vielleicht läufst du nur weg, um ihnen die Entscheidung einfacher zu machen.«

Hanna grinste. »Also bin ich die Heldin, die andere vor Schaden bewahrt? Hanna, die Gute?«

»Vielleicht. Ich weiß es nicht. Du hast wenig erzählt über deine Beziehungen. Und bis auf den Mann auf dem Wohnmobilstellplatz an der Elbe kenne ich niemanden, dem du nähergekommen bist.«

»Der Typ war zufällig da und sah ganz nett aus«, sagte sie. »Ich weiß nicht mal mehr seinen Namen.«

»Und sonst?«

»Sie nerven mich. Alle. Mit ihren Blicken, mit ihrem Gehabe, mit der gespielten Feinfühligkeit, mit den Worten, die wie auswendig gelernt klingen. Am Schluss sind alle gleich. Sie wollen keine Partnerin auf Augenhöhe, sie wollen etwas zum Vorzeigen, eine Frau, die alles kann und sich trotzdem zurückhält, unterordnet. Die bei den Kindern bleibt und dem Mann den Rücken stärkt. Das bin ich nicht, das kann ich nicht.«

»Emanzipation hin, Emanzipation her. So weit, wie manche glauben, ist die Gesellschaft lange noch nicht. Das meiste entscheidet sich nicht im Kopf, sondern«, er klopfte sich aufs Herz, »hier. Das wird Generationen dauern, bis sich Mann und Frau auf Augenhöhe begegnen können. Ohne den geringsten Zweifel, ohne Show, ohne antrainiertes Verhalten.«

»Richtig weiter bringt mich das jetzt nicht«, warf Hanna ein. »Zweihundert oder mehr Jahre werde ich wohl kaum leben. Also wird mir wohl nichts anderes übrig bleiben, als weiterzusuchen und auf Mister Right zu hoffen.« Sie sprang auf. »Ich dusche und danach essen wir. Du darfst dich schon nützlich machen. Mein Magen knurrt fürchterlich.«

»Kaffee?«, fragte Jan am nächsten Morgen und schenkte Hanna ein, nachdem sie genickt hatte. »Gut geschlafen?«

Hanna zuckte kaum merklich mit den Schultern und griff nach dem Kaffeebecher, den sie mit beiden Händen festhielt.

Jan musste ein Schmunzeln unterdrücken. So mürrisch hatte er Hanna schon eine Weile nicht mehr erlebt. Ihr musste die Wohnungsdurchsuchung wirklich auf den Magen geschlagen haben.

»Ja, ich bin nicht besonders gut drauf«, sagte Hanna nach einer Weile. »Es nervt mich, dass wir gestern nicht richtig weitergekommen sind. Möller wird sich ins Fäustchen lachen, wenn wir ihm den Schlüssel zeigen.«

»Und? Stehen wir da nicht drüber?«

»Keine Ahnung«, murmelte sie und trank einen Schluck aus der Tasse. »Was machen wir heute? Und jetzt komm mir nicht mit Chillen oder ähnlichem Quatsch.«

Jan schaute auf die Uhr. »In etwa einer Stunde treffen wir uns mit Nina Jacobi. Sie schließt uns das Kommissariat auf und wird bleiben.«

»Ist ja schön, dass ich das auch schon erfahre.«

Jan ließ sich Zeit mit der Antwort. »Dauert es noch sehr lange? Ich meine, deine schlechte Laune?«

Hanna seufzte. »Ist es wirklich so schlimm?«

»Es ist auszuhalten«, sagte Jan schmunzelnd. »Ich war ja in den letzten Tagen auch nicht immer bester Stimmung.«

Hanna grinste. »Wohl wahr, Herr de Bruyn.«

Hanna sah von ihrem Laptop auf. »So, ich habe meine Schlüssel-Mails verschickt. Wie sieht es bei dir aus?«

»Gleich fertig.«

»Besprechung mit Nina?«

»Geh schon vor. Ich komme gleich nach.« Jan schickte die letzten beiden Mails ab, kontrollierte, ob es Rückläufer wegen fehlerhafter oder nicht mehr existierender Mailadressen gab, und folgte Hanna.

Die beiden Frauen schienen sich lebhaft über Männer zu unterhalten und verstummten, als er den Raum betrat.

»Frauengespräche«, sagte Hanna lachend mit Blick auf Jan. »Du hast hoffentlich nicht gelauscht.«

»Dass ich neugierig bin, weißt du doch.« Jan grinste. »Nein, ich habe mehr oder weniger nichts mitbekommen.«

»Dann will ich dir mal ausnahmsweise glauben.«

Jan registrierte verwundert, dass Hannas Laune sich schlagartig verbessert hatte. Er zog sich einen Stuhl an Nina Jacobis Tisch und klappte sein Notizbuch auf. »Wollen wir?«

In der nächsten Stunde gingen sie die Liste der Frauen durch, die altersmäßig zu den Jahrgängen der Freundesclique passten. Bei ihrem Gespräch mit Denis Klein in Soltau hatten Nina Jacobi und Jörg Krause die Liste auf siebenundzwanzig Personen reduzieren können. Florian Hamann war von Kriminalbeamten in Hannover befragt worden und hatte noch drei weitere Frauen ausgewählt, die sich zeitweilig in der Clique aufgehalten hatten.

»Alle Frauen leben noch«, sagte Nina Jacobi. »Nur vier von ihnen haben Geschwister, die bereits verstorben sind. Davon eine Schwester an einem Krebsleiden, ein Bruder hat Suizid begangen und zwei Personen sind bei Verkehrsunfällen ums Leben gekommen.«

»Was ist mit dem Suizidfall?«, fragte Jan.

Nina suchte in ihren Aufzeichnungen. »Das muss Jörg recherchiert haben.« Sie klappte ihren Laptop auf und suchte in der Datenbank nach dem Bericht. »Hier. Also, der junge Mann hat sich mit fünfundzwanzig erhängt. Nach Aussage der ermittelnden Kollegen hat er einen Abschiedsbrief hinterlassen und litt nachweislich lange Jahre unter schweren Depressionen. Er war, als die Jungen der Clique zwischen siebzehn und achtzehn

Jahre alt waren, gerade erst fünfzehn. Es ist also unwahrscheinlich, dass er etwas mit dem Freundeskreis zu tun hatte.«

»Wir sollten trotzdem die Schwester befragen«, sagte Jan. »Lebt sie noch in Amelinghausen?«

»Hier in Lüneburg«, sagte Nina Jacobi. »Ich kann das am Montag machen.«

»Gut«, sagte Hanna. »Was ist mit den Unfällen?«

»Die fanden sehr zeitnah zu der Cliquenzeit statt. Der Bruder einer der Frauen ist bei Regen aus der Kurve geschleudert und so schwer verletzt worden, dass er eine Woche später im Lüneburger Krankenhaus verstorben ist. Er war mit zwei weiteren jungen Männern unterwegs, die nur leicht verletzt wurden. Passiert ist es in einer Nacht von Samstag auf Sonntag. Die Gruppe war nach einer Geburtstagsfeier auf dem Rückweg von Lüneburg nach Amelinghausen. Der Fahrer hatte Alkohol im Blut. Der genaue Blutalkoholspiegel konnte nicht ermittelt werden, da er gleich nach Ankunft im Krankenhaus operiert werden musste. Geschätzt lag er bei 1,4 Promille.«

»Wer war noch auf dieser Feier?«, fragte Jan.

»So weit sind wir noch nicht. Jörg wollte am Montag mit den Männern sprechen, die mit im Auto saßen.«

Jan nickte. »Und der zweite Unfall?«

»Eine junge Frau, die gerade ihren Führerschein bekommen hatte. Auch sie war auf dem Rückweg von einer Geburtstagsfeier in Lüneburg und hatte Alkohol getrunken, aber bei Weitem nicht so viel wie im gerade geschilderten Fall. 0,6.«

»Sie saß alleine im Auto?«

»Ja. Zumindest ist sie alleine am Unfallort aufgefunden worden. Ich habe mit dem inzwischen pensionierten Kollegen telefoniert. Er konnte sich gut an den Unfall erinnern. Seinerzeit hat sich eine Freundin der Verunglückten bei der Polizei gemeldet und behauptet, dass sie nicht alleine gefahren sei. Mehr noch, sie meinte sogar, dass jemand anders am Steuer gesessen habe und Carolin Schreiber, also die junge Frau, die umgekommen ist, nur auf dem Beifahrersitz saß.«

Hanna beugte sich vor. »Klingt interessant. Also nur Carolin und eine weitere Person oder waren noch andere im Auto?«

»Die Freundin hat das Fahrzeug nur wegfahren sehen. Sie war sich nur sicher, dass Carolin nicht am Steuer gesessen hat, sprich, jemand anders muss gefahren sein. Allerdings sagte der Kollege, dass sie den Aussagen der Freundin nicht allzu viel Glauben geschenkt haben. Sie hatte wohl reichlich getrunken und ihre Angaben waren schwammig. Die Kollegen haben zwar kurz recherchiert, aber ziemlich schnell die Akte geschlossen.«

»Carolin Schreiber saß also hinter dem Steuer, als sie geborgen wurde?«, fragte Hanna, die aufmerksam zugehört hatte.

»Ja, es sah danach aus. Der pensionierte Kollege meinte, sie sei nicht angeschnallt gewesen und deshalb durchs Auto geschleudert worden.«

»Haben wir Name und Adresse der Freundin?«, fragte Jan.

Nina Jacobi blätterte in ihren Notizen. »Den Namen habe ich, die Adresse muss ich recherchieren.«

Jan zog die Gesamtliste mit den Namen der Frauen zu sich. »Darf ich?«

»Klar. Da steht allerdings nicht viel drauf.«

Er hatte sie lediglich kopfüber lesen können und sah jetzt, dass seine Vermutung richtig war. »Warum steht hier ein Ausrufezeichen hinter dem Namen von Kerstin Denecke?«

Nina Jacobi griff nach der Liste. »Weiß ich nicht. Das muss Jörg gemacht haben.« Sie zeigte auf ihr Handy. »Soll ich ihn fragen?«

Nina Jacobi legte ihr Handy auf den Tisch und stellte es auf Mithören. »Moin, Jörg. Hast du kurz Zeit?«

»Natürlich. Was gibt's?«

»Ich habe das Handy auf laut gestellt. Die beiden Kollegen hören mit. Du hast auf der Liste hinter Kerstin Denecke ein

Ausrufezeichen gemacht. Kollege de Bruyn hat mich gerade gefragt, was das zu bedeuten hat.«

»Ach das. Eigentlich sollte Kerstin Denecke ja gar nicht mit auf die Liste, weil sie schon befragt wurde. Aber irgendwie ist sie dann doch mit reingerutscht. Du warst da gerade auf Toilette, als ich Denis Klein gefragt habe, welche von den Frauen, die wir in die engere Auswahl genommen hatten, Geschwister haben. Da hat er auch Kerstin Denecke genannt. Ich hatte aber aus den Berichten noch in Erinnerung, dass sie Einzelkind war. Eigentlich wollte ich das noch nachrecherchieren, aber dann bin ich nicht mehr dazu gekommen. Sorry.«

»Kein Problem«, sagte Jan. »Das kann sicher bis morgen warten.«

Einunddreissig

Melanie Majer wohnte in einer Neubausiedlung am Stadtrand von Lüneburg. Hanna drückte auf die Klingel und kurz darauf erschien ein etwa vierjähriges Mädchen. Es sah Hanna und Jan an und schloss die Tür wieder, ehe Hanna etwas sagen konnte.

»Sehe ich so schlimm aus?«, fragte Hanna belustigt.

Bevor sie ein weiteres Mal die Klingel betätigen konnte, wurde die Tür geöffnet und eine Frau Mitte dreißig sah sie fragend an.

»Frau Majer?«, fragte Hanna. Als die Frau nickte, stellte sie sich vor und bat darum, kurz mit ihr sprechen zu können.

»Polizei? Am Sonntag?«

»Es geht um den Unfall von Carolin Schreiber.«

Melanie Majer sah sie mit großen Augen an. »Sie wissen schon, dass das eine Ewigkeit her ist?«

»Ja, natürlich. Wir sind aber in einer aktuellen Ermittlung auf den Namen gestoßen und würden uns gerne mit Ihnen unterhalten.«

Melanie Majer trat zur Seite und bat Hanna und Jan ins Wohnzimmer des Hauses.

»Was möchten Sie denn wissen?«, fragte sie. Das Kind saß neben ihr auf dem Sofa und musterte Hanna und Jan aufmerksam.

»Sie haben damals nach dem Unfall angegeben, dass Ihre Freundin gar nicht am Steuer saß, als sie aus Lüneburg losgefahren ist.«

»Ja, das hat mich so gewundert, weil es doch das Auto ihrer Mutter war und ich mir nicht vorstellen konnte, dass die das gutheißen würde.«

»Sind Sie sich immer noch sicher, dass …«

»Ja, natürlich«, unterbrach Melanie Majer Hanna. »Sonst wäre ich damals doch auch nicht zur Polizei gegangen.« Sie hielt kurz inne. »Um was geht es denn hier eigentlich? Doch nicht um den Unfall nach so vielen Jahren, oder?«

»Nein, sollte es dabei zu einer Straftat gekommen sein, wäre das verjährt und würde nicht mehr verfolgt werden.«

»Ach so. Um was geht es dann?«

»Das dürfen wir Ihnen leider im Detail nicht mitteilen«, sagte Jan und reichte ihr eine Liste mit den Namen der männlichen Cliquenmitglieder. »Könnten Sie einmal über diese Namen schauen? War von denen einer oder auch mehrere auf der Feier?«

Melanie Majer las die Namen durch. »Die kenne ich fast alle. Also nicht persönlich – ich war mit niemandem von denen befreundet oder so. Die waren ja auch alle ein paar Jahre älter.« Sie sah auf. »Geht es um den ›Club‹? Die Jungs waren, soweit ich weiß, alle mit dabei, oder?«

»Können Sie sich daran erinnern, ob jemand von der Liste auf dem Geburtstag war?«

»Ich bin mir ziemlich sicher, dass keiner von denen da war. Beschwören kann ich das natürlich nicht. Dafür ist es zu lange her. Aber ich weiß, dass Carolins Schwester damals mit einem der Jungs gegangen ist. Und ihre Schwester ist ja vier Jahre älter als wir. Da war bestimmt keiner da. Wir waren für die doch Babys.«

»Sie oder Ihre Freundin hatten also auch sonst keinen Kontakt zu einem der jungen Männer?«

»Hätten wir sicher gerne gehabt, aber nein, da bin ich mir hundertprozentig sicher. Carolin und ich hatten keine Geheimnisse voreinander. Und wir haben uns auch jeden Tag gesehen. Nicht nur in der Schule.«

»Verfolgen wir das noch weiter?«, fragte Hanna, als sie eine Viertelstunde später im Führerhaus des Wohnmobils saßen.

»Ich sehe keinen wirklichen Ansatzpunkt für weitere Ermittlungen. Und Carolin Schreibers Unfall war drei oder vier Jahre nach der Auflösung der Clique.«

»Also nein. Dann haben wir jetzt nur noch den Schlüssel.« Sie schlug mit der flachen Hand aufs Steuer. »Verdammt, bei dem Fall drehen wir uns wirklich im Kreis. Und können nur warten, bis der Nächste an der Reihe ist.«

»Fahren wir? Nina wartet auf uns.«

Am frühen Nachmittag verließen sie zu dritt die Polizeistation. Jan lud Nina und Hanna zum Essen ein und fragte Nina nach einer Restaurantempfehlung.

»Ich kenne einen Imbiss, wo es hervorragenden Döner gibt mit frischem Salat und selbst gebackenem Fladenbrot«, schlug Nina vor. »Dazu ein Bier aus der Flasche und ich bin glücklich.«

»Machen wir«, sagte Hanna. »Fährst du vor?«

Zwanzig Minuten später saßen sie an einem kleinen Tisch im türkischen Imbiss und warteten auf ihr Essen.

»Wie geht es morgen weiter?«, fragte Nina Jacobi. Sie waren die einzigen Gäste im Imbiss und der Tresen war zu weit entfernt, als dass dort jemand etwas mitbekommen hätte.

»Ich hoffe, dass sich jemand wegen des Schlüssels meldet und wir das Tagebuch finden. Dann hätten wir den Beweis, dass Lea Carstens uns angelogen hat, könnten Fingerabdrücke abnehmen und einen DNA-Abstrich machen.«

»Und wenn nicht?«

»Ganz ehrlich? Ich habe keinen Plan B.« Hanna warf Jan einen Blick zu. »Und du?«

Jan schüttelte den Kopf.

Hanna stöhnte leise. »Ich freue mich in dem Fall schon über die Häme deines Chefs. Möller wartet nur auf eine Gelegenheit, um uns vorzuführen.«

Nina Jacobi wiegte den Kopf hin und her. »Eigentlich ist Robert ganz in Ordnung. Er lässt uns immer viel Freiraum. Allerdings hatten wir auch noch nicht einen solch schweren Fall mit mehreren Todesopfern. Robert steht ziemlich unter Druck, fürchte ich. Und …« Sie brach ab.

»Und?«, fragte Hanna.

»Das habt ihr aber nicht von mir.« Nina Jacobi seufzte. »Ich habe gehört, dass seine Frau ihn vor ein paar Wochen verlassen hat. Zumindest ist er seit dem Zeitpunkt, nett formuliert, nicht immer bester Laune.«

»Haben sie Kinder?«, fragte Jan.

»Ja, aber die studieren beide und sind, soweit ich weiß, schon eine Weile aus dem Haus.«

»Tragisch«, sagte Hanna. »Aber er sollte die Größe haben, das nicht an den Kollegen auszulassen.«

Jan warf ihr einen missbilligenden Blick zu.

»Was denn? Himmel, ich bin ja schon ruhig.«

»Ich muss dir zustimmen«, sagte Nina Jacobi. »Mir fällt es auch zunehmend schwerer, Robert zu entschuldigen.«

Jan war froh, als der Mann hinter dem Tresen ihnen zuwinkte, als Zeichen, dass ihr Essen bereitstehen würde.

»Der Döner hat zumindest geschmeckt«, sagte Hanna und startete den Motor. »Heide oder Hotel, Herr de Bruyn? Nicht, dass ich mich noch einmal in die Nesseln setze.«

»Heide, liebe Frau Will. Es sei denn, du hast Lust auf eine lange Dusche oder gar ein Schaumbad.«

»Wenn ich alt bin«, sagte Hanna schmunzelnd. »Alt und grau.«

Zwanzig Minuten später rollte Hanna auf ihren Stammplatz in der Wildnis und stellte den Motor ab. »Du darfst heute mit mir laufen. Ziehst du dich als Erster um?«

Jan genoss die Bewegung. Mit jedem zurückgelegten Meter fiel die Anspannung der vergangenen Woche mehr von ihm ab, die rund um den Fall kreisenden Gedanken ruhten, während die Beine wie von selbst ihren Weg fanden.

Nach einer halben Stunde verlangsamte Hanna ihr Tempo. »Wir haben etwas übersehen. Anders wird kein Schuh draus. Ich komme nur nicht darauf, was es ist.«

»Können wir das auf morgen verschieben?«, schlug Jan vor.

»Nein, noch eine Nacht will ich nicht darüber grübeln. Verdammt, Jan, wo ist das fehlende Puzzleteil? Das kann doch nicht so schwer sein.« Sie blieb stehen und stützte sich mit den Händen auf den Knien ab. »Das ist doch deine Spezialität. Die Nadel im Heuhaufen.«

»Morgen.« Jan sah über die blühende Heide, sog tief die Luft ein und schloss die Augen. »Ein paar Stunden Ruhe haben wir uns verdient.«

Zweiunddreissig

Hanna stieg aus dem Wohnmobil aus, wartete auf Jan und ging mit ihm zusammen auf die Polizeiinspektion zu.

»Ist das erst die zweite Woche?«, fragte Hanna. »Mir kommt es eher vor, als sei es die vierte oder fünfte.« Seit sie die Augen vor etwas mehr als eineinhalb Stunden aufgeschlagen hatte, wusste sie, dass ihre Stimmung sich gebessert hatte. Der Abend neben Jan hatte ihr gutgetan. Sie hatten viel geschwiegen, den Sonnenuntergang genossen und waren spät ins Bett gegangen. Jan auf seine Notliege, Hanna in ihr komfortables Doppelbett.

Auf dem Flur kam ihnen Nina Jacobi entgegen. Schon von Weitem sah Hanna, dass sie aufgeregt war. *Ein neues Opfer? Bitte nicht*, dachte sie.

»Eine Bank hat sich gemeldet. Der Schlüssel passt angeblich zu ihren Schließfächern.«

Hanna hob die geballte Faust. »Wo?«

»Hier in Lüneburg.« Sie reichte Hanna einen Notizzettel. »Steht alles drauf. Ich dachte, ihr wollt vielleicht gleich hin. Einen Beschluss habe ich aber noch nicht.« In der anderen Hand hielt sie den Plastikbeutel mit dem Schlüssel.

Hanna wandte sich zu Jan um, er nickte.

»Wie weit ist es von hier?«, fragte Hanna.

»Fünf bis zehn Minuten zu Fuß. Parken ist da schwierig. Die Bank liegt in der Fußgängerzone.«

»Wir sagen dir Bescheid, falls wir einen Beschluss brauchen. Dann kannst du schon mit Möller sprechen und der mit dem …«

»Alles klar«, sagte die junge Polizistin.

»Hier muss es sein.« Hanna zeigte auf das Straßenschild und suchte nach einer Hausnummer. »Die Bank muss weiter hinten liegen.«

Sie hatte sich vom Handy-Navi durch die Straßen leiten lassen und kaum einen Blick auf die mittelalterlichen Fassaden geworfen. Erst jetzt nahm sie die ins Morgenlicht getauchten Giebelhäuser wahr. Jan hatte recht, die Atmosphäre, die die Gebäude ausstrahlten, war eine ganz besondere. In Norddeutschland gab es nur wenige Städte, die ihren alten Charme mit in die neue Zeit hatten nehmen können. Zu viele Innenstädte waren im Zweiten Weltkrieg zerstört und nicht wiederaufgebaut oder im Modernisierungswahn der Sechziger- und Siebzigerjahre verunstaltet worden.

»Hier«, sagte Jan und riss Hanna aus ihren Gedanken. Vor dem Gebäude stand ein Mann in den Vierzigern mit dunklem Anzug und diskreter Krawatte. Er schien auf sie zu warten. Hanna ging auf ihn zu und sprach ihn an.

»Christopher Mahn«, stellte er sich vor. »Sie sind von der Lüneburger Polizei?«

Hanna zeigte ihm ihren Ausweis. »LKA Niedersachsen. Wir unterstützen die Kollegen vor Ort. Können wir uns irgendwo in Ruhe unterhalten?«

Christopher Mahn führte sie über einen Nebeneingang ins Bankgebäude. In einem Büro bot er ihnen an, Platz zu nehmen, was Hanna aber ablehnte. Sie reichte dem Bankmitarbeiter den

Plastikbeutel mit dem Schlüssel und fragte, ob er sicher sagen könne, dass er zu den bankeigenen Schließfächern gehöre.

»Definitiv«, sagte Christopher Mahn. »Sehen Sie hier die kleine Markierung? Die finden Sie ausschließlich auf unseren Schlüsseln.«

»Können Sie anhand der Nummer feststellen, zu welchem Fach er gehört?«

»Selbstverständlich. Aber ich fürchte, ohne ein amtliches Papier kann ich Ihnen da nicht weiterhelfen.«

»Es geht um Leben und Tod«, sagte Hanna mit einer Stimme, die keinen Widerspruch zuließ.

Der Bankangestellte zögerte. »Ich kann dieses Schließfach unmöglich für Sie öffnen.« Er sah Hanna streng an. »Das sollten Sie eigentlich wissen.«

»Darum geht es im ersten Schritt nicht. Der Staatsanwalt wartet auf unsere Information, um anschließend einen richterlichen Beschluss zu erwirken. Wir brauchen vorerst nur eine Bestätigung über den Besitzer des Faches.«

Christopher Mahn seufzte theatralisch. »Es tut mir leid …«

»Ich nenne Ihnen jetzt einen Nachnamen, Sie schauen in Ihren schlauen Computer und verraten mir dann, ob ich richtigliege.«

Christopher Mahn schwieg und schien zu überlegen, ob er damit Bankgeheimnisse preisgeben würde.

»Carstens«, sagte Hanna.

Der Bankangestellte setzte sich hinter den Schreibtisch, tippte auf seiner Tastatur, sah schließlich auf und nickte.

»Der Nachname stimmt«, sagte Hanna, als sie Nina Jacobi erreicht hatte. »Sprichst du mit Möller? Wir brauchen dringend einen Beschluss.«

»Bin schon auf dem Weg. Drück mir die Daumen, dass er gute Laune hat.«

»Bis gleich«, sagte Hanna und sah zu Jan. Er wirkte nachdenklich. »Hast du wieder einen Haken gefunden? War es zu einfach?«

Jan schwieg.

»Lass uns zurückgehen.« Sie sah sich um. »Du hattest übrigens recht. Eine schöne Stadt.«

Das SoKo-Meeting fiel angesichts des schnell gefundenen Bankschließfaches weniger demütigend aus, als Hanna befürchtet hatte. Auch wenn Robert Möller kein Lob über die Lippen brachte, schien er für den Augenblick seine Vorbehalte gegen die von Hanna und Jan angestoßenen Ermittlungen fallen gelassen zu haben.

Die Gruppe um Thomas Kleist ermittelte weiter im Kreis der unzufriedenen Kunden der Versicherungsagentur. Hanna hörte nur mit halbem Ohr zu und warf in Erwartung einer Nachricht von der Staatsanwaltschaft immer wieder einen Blick auf ihr Handy.

»Noch Fragen?«, hörte sie Robert Möller sagen, der kurz zuvor die bisherigen Ermittlungen mit wenigen Worten zusammengefasst hatte. Als keiner der Beamten antwortete, schloss er die Sitzung.

Auf dem Weg zurück in ihr Büro kam Nina Jacobi hinter ihnen hergelaufen und rief Hannas Namen. Sie drehte sich um und bemerkte gleich das amtliche Formular in der Hand der jungen Kommissarin.

»Der Beschluss?«

»Ja, er ist gerade gefaxt worden.« Sie sah Hanna erwartungsvoll an.

»Könnt ihr beide das machen?«, fragte Jan. »Ich wollte mich noch um etwas anderes kümmern.«

»Wie gefällt es dir eigentlich in Lüneburg?«, fragte Hanna, als sie sich zu Fuß auf den Weg zur Bank machten.

Nina Jacobi fuhr sich mit der Hand durch die halblangen Haare. »Ich bin hier mehr oder weniger zufällig nach der Akademie gelandet und hängen geblieben.«

»Klingt nicht nach der großen Liebe.«

»Ach, die Stadt ist ganz in Ordnung. Die Arbeit hier – also, bis auf den Fall jetzt gerade – ist meistens monoton. Irgendwann würde ich schon gerne größere Herausforderungen haben.«

»Schon mal eine gute Voraussetzung, wenn du mehr willst. Sammele hier Erfahrungen und überlege dann, wo es hingehen soll. Hannover, Osnabrück, Oldenburg. Oder in ein anderes Bundesland. Wenn ich etwas höre, kann ich dir gerne Bescheid geben.«

Nina Jacobi strahlte sie an. »Das wäre klasse.«

»Kein Thema. Du hast Feuer und ich kann mir nicht vorstellen, dass du hier auf Dauer glücklich wirst.«

»Robert nimmt mich kaum wahr. Er würde natürlich abstreiten, dass es etwas damit zu tun hat, dass ich eine Frau bin. Ich denke aber, dass mein Geschlecht nicht unbedingt von Vorteil ist. Auch bei den anderen Kollegen. Jörg mal ausgenommen.«

»Da musst du durch. Ellbogen zeigen, mehr leisten als die Männer, Erfolge haben.«

»Das klingt so einfach, ist es aber nicht immer. Du bist noch jung für eine Hauptkommissarin. Wie hast du das geschafft?«

»Rund um die Uhr gearbeitet. Früher da gewesen als die Typen – und später gegangen. Quasi kein Privatleben.« Sie hielt inne und blieb stehen. »Ganz ehrlich, manchmal bin ich mir nicht so sicher, ob es der richtige Weg war. Ob ich dafür nicht zu teuer bezahlt habe.«

»Keine Familie? Keine Beziehung?«

»Nein, hat sich bisher nicht ergeben.«

»Und Jan?« Nina Jacobi wirkte überrascht von ihrer eigenen Frage. »Sorry, ist mir so rausgerutscht. Ihr beide wirkt so vertraut miteinander. Nicht nur beruflich.«

»Ja, wir verstehen uns gut.«

Nina Jacobi schwieg.

»Mehr ist da aber nicht«, fügte Hanna schnell hinzu. »Das wäre sicher auch ziemlich kompliziert, wenn man so eng zusammenarbeitet wie wir.«

»Ja, klar.« Die junge Polizistin schien froh zu sein, als Hanna nach vorne zeigte und weiterging.

Christopher Mahn las den Beschluss durch, nickte schließlich und führte Hanna und Nina Jacobi in die Kellerräume der Bank. Nachdem sich zwei Türen wieder hinter ihnen geschlossen hatten, standen sie in einem lang gezogenen schmalen Raum mit unzähligen Schließfächern. Der Bankmitarbeiter ging zielstrebig auf das letzte Drittel zu, zog einen Schlüssel aus der Tasche, steckte ihn in die linke Öffnung eines Schließfaches, drehte zweimal um und trat dann zurück. Hanna, die bereits den bei Lea Carstens gefundenen Schlüssel in der Hand hielt, schloss ebenfalls auf und wartete, bis Christopher Mahn die Klappe geöffnet, den Stahlkasten herausgenommen und ihn auf den langen Tisch in der Mitte des Raumes gelegt hatte.

»Bitte! Soll ich Sie alleine lassen?«

»Ja«, sagte Hanna, die es kaum erwarten konnte, den Kasten zu öffnen.

Der Bankangestellte verließ den Raum. Hanna trat auf den Tisch zu und öffnete langsam den Kasten. Er war bis oben mit Dokumenten gefüllt. Hanna streifte sich Latexhandschuhe über und griff nach der ersten Mappe. Sie enthielt Zeugnisse von Greta und Lea Carstens und Briefe, die die Schwestern ihren Eltern geschickt hatten. Hanna gab die Mappe an Nina Jacobi weiter und nahm ein in Leder gebundenes Buch aus dem Kasten.

Sie blätterte es durch. Es war ein Familienbuch, in dem mit einer gestochen scharfen Schrift die Geburtsdaten der Kinder und wichtige Ereignisse eingetragen worden waren. Hinzu kam eine Art Familienchronik, die über mehrere Generationen väterlicher- und mütterlicherseits den Stammbaum aufzeichnete. Hanna blätterte schnell die weiteren Seiten durch, die alle leer waren.

»Nichts«, sagte sie mit Blick auf Nina Jacobi und reichte ihr das Buch weiter.

Hanna griff wieder in den Kasten und holte eine Schatulle heraus, die Schmuck enthielt. Er schien alt, aber nicht sehr wertvoll zu sein. Der Kasten enthielt weitere Unterlagen über Versicherungspolicen und andere Urkunden. Als Hanna schließlich den letzten Gegenstand wahrnahm, eine schwarze Kladde, erhöhte sich ihr Blutdruck schlagartig. Mit zitternder Hand nahm sie das Büchlein heraus und öffnete es. Auf den ersten Seiten waren in einer kindlichen Schrift einfache Erlebnisse eines Kindes geschildert. Hanna blätterte weiter, die Schrift veränderte sich, wurde zur Druckschrift und wieder zur Schreibschrift. Hastig ging sie zu den letzten Seiten und las. Nach wenigen Sekunden sah sie auf und schüttelte enttäuscht den Kopf.

Dreiunddreissig

Jan legte den Hörer auf. Er hatte mit einer Dame bei der Deutschen Post gesprochen und nachgefragt, wo Briefe und andere Sendungen landeten, wenn sie nicht zugestellt werden konnten. Die Dame hatte ihm erklärt, dass nach erfolgloser Zustellung ein Brief nach Marburg zur Briefermittlungszentrale geschickt werde. Auf Nachfrage hatte Jan eine Telefonnummer erhalten, bei der er weitere Auskunft bekommen würde.

»Kriminalpolizei?«, fragte der Mann, der sich als Holger Kanter vorgestellt hatte.

Jan wiederholte seinen Namen. »Ich bin Kriminalbeamter beim LKA Hannover und unterstütze im Moment die Kollegen in Lüneburg. Von hier rufe ich auch an. Darf ich vorschlagen, dass Sie bei der Polizeiinspektion Lüneburg anrufen und sich zu mir durchstellen lassen? Dann sind Sie sicher, mit wem Sie sprechen.«

Der Postangestellte stimmte zu und rief nach wenigen Minuten zurück. »Was kann ich für Sie tun?«

»Wir ermitteln in mehreren Tötungsdelikten in Lüneburg und Umgebung. In diesem Zusammenhang hat ein Zeuge ausgesagt, er habe anonym eine Briefsendung verschickt.

Bisher konnten wir die allerdings nicht bei der angeblichen Empfängerin sicherstellen.«

»Ich verstehe. Sie vermuten, dass der Brief falsch adressiert war?«

»Richtig. Können Sie mir da weiterhelfen?«

Holger Kanter fragte nach der Woche, in der der Brief in Lüneburg angekommen sein könnte. Jan hatte zuvor anhand der Aussagen von Tobias Borck einen Zeitraum festgelegt, in dem Borck mutmaßlich den Brief versandt hatte. Er gab die Daten durch.

»Das kann einen Moment dauern. Ich muss in der Datenbank nach der Sendung suchen. Bleiben Sie am Apparat?«

»Gerne«, sagte Jan.

Nach vier bis fünf Minuten meldete sich der Postangestellte zurück. »Ich habe drei Sendungen registriert, die zu dem Zeitraum passen würden und wo bisher weder der Absender noch der Empfänger ermittelt werden konnte. Zwei Briefe und ein Päckchen.«

»Enthielt das Päckchen einen kurzen handschriftlichen Brief und eine Kladde oder etwas Ähnliches, mit Tagebucheintragungen?«

»Ja, das kann ich bestätigen. Sie kennen die Empfängerin oder den Absender?«

»Ja, uns sind beide bekannt. Wir benötigen allerdings das Tagebuch und auch den Brief vorab bei uns. Ich besorge noch heute einen richterlichen Beschluss, der Ihnen dann direkt zugestellt wird.«

Jan sprach mit Holger Kanter die spätere Überführung der Sendung nach Lüneburg in die Polizeiinspektion durch und verabschiedete sich von ihm.

Jemand klopfte an Jans Tür und trat gleich darauf ein.

»Hast du einen Moment für mich?«, fragte Jörg Krause.

»Ja, komm doch rein.«

»Es geht noch einmal um Kerstin Denecke.«

»Hat sich da noch etwas ergeben? Wir waren ja bisher davon ausgegangen, dass sie keine Geschwister hat.«

Jörg Krause setzte sich zu Jan. »Hat sie auch nicht. Aber die Familie hat regelmäßig Pflegekinder bei sich aufgenommen. Über viele Jahre. Insgesamt zwölf. Mal kürzer, mal länger. Wie das halt so ist in dem Bereich.«

»Okay. War da auch ein Mädchen oder Junge in ihrem Alter dabei?«

»Das weiß ich noch nicht. Bisher habe ich nur die Auskunft erhalten, dass die Familie Pflegekinder bei sich aufgenommen hat. Das Jugendamt will keine Namen herausgeben, solange kein Beschluss vorliegt. Soll ich das weiterverfolgen? Ich bin mir nicht so sicher, was der Staatsanwalt dazu sagen wird.«

Sollte ihre Spur bezüglich Lea Carstens im Sande verlaufen, wonach es im Moment aussah, würde sich die Stimmung schlagartig verschlechtern und ein Beschluss in weite Ferne rücken. *Verdammter Kleinkrieg*, fuhr es Jan durch den Kopf. *Immer und überall das Gleiche. Die Platzhirsche verteidigen ihr Revier ohne Sinn und Verstand.*

»Nein, vermutlich ist das im Moment keine gute Idee.«

Jörg Krause nickte ihm zu und verließ das Büro. Jan stand auf und ging zum Fenster. Hatten sie bei Kerstin Denecke etwas übersehen? Sie war zwar zunächst misstrauisch gewesen, als Polizisten vor ihrer Tür standen, doch später hatte sie sich offen und kooperativ verhalten und sich in keiner Weise verdächtig gemacht. Jan setzte sich wieder hinter den Schreibtisch, rief das Protokoll der Befragung auf und ging es durch. Kerstin Denecke hatte Daniel Albers ein Jahr vor seinem Tod wiedergetroffen, aber angeblich war es nur zu einem längeren Gespräch in einem Café gekommen und später zu einem Telefonat. Für Kerstin Denecke war damit das Kapitel, so hatte sie es bei der Befragung formuliert, abgeschlossen gewesen.

Hatte sie auf ihn widersprüchlich gewirkt? Nein, ihr ganzes Verhalten, alles, was sie erzählt hatte, klang ehrlich und schlüssig. Jan stutzte. Passte da zu viel zusammen? Sollte sie wirklich eine Pflegeschwester gehabt haben, die ungefähr in ihrem Alter gewesen war, hätten sie durchaus eine sehr innige Beziehung gehabt haben können. War das zu weit hergeholt? Griff er gerade nach jedem Strohhalm?

Hanna musste jeden Augenblick zurückkommen. Im Schließfach würde kein Tagebuch gelegen haben, womit ihre Theorie in sich zusammenfiel. Suchte er deshalb jetzt nach Auswegen aus dem Ermittlungstief? Auch ihm war klar, was Robert Möller zu dem Misserfolg sagen würde. Es würde schwer werden, ihn davon zu überzeugen, dass sie dringend das Tagebuch aus Marburg brauchten. Lea Carstens konnte aus anderer Quelle vom Tod ihrer Schwester erfahren haben. Sie hatte früher nach eigenen Angaben ein ausgesprochen enges Verhältnis zu ihr gehabt. Es war durchaus möglich, dass sie bereits vor dem Tod ihrer Schwester von dem Ereignis gewusst hatte, nach dem sie seit Tagen suchten. Vielleicht war der Suizid der Schwester das auslösende Moment gewesen, endlich aktiv zu werden. Sie gab sich die Schuld, sich nicht ausreichend um ihre Schwester gekümmert zu haben, vielleicht hatte sie Gretas Erlebnisse in der Vergangenheit auch nicht ernst genommen oder sie verdrängt. Nein, die Ermittlungen rund um Lea und Greta Carstens waren noch lange nicht abgeschlossen. Es war jetzt an ihm, Hanna zu unterstützen und die Ermittlungen weiterzuführen, egal, wie Robert Möller bei der Besprechung reagieren würde.

»Ich weiß, im Schließfach war kein Tagebuch«, sagte Jan, als Hanna schlecht gelaunt zu ihm ins Büro kam.

»Ein Tagebuch war schon da. Vermutlich hat es auch Greta Carstens geschrieben, allerdings hat sie mit zwölf oder dreizehn damit aufgehört.« Erst jetzt schien Hanna zu realisieren, was Jan zuvor gesagt hatte. »Woher wusstest du, dass wir nichts finden?«

Jan erzählte von seinen Gesprächen mit der Post und dem Fund des Tagebuchs.

»Wunderbar. Das wär's dann wohl.«

»Ganz sicher nicht.« Er erklärte ihr seine Strategie und schlug vor, dass er bei der Besprechung mit Robert Möller ihre Argumentation vortragen würde.

»Wenn du meinst, dass wir damit weiterkommen, bitte. Ich halte mich gerne zurück.«

Eine Viertelstunde später saßen sie bei dem SoKo-Leiter im Büro. Jan berichtete von der Schließfachdurchsuchung und den – so stellte er es dar – anschließenden Nachforschungen bei der Post. Möller war kurz davor, die Ermittlungen in Richtung Lea Carstens abzubrechen, aber Jan ließ sich nicht aus dem Konzept bringen. Geschickt setzte er Möller unter Druck und schob ihm die Verantwortung dafür zu, sollte sich später herausstellen, dass das Tagebuch wichtige Informationen enthielt, mit denen sie einen weiteren Mord hätten verhindern können. Zum Schluss gab sich Möller zähneknirschend geschlagen, sprach von einer letzten Chance und telefonierte mit dem Staatsanwalt. Zwei Stunden später lag der Beschluss vor, den Jan direkt nach Marburg schickte. Beim anschließenden Telefongespräch mit Holger Kanter sicherte der Postangestellte ihm zu, dass das Tagebuch und der Brief am nächsten Tag spätestens um neun Uhr vormittags in Lüneburg ankommen würden.

Vierunddreissig

Hanna tastete mit verschlossenen Augen nach der Bettdecke, fand sie und zog sie sich über die Schulter. Der Stoff fühlte sich anders an und duftete leicht nach einem blumigen Weichspüler. Vorsichtig öffnete sie die Augen. Sie lag in einem Hotelbett. Ihr Kopf fühlte sich an, als würde er gleich platzen, der Geschmack im Mund war ätzend.

Sie richtete sich auf und sah auf einen Männerrücken. War das Jan oder hatte sie am Abend zuvor jemanden kennengelernt und ihn mit auf ihr Zimmer genommen? Sie erinnerte sich jetzt daran, dass sie mit Jan in einem Restaurant gesessen hatte. Sie hatten Wein getrunken. Oder hatte nur sie getrunken? Und später?

Vorsichtig beugte sie sich vor und musterte den Mann in ihrem Bett. Es war Jan oder zumindest jemand, der ihm ähnlich sah. Sie berührte ihn an der Schulter, er reagierte nicht, sie fasste kräftiger zu.

Jan drehte sich zu ihr um, rieb sich die müden Augen und richtete sich schließlich im Bett auf. »Guten Morgen. Wie geht es dir?«

Sie sah ihn fragend an. »Was mache ich hier in deinem Bett? Ich kann mich an nichts erinnern, außer dass wir in einem indischen Restaurant waren.«

»Ich konnte dich nicht alleine lassen, nicht in deinem Zustand. Du hast dich gefügt, ich habe dich ins Bett verfrachtet, nachdem du eine Weile im Bad vor der Toilettenschüssel verbracht hast. Und bevor du fragst, es ist nichts passiert. Zumindest nicht das, was du vielleicht annimmst.«

»Sicher?« Sie fuhr mit der Hand unter die Bettdecke und fühlte nach ihrem Slip. Auch Jan hatte ein T-Shirt an und schien, soweit sie das mit ihrem geschundenen Kopf einschätzen konnte, die Wahrheit zu sagen.

»Definitiv. Ich habe gestern kaum etwas getrunken, muss es also noch wissen.«

»Ist ja gut.« Sie warf ihm einen vorsichtigen Blick zu. »Muss ich mich wegen irgendetwas entschuldigen?«

»Ganz sicher nicht.«

Hanna atmete erleichtert auf. »Okay. Dann war ich also brav.«

Jan lachte. »Alles gut. Wir sollten jetzt die Ermittlungen zu Ende bringen und nach Hause fahren.«

Punkt neun kam die Eilsendung aus Marburg in der Polizeiinspektion an. Jan kopierte zwei Drittel des fast zweihundert Seiten starken Tagebuchs und teilte die Kopien zur Hälfte auf. In den folgenden drei Stunden lasen Hanna, Nina und er jeweils ihre Teile und setzten sich anschließend wieder zusammen.

»Wer fängt an?«, fragte Jan.

Nina Jacobi hob die Hand. »Ich habe das erste Drittel gelesen. Soll ich?«

Als Jan nickte, fuhr sie fort. »Greta hat nur selten ein Datum über ihren Einträgen notiert, deshalb musste ich eine Schätzung vornehmen. Ich denke, sie hat etwa zwölf Monate vor ihrem Entzug angefangen und in losen Abständen kurze Erlebnisse aufgeschrieben. Ich bin keine Expertin für Drogengeschichten, aber auf mich wirkt ihre Geschichte wie der klassische Suchtverlauf einer Abhängigen, die in ihren klaren Momenten zweifelt, ob ihr Weg der richtige ist, sich über Gott und die Welt beklagt, die sie im Stich gelassen haben, und allen gleichzeitig einen Stinkefinger zeigt. Sie schreibt hin und wieder etwas über ihre Schwester, verflucht sie, um sie im nächsten Augenblick wieder in Schutz zu nehmen. Dann gibt es Lücken – wie gesagt, gelegentlich taucht ein Datum auf –, in denen sie sicher einen Absturz hatte. Sie spricht auch über depressive Phasen, auch wenn sie sie nicht so nennt. Bei zwei Einträgen scheint Todessehnsucht durch, aber wirkliche Suizidgedanken sind nicht formuliert. Über ihre Zeit in Amelinghausen oder später übers Studium schreibt sie nicht, erwähnt es nicht einmal in einem Nebensatz. Ihre Mutter taucht nur einmal auf und wird da von ihr massiv beschimpft, um es einmal nett auszudrücken. Am Schluss der Seiten, die ich hatte, macht sie sich Gedanken über eine Therapie. Sie muss Kontakt mit einer Beratungsstelle bekommen haben. Ich vermute, dass sie bei dir«, sie warf Hanna einen Blick zu, »bereits in Therapie ist?«

»Ja, dann mache ich mal weiter.« Hanna trank einen kräftigen Schluck aus ihrem fünften Becher Kaffee und blätterte in den etwa siebzig Kopien herum. »Die Klagen gehen zunächst weiter, aber sie scheint immer häufiger klare Momente gehabt zu haben. Als sie die Therapie beginnt, gibt es zunächst eine kurze Pause, dann schreibt sie, dass der Therapeut sie darin bestärkt hat, weiterzuschreiben. Die Gedanken werden klarer, sie denkt über ihre Zukunft nach und vor allem über die Vergangenheit. Immer häufiger kommen Passagen über Amelinghausen, über ihre Familie und – wenn ich das richtig verstehe – über die Clique. Sie nennt niemanden beim Namen außer Sven, also vermutlich Sven Paschke. Sie trauert ihm nach, schreibt, dass er ihre erste große Liebe war und sie immer noch nicht versteht, was damals passiert ist.«

»Keine genauen Angaben? Hat sie nicht einmal eine Vermutung?«, fragte Jan.

»Nicht wirklich. Sie schreibt, dass sie sich ewige Liebe geschworen hätten und Sven von heute auf morgen ein anderer Mensch gewesen sei. Sie hätten sich immer häufiger heftig gestritten und, wenn ich zwischen den Zeilen richtig gelesen habe, es kam auch zu körperlichen Auseinandersetzungen zwischen den beiden. Sie spricht von den verdammten blauen Flecken, die im Sportunterricht zu sehen gewesen seien, sagt aber gleichzeitig, dass sie in ihrem Leben Schlimmeres erlebt hat.«

Jan nickte, ohne Hanna ein zweites Mal zu unterbrechen.

»Was das genau ist, schreibt sie nicht. Es scheint aber nichts mit der Clique zu tun zu haben. Dafür erinnert sie sich umso genauer, wie sehr sie unter der Trennung gelitten hat. Sagte ihre Schwester nicht, Greta hätte die Beziehung beendet?«

»Ja, das hat sie behauptet«, bestätigte Jan. »Muss aber nichts heißen, sie wird es von ihrer Schwester erzählt bekommen haben und für sie war diese Version vielleicht leichter.«

»Im Tagebuch schreibt sie aber klipp und klar, dass sie von Sven von jetzt auf gleich abserviert wurde. Das waren genau ihre Worte, abserviert. Sie schreibt weiter, dass sie wie ein Zombie durch die Gegend gelaufen sei, nichts mehr für die Schule getan habe und damals den ersten Kontakt zu weichen Drogen bekommen habe.« Hanna überflog noch einmal die letzte Seite. »Ja, ich denke, das war alles von meiner Seite.« Sie sah Jan an. »Wie geht es bei dir weiter?«

»Ich habe den Teil, der sehr stark durch ihre Therapie beeinflusst ist. In jeder Zeile klingt das durch. Sie geht immer weiter zurück und beschreibt schließlich, dass ihr Vater sie sexuell missbraucht hat.«

»Lange?«, fragte Nina Jacobi mit weit aufgerissenen Augen.

»Das schreibt sie nicht, aber zwischen den Zeilen hört es sich schon so an, als wären es Jahre gewesen. Als sie zwölf Jahre alt war, hatte ihr Vater einen Verkehrsunfall. Er hat überlebt, aber der Missbrauch scheint ab dem Zeitpunkt nicht mehr weitergegangen zu sein. Sie spricht von einem Glückstag in ihrem Leben und dass sie anschließend lange Zeit gebraucht habe, um alles zu vergessen.«

»Geht das?«, fragte Nina Jacobi.

»Eher unwahrscheinlich. Solch ein massiver Eingriff ins Leben eines Kindes hinterlässt tiefe Wunden, die oberflächlich verheilen können, aber in Krisenzeiten mit voller Wucht aufbrechen können.«

»Die Trennung von Sven Paschke?«

»Das wäre eine Möglichkeit. Zumindest scheint es der Therapeut so gesehen zu haben, wenn ich Gretas Zeilen richtig interpretiere. Er hat wohl ausführlich mit ihr über die Beziehung zu Sven und die Gründe der Trennung gesprochen. Es ging darum, wie weit Sven Paschke ähnliche Verhaltensweisen wie ihr Vater gezeigt hat, aber Greta nimmt ihn in Schutz. Sven sei zwar cholerisch gewesen und habe sie hin und wieder hart angepackt, aber vergewaltigt habe er sie nie.«

»Klingt, als habe sie sich die erste Liebe schöngeredet«, warf Hanna ein.

Jan nickte. »Das könnte man so ausdrücken. Erst recht, wenn wir die spätere versuchte Vergewaltigung ihrer Schwester mit einbeziehen. Aber Greta gibt Sven keine Schuld. Im Gegenteil, sie sucht das auslösende Moment außerhalb ihrer Beziehung. Und hier wird es interessant. Sie vermutet, dass etwas passiert sein muss, und nennt auch ein Ereignis, das sie damit in Verbindung bringt.«

»Also doch was Konkretes?«, fragte Hanna.

»Eventuell. Wie gesagt, sie vermutet nur. Es dreht sich um ein Open-Air-Festival auf Fehmarn. Eins dieser Jimi-Hendrix-Revival-Konzerte.«

»Ich war auch mal auf einem«, sagte Hanna mit einem Schulterzucken. »Beim Original 1970 war ich leider noch nicht auf der Welt.«

»Also, Open Air auf Fehmarn«, fuhr Jan fort. »Die Clique ist da mit einem VW-Bus hingefahren. Wer alles genau, hat Greta nicht geschrieben. Sie war zu der Zeit krank und konnte nicht mit. Nach dem Konzert war alles anders. Sie spricht nicht nur von Sven, sondern von der ganzen Gruppe und sagt, dass irgendetwas auf dem Konzert passiert sein muss.«

»Ein Open Air, weit weg von Lüneburg«, sagte Hanna nachdenklich. »Ist das das große Geheimnis?«

»Es sieht ganz danach aus. Was auch immer da passiert ist, könnte das auslösende Moment der Morde sein.«

»Ist Lea Carstens damit raus?«, fragte Nina Jacobi. »Wir können ihr nicht nachweisen, dass sie von der Geschichte wusste. Die Jungs der Clique – wer auch immer mit auf Fehmarn war – haben nur indirekt etwas mit Gretas Absturz zu tun. Ist es nicht eher wahrscheinlich, dass mit der Therapie für Greta der Missbrauch durch den Vater wieder in den Mittelpunkt gerückt ist? Sie hat die Therapie abgebrochen. War das am Schluss der Auslöser für den Suizid?«

»Sehr gute Fragen«, sagte Jan. »Was ich noch nicht erwähnt habe: Greta schreibt in einem Nebensatz, dass sie froh sei, ihrer Schwester weder etwas über den Missbrauch noch über ihren Verdacht, dass beim Festival etwas passiert sein müsse, erzählt zu haben.«

»Sie ist raus«, murmelte Hanna.

Fünfunddreißig

Hanna schob den Teller zur Seite. Sie hatte kaum etwas gegessen.

»Schmeckt es nicht?«, fragte Jan.

»Keinen Appetit.«

Seit sie das Kommissariat Richtung Altstadt verlassen hatten, war Hannas Laune Schritt für Schritt gesunken. In der Dreiergruppe im Büro hatte sie sich nichts anmerken lassen, aber Jan wusste die kleinen Anzeichen inzwischen zu deuten und war vorbereitet gewesen.

»Hatte ich dir von Kerstin Denecke erzählt?«, fragte Jan.

»Hat sie jetzt doch eine Schwester?«, bemerkte Hanna, ohne aufzublicken.

»Kollege Krause hat herausgefunden, dass Kerstins Familie regelmäßig Pflegekinder aufgenommen hat.«

»Die bleiben doch immer nur kurz«, warf Hanna ein.

»Nicht unbedingt. Es gibt durchaus Pflegekinder, die über viele Jahre in einer Familie bleiben.«

»Und? Kommen wir an die Daten ran? Wohl kaum. Mich kotzt dieser ständige Hindernislauf an. Warum muss das alles so kompliziert sein?«

»Jörg prüft gerade, wer wann bei der Familie Denecke gemeldet war. An die Akten des Jugendamtes kommen wir tatsächlich nicht so einfach ran.«

Jans Handy klingelte. Er sah aufs Display und nahm das Gespräch an. »Hallo, Kollege, bist du weitergekommen?«

»Ja, ich glaube, sogar ziemlich weit. Es gab da fehlerhafte Eintragungen in der Datenbank. Jetzt ist aber klar, dass Kerstin Denecke tatsächlich eine etwa eineinhalb Jahre jüngere Pflegeschwester hat oder hatte. Sie hat über neun Jahre bei der Familie gewohnt.«

Jörg Krauses Stimme klang aufgeregt und Jan vermutete, dass er noch mehr herausgefunden hatte.

»Und jetzt kommt's: Sie hat vor einem halben Jahr Suizid begangen. Irrtum ausgeschlossen. Ich habe mit den Kollegen vor Ort telefoniert. Die Ermittlungen und die Obduktion haben das eindeutig bestätigt.«

Jan hatte es die Sprache verschlagen. Wie hatten sie das übersehen können? War das nun endlich der Durchbruch?

»Bist du noch in der Leitung?«, fragte Jörg Krause.

»Ja, Entschuldigung. Ich war gerade zu überrascht …«

»Ging mir genauso.«

»Wir sind in einer Viertelstunde zurück. Und danke für deinen Einsatz. Das könnte jetzt wirklich der Durchbruch sein.«

Als Jan das Handy wieder auf den Tisch legte, sah Hanna ihn erwartungsvoll an. Sie hatte nur Jans Antwort mitbekommen, aber sofort kombiniert, dass etwas Besonderes in der Luft lag. »Jetzt sag schon, was ist passiert?«

Jörg Krause und Nina Jacobi warteten bereits auf sie in ihrem provisorischen Büro. Hanna hatte inzwischen von Jan erfahren, was Jörg Krause herausgefunden hatte, und war ebenso elektrisiert von der neuen Entwicklung wie Jan.

»Sonja Koch war in Amelinghausen auf der Realschule und hat nach dem Abschluss eine Ausbildung als Zahnarzthelferin oder, wie es heute heißt, zahnmedizinische Fachangestellte gemacht«, begann Jörg Krause zu berichten. »Mit neunzehn ist sie nach Hamburg umgezogen und hat dort mit Kerstin Denecke zusammen in einer Wohnung gelebt. Denecke hatte zu der Zeit dort ein Studium der Betriebswirtschaftslehre begonnen, das sie aber im siebten Semester abgebrochen hat.«

Jan schloss die Augen. Wie hatten sie das übersehen können? Als sie Kerstin Denecke zum ersten Mal befragt hatten, war es ihnen in erster Linie um Informationen über den engeren Kreis um Daniel Albers und André Borchert gegangen. Erst später hatten sie die Ermittlungen durch sein Täterprofil besonders auf die weiblichen Mitglieder der Freundesgruppe ausgerichtet. Offensichtlich hatte niemand, auch er nicht, daran gedacht, noch einmal die ehemalige Freundin von Albers unter die Lupe zu nehmen.

»Verdammt, das haben wir übersehen«, fluchte Hanna. »Wie konnte uns das passieren?«

»Lass uns weitermachen«, schlug Jan vor und warf Jörg Krause einen auffordernden Blick zu.

»Nach dem Abbruch ihres Studiums hat Kerstin Denecke fünf Jahre in einem großen Porsche-Autohaus zuerst als Junior-Verkäuferin und wenig später als reguläre Verkäuferin gearbeitet. Als sie nach Lüneburg gewechselt ist, wurde sie dort Verkaufsleiterin und ist inzwischen Geschäftsführerin neben zwei Männern.«

»Was ist in Hamburg passiert?«, fragte Jan.

»Ich habe ja mit einem Kollegen vor Ort gesprochen, der die Ermittlungen unter sich hatte. Sonja Koch hat, nachdem ihre Pflegeschwester nach Lüneburg und Amelinghausen gezogen war, zunächst die Wohnung alleine behalten und drei Jahre später ist ihr Freund, Markus Förster, dort mit eingezogen. Der hatte sich etwa ein Jahr vor ihrem Suizid von ihr getrennt und später ausgesagt, dass seine Ex-Freundin lang anhaltende depressive Phasen gehabt habe. Er hat von ihr einen Abschiedsbrief zugeschickt bekommen – zu dem Zeitpunkt war sie allerdings schon tot –, in dem sie ihren Suizid ankündigt und schreibt, dass ihre Trennung ihr zwar stark zugesetzt habe, dies aber nicht der Grund für ihren Schritt sei.«

»Hat sie in dem Brief mehr zu ihren Gründen geschrieben?«, fragte Jan.

»Laut dem Hamburger Kollegen war das nicht der Fall. Sonja Koch hat sich übrigens in der Wohnung erhängt. Fremdverschulden konnte nicht festgestellt werden. Auch die Obduktion hat nichts Gegenteiliges ergeben.«

»Kennt der Hamburger Kollege Kerstin Denecke?«, fragte Hanna.

»Ja. Markus Förster hatte sie über Sonjas Tod informiert und die Adresse auch an die Polizei weitergegeben. Der Kollege hat mit ihr telefoniert, konnte sich aber kaum mehr an das Gespräch erinnern. Er meinte, dass Kerstin Denecke nur ein paar allgemeine Fragen gehabt habe, die keine Relevanz für ihre Ermittlungen gehabt hätten.«

Hanna sprang von ihrem Stuhl auf und lief im Büro herum. »Die Frage ist, hatte Sonja Koch etwas mit der Clique zu tun? Ist sie mit nach Fehmarn gefahren? Wer kann oder besser wird uns das sagen?« Sie trat an die kleine Tafel, die an der Wand befestigt war, griff nach einem der Stifte auf der Ablage und schrieb die Namen der Männer auf die Tafel: Patrik Richter, Florian Hamann, Denis Klein, Matthias Frantzen, Sven Paschke. »Die fünf Männer sind nach bisherigen Erkenntnissen im inneren Kreis gewesen. Die restlichen sind tot. Wen fragen wir, ohne schlafende Hunde zu wecken?« Sie sah in die Runde. »Vorschläge?«

Jan hatte mit Erstaunen Hannas neuen Motivationsschub beobachtet. Bereits nach dem Telefongespräch im Restaurant war sie wie elektrisiert gewesen. Nach Jörg Krauses Bericht schien sie voller Tatendrang, von totaler Niedergeschlagenheit bis zur explosionsartigen Energie war gerade einmal eine halbe Stunde vergangen.

»Wer?«, wiederholte Hanna ihre Frage.

»Florian Hamann«, sagte Jan. »Ihm ist durch den mutmaßlichen Anschlag absolut klar, welche Gefahr droht. Er ist intelligent genug, um zu wissen, dass die meisten Taten nach dieser langen Zeit verjährt sind, sollte er auf Fehmarn an etwas beteiligt gewesen sein.«

Hanna legte ihr Handy auf den Tisch. »Rufen wir ihn an? Jetzt?«

Jan beugte sich zu Hanna vor und legte ihr die Hand auf den Arm. »Ich spreche mit ihm, ihr hört zu.«

Hanna zögerte kurz, nickte dann aber. Sie entsperrte ihr Handy und suchte nach der Nummer des Zahnarztes.

»Ja?«, hörten sie eine zaghafte männliche Stimme.

»Guten Tag, Herr Hamann. Hier ist Jan de Bruyn aus Lüneburg. Wie geht es Ihnen?«

»Ach, Sie sind es. Ich habe die Nummer nicht gleich zuordnen können.« Er hielt inne. »Es geht so. Ich habe meine Praxis noch eine weitere Woche geschlossen und übernachte bei einem Freund in …« Er brach ab und schien zu überlegen, ob er den Ort bekannt geben sollte.

»Das ist gut«, sagte Jan. »Ich muss Ihnen ein paar Fragen stellen und es ist wichtig, dass Sie mir absolut ehrlich darauf antworten. Wir sind sehr weit mit den Ermittlungen, brauchen aber jetzt Ihre Unterstützung. Kann ich mich darauf verlassen?«

»Ja, natürlich.«

»Ihre Clique ist damals gemeinsam zu einem Open-Air-Konzert auf Fehmarn gefahren. Ein Jimi-Hendrix-Revival. Erinnern Sie sich daran?«

»Ja.«

»War das eine einmalige Fahrt oder waren Sie und Ihre Freunde mehrmals auf Fehmarn?«

»Nur dieses eine Mal.«

»Sie waren dabei?«

»Ja.«

»Wer ist noch mitgefahren?«

»Daniel, André, Sven, Oliver, Denis, Katja und …« Er brach ab.

»Ja?«, fragte Jan.

»Es war noch ein zweites Mädchen mit von der Partie. Warten Sie …«

Die Sekunden schlichen dahin. Alle starrten wie gebannt auf das Handy. Nach einer gefühlten Ewigkeit räusperte sich Florian Hamann. »Sonja. Sie hieß Sonja. Wenn ich mich richtig erinnere, hat sie bei der Familie von Kerstin gewohnt. Wie nennt man das noch?«

Ein Aufatmen ging durch die Gruppe um den Tisch.

»Pflegekind«, half Jan ihm.

»Genau. Sie war noch nicht lange bei uns. Daniel hatte sie angeschleppt. Keine Ahnung, wie sie es damals geschafft hat, die Erlaubnis von Kerstins Mutter zu bekommen.«

»Sie waren also zu acht unterwegs?«, fragte Jan.

»Ja. Wir hatten Zelte mit und den üblichen Kram. Daniel und Sven sind gefahren. Sie waren zu dem Zeitpunkt die Einzigen mit Führerschein. Der Wagen kam ja auch von Svens Vater. Ein VW-Bus. Ich weiß noch, wie wir die Sitze da reingebaut haben. Den Bus benutzte ja eigentlich Svens Vater für die Arbeit.«

»Wie sind die Fahrt und der Aufenthalt auf Fehmarn verlaufen?«

»Wie das so ist. Wir hatten einiges an Alkohol mit. Lustig war es. An das eigentliche Konzert kann ich mich nicht mehr genau erinnern.«

»Wir gehen davon aus, dass auf dem Konzert oder bei der Hin- und Rückfahrt etwas passiert ist«, sagte Jan.

»Passiert? Was genau meinen Sie?«

»Sonja ist von Daniel mitgebracht worden, sagten Sie. Waren die beiden zusammen?«

»Ich glaube, Daniel wollte Kerstin nur eins auswischen. Sie war doch jünger als Kerstin und …« Er stockte. »Das hat mich damals alles nicht so interessiert. Sie können sich vorstellen, warum.«

»Ja, Sie waren nicht an Mädchen interessiert.«

»Nur zeigen durfte ich es nicht so. Das wäre wohl nicht so gut angekommen.« Seine Stimme klang jetzt noch bedrückter als zuvor.

»Es ist ganz wichtig für uns, herauszubekommen, was auf Fehmarn passiert ist. Oder ob etwas passiert ist. Hat Daniel sich Sonja gegen ihren Willen genähert?«

»Sie meinen, ob er sie vergewaltigt hat?«

»Zum Beispiel.«

»Das weiß ich nicht. Wir hatten mehrere kleine Zelte mit. Wenn es so war, wird er es ja nicht vor unseren Augen getan haben. Da wären wir schon dazwischengegangen.«

»Aber Sie hätten doch sicher an Sonjas Verhalten gemerkt, ob ein sexueller Übergriff stattgefunden hat.«

»Vermutlich ja«, sagte Florian Hamann. »Ich erinnere mich jetzt wieder. Die beiden saßen noch kurz vor der Rückfahrt zusammen. Da war alles in Ordnung. Sie haben geknutscht und so. Ich glaube also nicht, dass da etwas passiert ist. Das hätten wir ja wohl mitbekommen.«

»Wann sind Sie gefahren?«

»Über Nacht. Wir waren am frühen Morgen in Amelinghausen.«

»Haben Sie während der Fahrt geschlafen?«, fragte Jan weiter.

»Klar. Wir alle. Also bis auf den Fahrer und die Person auf dem Beifahrersitz. Die sollte aufpassen, dass Sven oder Daniel nicht einschläft.«

»Ist auf der Rückfahrt etwas Besonderes passiert?«

»Was meinen Sie? Vielleicht den Wildunfall? Das war aber keine große Sache. Der Bus hatte wohl nur wenige Kratzer und eine kleine Beule abgekriegt. Ich habe das allerdings alles nicht mitbekommen, weil ich geschlafen habe.«

»Von Fehmarn nach Amelinghausen ist fast ausschließlich Autobahn«, sagte Jan. »War der Unfall schon auf Fehmarn oder später, von der Autobahnabfahrt bis nach Amelinghausen?«

»Auf der Landstraße nicht. Da war ich wach. Und zu Beginn auch. Ich weiß noch, wie wir über die Fehmarnsundbrücke gefahren sind.«

»Ein Wildunfall auf der Autobahn?«, fragte Jan. »Das ist eher selten. Und bei den Geschwindigkeiten hätte es größere Schäden am Auto geben müssen. Wann genau haben Sie von dem Unfall gehört?«

»Als ich aufgewacht bin, war die Stimmung schon unterirdisch. Ich habe erst gedacht, dass sich wer gestritten hat. Wegen einer der Frauen oder so. Aber wie gesagt, ich hatte zu viel getrunken, mir war schlecht und mein Kopf war kurz vorm Platzen. Ich wollte einfach nur nach Hause.«

»Sie haben also später von dem Wildunfall gehört?«, fragte Jan weiter.

»Ja, am nächsten Tag oder so. Ich glaube, André hat mir davon erzählt. Aber genau weiß ich das nicht mehr. Es gab wohl auch Ärger mit dem Vater von Sven. Aber irgendwie hat sich das dann doch alles geregelt.«

Jan versuchte noch eine Weile, mehr herauszubekommen, verabschiedete sich aber schließlich von Florian Hamann.

»Ein Unfall?«, sagte Hanna. »War das der Auslöser?«

Nina Jacobi hatte inzwischen auf einem großen Bildschirm die Straßenkarte aufgerufen. Sie gingen gemeinsam den Weg von der Insel bis nach Amelinghausen durch und waren sich einig, dass der VW-Bus mit hoher Wahrscheinlichkeit die Autobahn benutzt haben musste.

»Wir müssen nach Unfällen in dieser Nacht suchen«, sagte Jan. »Ich vermute, dass es sich um Fahrerflucht nach Personenschaden handelt. Selbst wenn niemand schwer verletzt oder gar getötet wurde, muss es polizeiliche Ermittlungen gegeben haben.«

»Eine Raststätte«, sagte Hanna unvermittelt. »Kann es nicht da passiert sein? Wir sollten alle infrage kommenden Raststätten und Autobahnparkplätze in die Suche mit einbeziehen.«

Sechsunddreissig

Jan sah von seinem Laptop auf. Seit über einer Stunde hatte er zu Sonja Koch recherchiert. »Ich habe etwas gefunden.«

Hanna stand auf und kam zu ihm an den Schreibtisch. »Was?«

»Die Mutter von Sonja Koch ist bei einem Autounfall ums Leben gekommen. Da war Sonja vier Jahre alt. Da ihr Vater nicht bekannt war, ist sie zunächst bei ihrer Großmutter untergekommen, die allerdings zwei Jahre später starb. Sonja kam dann in verschiedene Pflegefamilien. Zumindest deutet das der häufige Wechsel ihrer Wohnorte an. Mit zehn muss sie dann zur Familie Denecke gekommen sein, wo sie ja bekanntlich bis zum Erwachsenenalter blieb.«

»Autounfall?«

»Ja, der Verursacher konnte nie gefunden werden. Fahrerflucht.«

Hanna sah ihn erstaunt an. »Sag das noch einmal.«

»Fahrerflucht. Dir ist klar, was das bedeuten könnte?«

»Ja, das Motiv von Kerstin Denecke nimmt langsam, aber sicher Gestalt an. Da scheint alles zu passen.«

Jan nickte. »Sollte Sonja Koch auf der Fahrt von Fehmarn nach Amelinghausen tatsächlich einen Unfall mit

Personenschaden mitbekommen haben und dann noch die Unfallflucht, wird sie das extrem schwer belastet haben.«

»Wir haben sie!«, rief Hanna mit geballter Faust. »Kerstin Denecke steckt hinter allem.« Sie war aufgesprungen und setzte sich jetzt wieder an ihren Tisch. »Und was machen wir jetzt mit unserem Wissen? Sie vorladen? Wir werden nicht einmal einen Beschluss bekommen, um ihr Fingerabdrücke abnehmen zu können. Von einem DNA-Abstrich einmal ganz abgesehen.«

»Bisher weiß sie nicht, dass wir ihr auf der Spur sind«, sagte Jan. »Vorausgesetzt, wir liegen richtig.«

»Ich habe mich übrigens noch einmal mit Kerstin Denecke beschäftigt. Ihr Vater ist bereits vor sechzehn Jahren verstorben, ihre Mutter vor fünfzehn Monaten. Eventuell spielt der Tod ihrer Mutter ja auch noch eine Rolle.«

»Wäre möglich«, bestätigte Jan. »Gibt es sonst was Besonderes?«

»Keine Vorstrafen, keine Einträge in der Datenbank, dass sie in anderen Ermittlungen eine Rolle gespielt hat. Weder als Zeugin noch als Verdächtige. Sie war nie verheiratet und scheint in Amelinghausen immer alleine gewohnt zu haben, da ich keine weiteren Anmeldungen auf ihrer Adresse gefunden habe.«

»Woran ist die Mutter gestorben?«

»Ich habe auf gut Glück eine ihrer früheren Nachbarinnen angerufen. Nach der Stimme zu urteilen, war es eine ältere Dame. Sie war gut bekannt mit Kerstins Mutter. Sie hat mir dann erzählt, dass ihre Nachbarin in ihren letzten Jahren ziemlich krank gewesen sei. Ein Pflegedienst habe sich um sie gekümmert und die Tochter sei fast jeden Tag bei ihr gewesen. In den letzten Wochen vor ihrem Tod habe sie sich sogar Urlaub genommen und bei ihr gewohnt.«

»Interessant«, sagte Jan. »Sie hat also eine enge Beziehung zu ihrer Mutter gehabt und verliert wenig später auch noch das letzte Mitglied der Familie. Zumindest wird sie Sonja so angesehen haben.«

»Die alte Dame sprach übrigens davon, dass auch ein paar der Pflegekinder Frau Denecke in den letzten Monaten vor ihrem Tod besucht haben. Ihre Nachbarin habe ihr das erzählt.« Hanna warf Jan einen fragenden Blick zu. »Hast du noch Zweifel, dass wir dieses Mal richtigliegen?«

Jan schloss die Augen und sah Kerstin Denecke mit Sonja Koch vor sich. Sie kämmt ihrer Pflegeschwester liebevoll die Haare, nimmt sie in den Arm und muntert sie auf. Die nächste Szene spielt in einer anderen Wohnung, die beiden Frauen sind erwachsen, sitzen an einem kleinen Küchentisch und frühstücken gemeinsam. Sie sprechen über den kommenden Tag, die beiden scherzen miteinander, Kerstin lacht. Sie umarmen sich lange. »Kerstin hat ihre ganze Familie verloren, zuletzt die Pflegeschwester, zu der sie offensichtlich eine sehr enge Beziehung gehabt hat. Sie hat sich um sie wie um eine kleine Schwester gekümmert, vielleicht sogar irgendwann die Mutterrolle übernommen. Kerstin weiß nicht, was Sonja belastet, denkt aber, als sie auszieht, dass sie es alleine schaffen werde. Sonjas Tod löst bei ihr eine Lawine aus, die sie immer weiter in einen Strudel von Gewalt hineinreißt.« Jan sah auf. »Zweifel habe ich immer, aber dieses Mal scheint alles zu passen.«

Hanna nickte. »Das sehe ich auch so. Wir brauchen einen Plan.«

»Übernimmst du die erste Schicht?«, fragte Hanna, als sie einen günstigen Platz in der Nähe von Kerstin Deneckes Wohnung gefunden hatten. »Ich löse dich dann um halb drei ab.«

»Du bist sicher, dass es das richtige Auto ist?«

Hanna hatte zuvor einen Tracker unter einen Audi Q9 geheftet, der auf dem Parkplatz vor dem Mietshaus stand.

»Meinst du, im Haus wohnen noch weitere Mitarbeiter des Autohauses, die so einen dicken Schlitten genau aus diesem Autohaus fahren?«

Jan schwieg. Er hatte sich gegen den Tracker ausgesprochen, um den Erfolg ihrer Ermittlungen nicht zu gefährden. Sollte Kerstin Denecke auffallen, dass sie in der Weise überwacht wurde, wäre der Weg zu einer Dienstaufsichtsbeschwerde nicht mehr weit. Inwieweit sich eine solche Aktion auf spätere Beweise ihrer Schuld auswirken würde, war auch nicht absehbar. Auf der anderen Seite war es im ländlichen Raum kaum möglich, einem Fahrzeug unbemerkt zu folgen. Erschwerend kam hinzu, dass sie mit dem Wohnmobil unterwegs waren.

»Vermutlich nicht«, antwortete Jan auf Hannas Frage.

»Ja, ich kenne deine Bedenken. Eine Nacht wirst du die wohl zurückstecken können, oder?« Sie stand auf und ging nach hinten ins Wohnmobil. »Kaffee?«

Jan starrte in die Dunkelheit. Nur die weit auseinanderstehenden Laternen beleuchteten schwach die Straße. Kurz nach Mitternacht waren auch die letzten Fenster dunkel geworden. Eine schwermütige Stille hatte sich über die Stadt gelegt. Der rote Punkt auf dem Monitor des Tablets bewegte sich nicht.

In Gedanken ging Jan noch einmal alle Fakten durch. Die Ermittlungen zu Lea Carstens hatten zwar in einer Sackgasse geendet, hatten aber gleichzeitig den entscheidenden Hinweis auf eine neue, vielversprechende Spur gebracht. Ohne Gretas Tagebuch wären sie nicht auf das Open-Air-Konzert gestoßen und würden weiterhin im Nebel herumstochern. Wenn sie jetzt einen Unfall mit Fahrerflucht für die Zeit der Rückfahrt von Fehmarn nach Amelinghausen finden würden, sollte auch der Staatsanwalt einlenken und weitere Maßnahmen genehmigen.

Nicht zum ersten Mal versuchte sich Jan an jedes Detail von Kerstin Deneckes Befragung zu erinnern. Er war darauf geschult, Lügen und Halbwahrheiten an den Reaktionen der Menschen zu erkennen. Hatten sie Kerstin Denecke überhaupt Fragen gestellt, bei denen sie hätte lügen müssen? Sie hatte freimütig geantwortet, viel preisgegeben aus der Jugendclique, hatte über Daniel Albers gesprochen und sogar angegeben, dass sie ihn vor nicht allzu langer Zeit zufällig getroffen habe. Angeblich nur einmal in Lüneburg, später hätten sie noch einmal telefoniert. Die Frage nach dem Kontakt zu Albers hatte sie aber zunächst geschickt umschifft und viel über die Zeit als Jugendliche erzählt. Erst auf Nachfrage hatte sie geantwortet und von dem Treffen berichtet. Hatte sie definitiv gesagt, dass sie sich nur einmal getroffen hatten? Nein, auch hier hatte sie die Frage umgangen und davon gesprochen, dass es nicht klug sei, die Jugendliebe zu daten.

Jan klatschte sich mit der flachen Hand auf die Stirn. War die Beziehung der beiden wieder aufgeflammt? Hatten sie sich häufiger getroffen und waren wieder zu einem Paar geworden? Nein, eine reguläre Beziehung konnte er sich weder vonseiten Kerstin Deneckes noch von Daniel Albers vorstellen. Unregelmäßige Treffen bei ihm im Haus oder in ihrer Wohnung aber schon. Hatte sich Kerstin mehr davon versprochen? Hatte sie auf einen Neuanfang gehofft, ein Leben mit der Jugendliebe?

Der rote Punkt flackerte leicht. Jan hielt die Luft an. Wurde gerade Kerstin Deneckes Auto bewegt? Nein. Er atmete aus. Das musste eine Störung gewesen sein.

Die Wahrscheinlichkeit, dass sie sich gerade heute Nacht auf den Weg machen würde, um einen der fünf Männer zu töten, war gering. Sie wusste seit der Befragung, dass ihr Plan, Suizide vorzutäuschen, nicht aufgegangen war. Immerhin hatte sie zu dem Zeitpunkt bereits drei Männer getötet, ohne dass groß angelegte Ermittlungen eingeleitet worden waren. Aber sie war informiert gewesen und konnte sich ausrechnen, dass der

Rest der Freundesgruppe von der Polizei vor einem Anschlag gewarnt werden würde.

Hatte sie deshalb ihre Strategie geändert und war bei Florian Hamann ein erheblich größeres Risiko eingegangen?

Wieder bewegte sich der rote Punkt. Dieses Mal sprang er ruckartig nach vorne, kehrte dann zurück auf den Ausgangspunkt und bewegte sich in die entgegengesetzte Richtung. Der Audi hatte gewendet und fuhr jetzt die Straße entlang.

»Aufwachen!«, rief Jan.

Keine zwei Minuten später startete Hanna das Wohnmobil und fuhr hinterher.

»Wusste ich doch, dass sie sich heute auf die Pirsch macht«, sagte Hanna. »Zieh deine Schutzweste an. Vielleicht müssen wir eingreifen.«

Jan löste den Sicherheitsgurt, holte die Weste aus seiner Reisetasche im hinteren Teil des Wohnmobils und zog sie an.

»Die Waffe nicht vergessen«, rief Hanna ihm zu.

Jan bückte sich erneut und griff nach dem Holster, in dem die Waffe steckte. Er schnallte sie um und prüfte sie.

»Ich brauche dich hier«, rief Hanna. »Ich glaube, sie hat angehalten.«

Jan hastete nach vorne. Der Punkt stand auf der Stelle. Jan vergrößerte den Ausschnitt und las die Straße laut vor. »Da wohnt Sven Paschke. Allerdings parkt sie mindestens dreißig Meter von dem Haus entfernt. Du kannst in der Parallelstraße halten. Die ist mit einem Fußweg mit der Straße verbunden.« Jan warf einen Blick aufs Navi. »Gleich die nächste rechts rein und dann die zweite nach links, ganz durchfahren und wieder rechts halten.«

Wenige Minuten später stellte Hanna den Motor ab, griff hinter sich nach ihrer Schutzweste und zog sie an. »Auf geht's!«

Sie fanden nach kurzer Suche den Fußweg, liefen ihn entlang und tasteten sich langsam zum Standplatz von Kerstin Deneckes Fahrzeug.

»Das Auto steht noch da«, sagte Jan mit Blick aufs Tablet. »Kannst du sehen, ob sie im Wagen sitzt?«

Hanna beugte sich vor und sah durch ihr Nachtsichtgerät die Straße hinunter. »Ja, sie sitzt hinter dem Steuer. Worauf wartet sie? Die muss da doch schon mehrere Minuten parken.«

»Kann sie von ihrem Standort das Haus beobachten?«, fragte Jan.

»Sie sollte nah genug dran sein. Aber was gibt es da schon zu sehen? Mitten in der Nacht und vom Auto aus?« Hanna sah Jan an. »Was macht sie da?«

»Wahrscheinlich kann sie nicht schlafen. Sie hat Angst, dass ihr die Zeit fehlt, um ihre Aufgabe zu erfüllen. Ihre Aufgabe als Schwester und Tochter. Sie denkt über ihr Leben nach, darüber, was anders verlaufen wäre, wenn sie nie Daniel Albers begegnet wäre und den anderen Jungs. Ob sie Schuld am Tod ihrer Schwester trägt und ob sie ihn verhindern hätte können.«

»Und das macht sie hier? Im Auto mitten in der Nacht?«

»Ja. Ich vermute, dass sie mit sich selbst kämpft und sich fragt: ›Gehe ich jetzt da rein und bringe es zu Ende, selbst auf die Gefahr hin, dass ich versage? Wie lange habe ich noch Zeit? Soll ich planen oder spontan zuschlagen?‹ Kerstin Denecke wird wissen, dass Florian Hamann überlebt hat. War es nur ein dummer Zufall, dass er gefunden wurde, oder hätte sie besser planen müssen? Die ersten Einsätze waren auch erfolgreich. Soll sie ihren Weg beibehalten oder sofort handeln?«

Hanna schwieg.

»Aber sie muss sich auch ihren Zweifeln stellen, die sie gerade in der Nacht plagen. Sie sieht Daniel und André vor ihrem geistigen Auge sterben, erlebt noch einmal jede der

Sekunden. Die panische Angst der Männer, als sie realisieren, was gerade passiert. Ihre flehenden Blicke, die Todesangst in ihren Augen. Und sie fragt sich immer wieder, ob es der richtige Schritt war, sie ein Recht dazu hat, Menschen zu töten, Richterin und Henkerin zu sein. Sie wägt ab und hat Angst davor, was die Zukunft bringt. Angst vor dem Gefängnis, Angst vor einem Leben in Abhängigkeit.«

»Ich weiß nicht. In meinen Augen ist sie eiskalt und ihr sind alle so was von egal.«

»Kein Mensch ist nur eine programmierte Maschine. Wir können uns entscheiden, in jeder Sekunde, an jedem Tag. Der Zweifel mag für eine Weile durch starke Gefühle überdeckt werden. Hass oder Eifersucht, aber du bleibst Mensch.«

Hanna hob das Nachtsichtgerät. »Sie bewegt sich nicht mal. Sitzt nur ruhig da und lauert. Wie ein Raubtier, das die Beute fixiert und auf den richtigen Moment wartet, um sie zu töten.«

Jan schüttelte kaum merklich den Kopf. Es gab nur wenige Menschen, die keinerlei Gefühle in sich trugen und ohne jeglichen Skrupel töten konnten. Aber jeder dieser Menschen hatte eine Vorgeschichte. Jan war überzeugt davon, dass niemand als Mörder geboren wurde. Schon gar nicht als Serienmörder.

»Jetzt! Sie bewegt sich«, sagte Hanna.

»Steigt sie aus?«

»Warte. Nein. Oder? Die Tür geht auf. Langsam. Sie steigt aus. Doch nicht. Was soll das? Das Licht im Wagen ist wieder aus. Ich kapier das nicht.«

»Sie fährt gleich nach Hause«, sagte Jan.

Nach weiteren zwei Minuten fluchte Hanna laut. »Sie hat den Motor gestartet und fährt gerade los.«

Der rote Punkt auf dem Tablet regte sich. Das Auto fuhr langsam die Straße entlang, hielt kurz vor Sven Paschkes Haus und bewegte sich anschließend schneller bis zur Stichstraße.

»Ich übernehme für den Rest der Nacht«, sagte Hanna, als sie wieder auf ihrem Platz in der Nähe von Kerstin Deneckes Wohnung standen.

»Es wird nichts mehr passieren«, warf Jan ein.

»Bist du auch noch zum Hellseher geworden?«, fuhr Hanna ihn an.

»Nein.«

Hanna stöhnte leise. »Sorry. Die Nerven. Leg dich hin. Morgen wird ein anstrengender Tag.« Sie lächelte ihm matt zu, beugte sich vor und strich ihm mit der Hand über die Wange. »Danke.«

Siebenunddreissig

»Und wer sagt uns, dass Sie dieses Mal richtigliegen?«, fragte Robert Möller mit spöttischem Unterton.

In den letzten zwanzig Minuten hatte Hanna von den Ermittlungen des letzten Tages und ihrer Observation in der Nacht berichtet. Jan hatte noch einmal sein Täterprofil dargelegt und ausführlich über das mögliche Motiv von Kerstin Denecke gesprochen.

»Wir haben noch keine unumstößlichen Beweise«, sagte Hanna. »Aber der kleine Ausflug heute Nacht zu Sven Paschkes Haus zeigt doch deutlich, dass die Zeit knapp wird. Wir müssen handeln.«

Alle Augen waren auf Robert Möller gerichtet, niemand schien auch nur daran zu denken, zu atmen oder sich gar zu bewegen.

Nach einer gefühlten Ewigkeit räusperte sich Robert Möller deutlich hörbar und atmete tief durch. »Mit welcher Begründung wollen Sie sie festnehmen? Es ist nicht verboten, einen nächtlichen Ausflug zu machen. Haben wir auch nur ein Fünkchen Beweis, dass Frau Denecke die Männer getötet hat?«

»Sie ist extrem vorsichtig vorgegangen«, sagte Jan, obwohl Möller seinen Blick auf Hanna gerichtet hatte. »Ich habe in meiner gesamten Laufbahn noch keine so planmäßig ausgeführten Taten gesehen. Aber niemand ist perfekt. Wir wissen, dass es fast unmöglich ist, keine Spuren zu hinterlassen. Wenn sie sich an den drei Tatorten aufgehalten hat, werden wir das nachweisen können. Dafür brauchen wir aber ihre Fingerabdrücke und einen DNA-Abstrich.«

»Und ich brauche mehr, um den Staatsanwalt davon zu überzeugen.«

»Sollten wir nicht zumindest einen Versuch starten?«, fragte Jan. »Niemand hier im Raum kann mit Sicherheit ausschließen, dass Kerstin Denecke die gesuchte Person ist. Wenn wir die Frau nicht einmal vorladen können, wie sollen wir dann eine längerfristige Observation genehmigt bekommen? Wenn wir jetzt zögern, werden wir mitschuldig, sollte Kerstin Denecke weitere Menschen töten. Können wir das verantworten? Kann die Staatsanwaltschaft das verantworten?«

Jan sah in die Runde der SoKo-Beamten, die ihrem Teil der Ermittlungen zugeordnet worden waren. »Ja, es ist ein kleiner Rückschlag, aber Robert Möller weiß nun mal, wie der Staatsanwalt tickt. Es macht keinen Sinn, mit Forderungen zu kommen, die dort nicht auf fruchtbaren Boden fallen. Schauen wir nach vorne und verdoppeln unsere Anstrengungen.« Er trat an die Flipchart. »Gehen wir noch einmal den zeitlichen Ablauf durch.«

Er schrieb »Tod der Mutter« oben auf die Seite und daneben das Datum. Es folgte das Aufeinandertreffen von Kerstin Denecke und Daniel Albers und einige Monate später der Suizid der Pflegeschwester.

»Daniel Albers wie André Borchert zeigen in den Wochen, vielleicht Monaten vor ihrem Tod ein merkwürdiges Verhalten. Der eine kümmert sich nicht mehr um seine Mutter im Pflegeheim und schottet sich noch mehr ab, der andere, André

Borchert, ist zerstreut, nervös und setzt sogar die heimliche Beziehung zur Mitarbeiterin aufs Spiel.« Jan schrieb beide Namen auf die Flipchart und malte ein großes Fragezeichen dahinter. »Was ist passiert, dass beide so aufgewühlt waren?«

»Sie wurden unter Druck gesetzt«, warf Nina Jacobi ein. »Vielleicht sogar erpresst?«

Jan schrieb »Erpressung« neben die Namen. »Möglich.«

»Wenn, dann von Denecke«, sagte Jörg Krause. »Sie hat erfahren, was damals passiert ist. Sonja Koch hat ihrem Freund einen Abschiedsbrief geschrieben. Wäre es nicht mehr als logisch, dass sie ihrer Pflegeschwester auch etwas hinterlassen hat?«

Jan nickte. »Gehen wir einmal davon aus, dass Kerstin Denecke kurz nach dem Tod ihrer Schwester erfahren hat, was auf der Rückfahrt von Fehmarn passiert ist.«

Hanna räusperte sich. Bis zu diesem Zeitpunkt hatte sie schweigend in der Runde gesessen und uninteressiert gewirkt. »Albers und Denecke haben sich nicht nur einmal getroffen. Ich bin inzwischen überzeugt, dass die Jugendliebe wieder aufgeflammt ist.«

Jan zog eine rote Linie zwischen Kerstin Denecke und Daniel Albers, während Hanna weitersprach.

»Es wäre nicht das erste Mal, dass zwei sich nach langer Zeit wiedersehen und ihre Gefühle neu entdecken.«

»Das wäre natürlich reichlich Zündstoff«, bemerkte Nina Jacobi. »Kerstin erfährt, dass der Mann für den Tod ihrer Pflegeschwester mitverantwortlich ist, in den sie sich gerade wieder verliebt hat.«

»Gehen wir einmal davon aus, dass die beiden ein Paar waren oder sich zumindest hin und wieder getroffen haben und sich eine ernste Beziehung anbahnte«, sagte Jan. »Wie hätte Kerstin Denecke reagiert?«

»Wenn dein Täterinnenprofil stimmt«, sagte Hanna, die inzwischen aufmerksam der Diskussion folgte, »wird sie nicht sofort drauflosgeschlagen, sondern einen kühlen Kopf behalten haben.«

»Das würde dafür sprechen, dass sie eine eher lose Beziehung zueinander hatten«, sagte Nina Jacobi. »Eine, bei der nicht sofort aufgefallen wäre, dass sie sich zurückzieht. Ich habe im Protokoll gelesen, dass sie auf Bali in Urlaub war. Wissen wir, wann und wie lange?«

»Drei Wochen«, sagte Jan. »Wann, haben wir nicht nachgefragt.«

»War sie wirklich dort oder hat sie die Zeit genutzt, um die Anschläge vorzubereiten?«

»Eine der Fragen, die wir klären sollten«, sagte Jan. Er sah auf die Flipchart. »Warum waren die beiden Männer beunruhigt?«

»Kerstin Denecke hat ihnen eine letzte Chance gegeben«, schlug einer der Kommissare vor. »Sich selbst anzuzeigen, bevor sie es macht.«

»Wir haben nichts bei den Durchsuchungen gefunden, was auf eine Erpressung hinweisen würde«, gab Jörg Krause zu bedenken.

»Ich würde so etwas nicht herumliegen lassen«, sagte Nina Jacobi.

»Sollte es eine Unfallflucht gewesen sein, wäre das verjährt«, sagte Jan. »Selbst Totschlag würde nach zwanzig Jahren nicht mehr verfolgt werden.«

»Sich zu outen wäre für Daniel Albers vielleicht kein so großes Problem gewesen«, sagte Hanna. »Für André Borchert hätte das das berufliche Aus bedeuten können.«

»Wir dürfen Oliver Nehring nicht vergessen«, sagte Jan. »Sollte er das erste Opfer gewesen sein, muss es dafür einen Grund geben. Ich sehe im Moment noch keinen.«

»Vielleicht hat Kerstin Denecke doch nichts mit seinem Tod zu tun«, überlegte Nina Jacobi.

Nach weiteren zehn Minuten Diskussion verteilten Jan und Hanna die Aufgaben. Zwei Beamte sollten weiter nach Daten aus Kerstin Deneckes Leben suchen, Nina Jacobi und ein junger Kommissar machten sich nach Hamburg auf, um dort mit Markus Förster, dem Ex-Freund von Sonja Koch, zu sprechen. Jörg Krause würde Jan und Hanna bei der Suche nach dem Unfallgeschehen unterstützen.

Jans Handy klingelte. Er nahm das Gespräch an.

»Ich glaube, ich habe den Unfall mit Fahrerflucht gefunden.« Jörgs Stimme klang aufgeregt.

»Wir kommen zu dir«, sagte Jan und gab Hanna einen Wink, dass sie ihm folgen solle.

»Und?«, fragte Hanna, als sie vor Jörg Krauses Schreibtisch standen.

»Ein Rastplatz auf der A1 zwischen Lübeck und Hamburg. Eine Frau, vermutlich Tramperin, ist dort in der fraglichen Nacht von einem Autofahrer verletzt gefunden worden. Sie ist gleich nach Hamburg in die Klinik gebracht worden, dort aber einige Stunden später verstorben. Ich habe mit dem Kollegen gesprochen, der damals vor Ort war. Die Frau ist angefahren und vermutlich auf die Erde geschleudert worden. Dabei ist sie mit dem Kopf auf einen Grenzstein gefallen und schwer verletzt worden. Nach Auskunft des Kollegen hätte sie sehr gute Überlebenschancen gehabt, wenn sie gleich behandelt worden wäre.«

»Kommt das mit der Uhrzeit hin?«, fragte Hanna, der Jan ansah, dass sie Feuer gefangen hatte.

»Die Ärzte haben die Liegezeit des Opfers geschätzt. Danach passt es genau ins Zeitfenster.«

»Hätte der Fahrer übersehen können, dass er jemanden angefahren hat?«, fragte Jan.

»Der Kollege meinte, sie muss mit ziemlich hohem Tempo angefahren worden sein. Er glaubt nicht, dass das ohne stärkeren Aufprall und die entsprechenden Geräusche vonstattengegangen sein kann.«

»Gute Arbeit, Kollege«, sagte Hanna. »Das bringt uns wirklich weiter.«

»Denecke ist in Lüneburg im Autohaus«, sagte Hanna. Sie saßen in einem Imbiss in der Nähe der Polizeiinspektion. Hanna hatte ihre Currywurst mit Pommes frites bereits heruntergeschlungen und währenddessen immer wieder auf die Handy-App geschaut.

»Zumindest steht der Audi von gestern dort«, sagte Jan. Er biss in seinen Hamburger, der besser schmeckte, als er aussah.

»Ich denke, sie fährt ihn dauerhaft«, sagte Hanna. »Was machen wir?«

»Denis Klein. Er war mit auf Fehmarn. Wir brauchen eine Aussage, was genau passiert ist und wer am Steuer saß.«

»Gut.« Hanna schob ihren Teller zur Seite und trank ihr Glas leer. »Ich bezahle schon mal.«

Denis Klein öffnete die Haustür. »Ist etwas passiert?«, fragte er mit ängstlicher Miene.

»Können wir reinkommen?«, fragte Jan. »Wir haben noch ein paar Fragen an Sie.«

Denis Klein trat zur Seite und schloss die Tür hinter sich. Sie folgten ihm in die Küche. »Ich habe mir ein paar Tage freigenommen. Sie können sich denken, warum.«

»Das ist sicherlich eine gute Idee«, sagte Jan und zog einen Stuhl vor. »Um auf Ihre Frage zurückzukommen: Bisher gibt es keine weiteren Opfer. Dass Florian Hamann angegriffen wurde, haben wir Ihnen ja mitgeteilt.«

»Geht es Florian gut?«

»Ja, so weit ist alles in Ordnung. Er hält sich aber auch bedeckt.« Jan hielt inne und sah zu Hanna. Sie nickte ihm zu, er stellte die erste Frage: »Sie sind mit siebzehn oder achtzehn zusammen mit Ihren Freunden zum Open-Air-Konzert auf Fehmarn gefahren.«

»Ja, wir waren mit dem VW-Bus von Svens Vater da. Warum fragen Sie danach?«

»Auf der Rückfahrt ist es zu einem Unfall gekommen. Erinnern Sie sich daran?«

»Das war kein richtiger Unfall. Ein Reh oder so was. Da ist nicht viel passiert.«

»Sie haben das konkret mitbekommen?«, fragte Jan weiter.

»Ja und nein. Ich war eingenickt und bin dann aufgewacht, als Daniel mit …« Er rieb sich mit der Hand über die Stirn. »Mir fällt der Name gerade nicht ein.«

»Sonja«, half Jan.

»Genau. Die beiden stritten sich. Sonja saß auf dem Beifahrersitz und muss ja alles hautnah mitbekommen haben.« Er sah Jan misstrauisch an. »Warum fragen Sie das alles?«

»Um was ging es in dem Streit?« Jan überging bewusst Denis Kleins Frage.

»Ich weiß es nicht mehr. Wir hatten alle viel getrunken und sind wohl direkt eingeschlafen. Ich brauchte eine Weile, bis ich gecheckt hatte, wo ich überhaupt war.« Erneut rieb er sich über die Stirn. »Ich glaube, sie wollte nach dem Tier suchen, was Daniel wohl nicht für notwendig hielt. Aber wie gesagt, so genau weiß ich das nicht.«

»Hatte Daniel Albers den VW-Bus angehalten?«

»Mag sein. Wahrscheinlich sogar. Ich hätte es zumindest gemacht. Allerdings, als ich aufgewacht bin, fuhr der Bus schon wieder.«

»Wo ungefähr ist das gewesen?«

»Irgendwo hinter Lübeck. Und nicht direkt auf der Autobahn. Daniel war zum Tanken oder so abgefahren. Ein Rastplatz oder ein Autohof. Ich bin gleich wieder eingeschlafen.« Denis Klein grinste schräg. »Zu viel Alkohol, wie gesagt.«

»Wurde später noch über den Wildunfall gesprochen?«, stellte Hanna ihre erste Frage.

»Nicht wirklich. Wir haben Daniel damit aufgezogen, aber alles andere hat uns nicht interessiert. Sven hat das irgendwie mit seinem Vater geregelt. Diese Handwerkerwagen sind doch immer schnell mal verbeult.«

»Ist Sonja länger in der Clique gewesen?«, fragte Hanna weiter.

»Daran erinnere ich mich nicht. Es war aber sowieso die Zeit, wo alles mehr und mehr auseinandergelaufen ist. Die einen sind in die Ausbildung, die anderen haben mit dem Abitur gekämpft. Die Fahrt war fast so was wie eine Abschlussfahrt der Clique.«

Zurück in Lüneburg setzten sie sich in großer Runde zusammen. Nina Jacobi berichtete von der Befragung von Sonja Kochs Ex-Freund, der bereitwillig Auskunft gegeben hatte. Sonja hatte seit Jahren unter Depressionen gelitten, die sie aber mit therapeutischer Unterstützung und Medikamenten gut kontrollieren konnte. Der Tod ihrer Pflegemutter hatte ihr zugesetzt, sie brach eine Therapie ab, nahm die Medikamente unregelmäßig und verlor ihre Arbeitsstelle. Immer häufiger hatte sie von dem Unfalltod ihrer leiblichen Mutter gesprochen und dem feigen Autofahrer, der ihr Leben zerstört hatte. Markus Förster kam nicht mehr an sie heran, auch Kerstin Denecke, die häufig aus Lüneburg zur Unterstützung kam, fand keinen Zugang mehr zu ihrer Pflegeschwester.

»Mit dem Suizid hatte weder der Ex-Freund noch Kerstin Denecke gerechnet. Beide waren, so Markus Förster, wie vor den Kopf gestoßen.«

»Hat er noch Kontakt zu Kerstin Denecke?«, fragte Jan.

»Nein, sie hat ihm wegen der Trennung eine Mitschuld an Sonjas Tod gegeben und ihm untersagt, zur Beerdigung zu kommen. Sie haben keinerlei Kontakt mehr.«

»Hatte Sonja ihm von dem Unfall erzählt?«, fragte Hanna.

»Nein, sie sprach nur selten über ihre Vergangenheit.«

»Wusste er, ob Kerstin Denecke einen Abschiedsbrief bekommen hat?«, fragte Jan.

»Nicht direkt. Er hat uns allerdings gesagt, dass der Brief, den er bekommen hat, vier Seiten umfasste. Er wollte ihn uns nicht zeigen, meinte aber, er habe es Kerstin Denecke angeboten. Sie hat es abgelehnt und er hatte den Eindruck, als habe sie auch einen Brief bekommen.«

Die beiden Beamten, die weiter über Kerstin Denecke recherchiert hatten, waren trotz intensiver Suche weitgehend erfolglos geblieben. Denecke tauchte hin und wieder in der Regionalpresse auf, wo sie in ihrer Funktion als Geschäftsführerin auf Fotos abgelichtet war oder in Interviews Fragen beantwortete. Sie war weder in den sozialen Medien aktiv noch hatten die Kommissare sie auf anderen Portalen gefunden.

»Sie tritt nur im Rahmen ihrer Arbeit auf«, sagte der jüngere der beiden Beamten. »Normalerweise findet man die Menschen immer im Netz. Sei es über den Sportverein oder andere Aktivitäten. Wir haben nichts gefunden.«

Gegen achtzehn Uhr schloss Jan die Runde und setzte für den Nachmittag des nächsten Tages eine weitere Sitzung an.

Achtunddreissig

Hanna schloss das Wohnmobil auf und stieg ein. Jan folgte ihr.

»Du willst wieder …«

»Ja, davon wird mich niemand abhalten«, unterbrach Hanna ihn. »Kannst du es verantworten, wenn sie heute Nacht zuschlägt?«

»Du siehst müde aus, Hanna. Wir halten das nicht lange durch. Davon abgesehen, ist es illegal.«

»Soll ich dich bei einem Hotel absetzen?«

»Nein.«

Hanna startete den Motor. Natürlich war sie müde, sie spürte ihre Knochen, als wenn sich eine Erkältung oder Schlimmeres ankündigte. Aber aufgeben würde sie nicht. Nicht jetzt, wo sie kurz vor der Lösung des Falles standen. Robert Möller sollte so lange mit dem Staatsanwalt auf Kuschelkurs gehen, wie ihm beliebte. Sie hatte genug von diesen Provinzfürsten, die sich ängstlich nach allen Seiten absichern wollten und dabei die Polizei lächerlich machten.

»Gut. Sie ist auf dem Weg nach Amelinghausen. Wir kontrollieren kurz, ob der Audi vor dem Haus steht, und fahren dann etwas essen. Einverstanden?«

Eine halbe Stunde später standen sie außer Sichtweite des Hauses, Hanna stieg aus und kam nach wenigen Minuten zurück. »Noch einen Hamburger?«

Jan schmunzelte. »Aber dieses Mal einen veganen.«

Kurz darauf saßen sie im Außenbereich des Imbisses und warteten auf das Essen. Jan goss ihr Wasser ein und prostete ihr zu. Sie griff nach dem Glas und trank einen kräftigen Schluck.

»Ihr Problem ist, sie muss eigentlich alle Männer in einer Nacht erledigen. Lassen wir den Münchener mal aus dem Spiel. Er war nicht mit auf Fehmarn und scheint auch nicht so sehr mit der Gruppe verbandelt gewesen zu sein, wie wir es ursprünglich angenommen hatten. Bleiben Sven Paschke, der Biobauer Matthias Frantzen, Denis Klein in Soltau und Florian Hamann. Der Letzte hält sich nicht zu Hause auf und wird vermutlich nicht einmal ans Handy gehen, wenn er die Nummer nicht kennt. Vielleicht weiß sie auch gar nicht, dass er überlebt hat, und hat ihn bereits abgehakt. Bleiben drei. Zwei hier in Amelinghausen, einer in Soltau. Was würdest du machen?« Hanna wartete nicht ab, bis Jan ihr antwortete, und fuhr fort. »Rein ins Haus, Messer oder Pistole, weiter zum Nächsten und anschließend auf die Autobahn bei Soltau und ab ins Ausland. Vielleicht hat sie ihre Flucht schon lange vorbereitet. Hast du nicht gesagt, dass sie mit hoher Wahrscheinlichkeit damit rechnet, dass wir ihr über kurz oder lang auf die Spur kommen?«

»Ja, ganz bestimmt.«

»Messer oder Pistole?«

»Sie hat die Opfer bisher immer ruhiggestellt. Sie geht also davon aus, dass sie körperlich unterlegen sein wird.« Jan sah, dass eine junge Frau mit einem Tablett auf ihren Tisch zukam. »Unser Essen kommt.«

»Und?«, fragte Hanna, als sie ihren leeren Teller zur Seite schob. »Wo waren wir stehen geblieben?«

»Ich glaube, bei der Überlegung, was Kerstin Denecke als Nächstes machen wird. Sie steht unter Druck, sie könnte sich auch entscheiden, nur noch Sven Paschke zu töten und dann zu flüchten. Paschkes Vater hat das Auto gestellt, Sven Paschke wusste wahrscheinlich über den Unfall Bescheid, hat ihn vielleicht sogar mitbekommen. Immerhin war er fürs Auto verantwortlich.«

»Sie wird alle töten wollen«, sagte Hanna. »Wenn sie erfährt, dass Florian Hamann überlebt hat, wird sie es ein weiteres Mal versuchen. Du bist doch der Gehirnklempner. Was geht in ihrem Kopf vor?«

Jan steckte den letzten Bissen in den Mund und kaute. Schließlich sah er auf und kontrollierte noch einmal, dass niemand sie hören konnte. »Die Aufgabe hat sich verselbstständigt. Kerstin Denecke, sollte sie hinter allen Taten stecken, reflektiert schon lange nicht mehr den Sinn und Unsinn ihres Tuns. Wenn Oliver Nehring wirklich ihr erstes Opfer gewesen ist, war es einfach, ihn zu töten. Er wurde wochenlang nicht einmal gefunden. Sie konnte in Ruhe weiterplanen. Daniel Albers' Tod schien auch als Suizid durchgegangen zu sein. Spätestens hier muss sie sich darin bestätigt gefühlt haben, dass sie im Recht ist – einen Auftrag hat, einen Befehl, dem sie folgen muss. Solange sie nur vorsichtig genug vorgeht, jeden Schritt im Voraus plant, würde alles gut gehen.«

»Bis wir Pödel dort aufgetaucht sind und sie gewarnt haben«, murmelte Hanna.

»Die Gefahr besteht immer. Und das weißt du auch. Uns bleibt nichts anderes übrig, als offen zu ermitteln.«

»Sie hat nach unserer Befragung ihren Plan geändert. Das große Finale steht unmittelbar bevor. Habe ich recht?«

»Ich weiß es nicht, Hanna. Das Täterinnenprofil war auf die bisherigen Taten ausgerichtet. Es kann alles passieren.«

»Was würdest du an ihrer Stelle machen?«, bohrte Hanna weiter.

»Stillhalten. Ihr muss klar sein, dass wir nichts in der Hand haben. Sonst wären wir längst wieder bei ihr gewesen. Ich würde abwarten und Gras über die Sache wachsen lassen. Vielleicht auf gepackten Koffern, aber mehr auch nicht.«

Hanna warf einen Blick über die Schulter. Jan war schnell eingeschlafen. Sie hatte darauf bestanden, dass er die erste Schicht übernehmen solle und sie ihn um ein Uhr ablösen würde. Natürlich hatte er sich zunächst geweigert und wollte die ganze Nacht Wache schieben, wenigstens bis drei Uhr, bis sie sich endlich auf einen Kompromiss einigen konnten. Hanna würde ihn gegen fünf aufwecken, sie würde sich hinlegen und noch drei Stunden schlafen.

Der rote Punkt bewegte sich nicht. Zur Sicherheit hatte sich Hanna vor zehn Minuten auf den Weg gemacht und den Tracker kontrolliert. Der Audi stand am selben Platz wie am Vortag, der Tracker heftete noch an der Stelle, wo ihn Hanna in der Nacht zuvor angebracht hatte.

Ihr war nicht entgangen, dass Jan sich Sorgen um sie machte. Sie selbst verfluchte ihre plötzlichen Stimmungsschwankungen, die sie wie aus dem Nichts überfielen. Sie konnte sich kaum dagegen wehren, sie weder überspielen noch unterdrücken. Hatten sie zugenommen, seitdem sie mit Jan zusammenarbeitete? Das ergab doch überhaupt keinen Sinn. Sie fühlte sich wohl in seiner Nähe, arbeitete gerne mit ihm zusammen und um ein Haar wären sie sich noch näher gekommen. Ihre Gedanken wanderten zu der Nacht, an die sie sich nicht mehr erinnern konnte. Hatte Jan ihr die Wahrheit gesagt? War es ihr wirklich so schlecht gegangen, dass er sie nicht aus den Augen lassen wollte? Oder hatte sie darauf bestanden, in seinem Bett zu schlafen? War mehr passiert? Hatte sie ihn bedrängt? Sollte es so gewesen sein, würde er es ihr nicht freiwillig erzählen.

Zwei Uhr. Allmählich sollte Kerstin Denecke sich mal aufmachen. In spätestens drei Stunden würde es langsam hell werden. Hanna reckte sich, so gut es in ihrer Position ging. Die letzte Nacht und die Ermittlungen der letzten Tage hatten Spuren bei ihr hinterlassen. Wurde sie zu alt für diese Art von Katz-und-Maus-Spiel? Für die vielen Monate im Jahr, die sie im Wohnmobil lebte? Was wäre die Alternative? Ein Schreibtisch-Job im Präsidium, den sie spätestens nach zwei Monaten hinwerfen würde. Sie war Polizistin durch und durch. Das war ihr Leben. Zurück zum Militär zu gehen, konnte sie sich nicht vorstellen. Zu tief saßen die Erinnerungen, hatten Narben hinterlassen, die immer noch nicht ganz verheilt waren.

Würde Jan in absehbarer Zeit zurück nach London ziehen? Bisher hatte er noch mit keinem Wort davon gesprochen. Das Erbe seines Vaters reichte für fünf Leben aus. Niemand zwang ihn, zu arbeiten, weder in Deutschland noch in Großbritannien. Warum bereitete ihr allein der Gedanke so viel Unbehagen? Sie würde auch ohne ihn zurechtkommen, so wie sie immer ohne Hilfe zurechtgekommen war. Hanna gegen den Rest der Welt.

Der rote Punkt bewegte sich plötzlich nach vorne. Hanna starrte wie gebannt auf das Display. Es kam hin und wieder vor, dass sich der Tracker neu justierte und es leichte Schwankungen in der Darstellung gab. Sie wurden aber in aller Regel ziemlich schnell wieder ausgeglichen. Jetzt! Das Auto setzte sich tatsächlich in Bewegung.

»Jan! Aufwachen!«, rief sie nach hinten gebeugt. »Hast du mich gehört?«

Ein undefinierbares Brummen erklang. Hanna sah, wie sich ein Körper von der Gästeliege hochquälte. Sie startete den Motor. »Komm schon. Und zieh deine Weste an.«

»Wohin?«, murmelte Jan, als er neben ihr saß.

»Sie scheint den gleichen Weg wie gestern zu nehmen.« Hanna fuhr an. »Oder?«

»Sieht so aus.« Jan nahm das Tablet in die Hand. »Fahr gleich die Nächste links rein. Und dann nach rechts.«

Sie hielten an derselben Stelle wie in der Nacht zuvor, Hanna zog die Schutzweste über, prüfte ihre Waffe und stieg aus. Jan folgte ihr. Langsam arbeiteten sie sich zum Haus von Sven Paschke vor, immer darauf bedacht, nicht gesehen zu werden.

»Sitzt sie noch im Auto?«, fragte Jan, als Hanna durch das Nachtsichtgerät blickte.

»Warte!« Sie suchte den Audi Q9, der aber hinter einem VW-Bus stand und fast vollständig von ihm verdeckt wurde. »Verdammt. Ich habe keine freie Sicht auf den Audi.«

»Und jetzt?«

»Wir müssen weiter vor.«

»Sie wird uns sehen.«

Hanna sah sich um. »Wir gehen über die Gärten auf der anderen Seite der Straße. Da muss man doch irgendwie durchkommen.«

Als Jan nickte, verstaute Hanna das Nachtsichtgerät, gab ihm ein Zeichen und rannte über die Straße, sprang über einen halbhohen Zaun und verbarg sich hinter einem hohen Strauch. Kurz darauf kauerte Jan neben ihr.

»Wir gehen hinters Haus und versuchen, dann über die Gärten nah ans Auto zu kommen.«

Hanna ging gebeugt vor und hielt sich so weit wie möglich von dem Haus entfernt, weil sie befürchtete, dass eine Außenlampe anspringen könnte. Der Garten war zum Nachbarn nur mit einer Hecke abgegrenzt. Sie zwängte sich hindurch und half Jan, der dicht hinter ihr blieb.

Im nächsten Garten stand ein Holzzaun. Sie liefen bis zum Ende des Grundstücks und konnten dort den nur noch halbhohen Zaun überwinden.

»Ein Garten noch, dann sollten wir etwas sehen.«

Wieder eine Hecke, die undurchlässiger war als die erste. Sie suchten eine Öffnung und mussten sich auf dem Boden robbend unter kräftigen Zweigen durchdrücken. Sie liefen über einen Rasen und erreichten einen schmalen Durchgang, der zwischen den Häusern auf die Straße zulief.

Vorsichtig schaute Hanna um die Ecke. »Sie fährt gerade wieder.«

In diesem Augenblick roch sie das brennende Benzin. Sie reagierte sofort, rief Jan zu, dass sie den Feuerlöscher hole, und sprintete im nächsten Moment über die Straße zum Wohnmobil. Sie riss die hintere Tür auf, griff nach dem Feuerlöscher und entsicherte ihn beim Zurückrennen. Von Weitem sah sie die Flammen lodern.

»Geh da weg!«, rief sie Jan zu, der nahe am Feuer stand und mit einem Spaten auf die Flammen schlug. Den Schlauch nach vorne gerichtet, drückte sie den Hebel herunter und lief Schaum sprühend an der Hauswand entlang. Aus dem Augenwinkel sah sie Jan und Sven Paschke, die kleinere Flammenherde mit dem Spaten und einer Decke zu ersticken versuchten, dann hörte sie eine Sirene heulen.

Wenige Minuten später fuhr die Feuerwehr auf das Haus zu, Feuerwehrleute sprangen aus den Fahrzeugen, rollten Schläuche aus und schrien Kommandos.

»Wir müssen zum Frantzen-Hof!«, rief Hanna Jan zu, der gerade Sven Paschke von seinem brennenden Haus zurückzog. »Jetzt!« Sie lief los, ohne sich umzudrehen, erreichte in Rekordzeit das Wohnmobil, sprang hinein und wendete auf der Straße. Im Rückspiegel sah sie Jan auf den Wagen zulaufen, sie hielt an, er stieg ein.

»Geradeaus und dann nach rechts«, sagte Jan atemlos. »Auf der Hauptstraße etwa einen Kilometer geradeaus und dann nach links einen Feldweg rein. Das ist eine Abkürzung!«

»Sicher?«

»Ja, ich hab mir das heute Nachmittag eingeprägt.«

Hanna gab Gas, das Wohnmobil schoss vor und streifte einen der schwarz-weißen Leitpfosten. Mit hohem Tempo fuhr sie die Straße entlang, bog ab, ohne abzubremsen. Jan telefonierte währenddessen mit der Feuerwehr und gab durch, dass der nächste Brand vermutlich auf dem Hof von Matthias Frantzen gelegt werden würde.

»Da links. In den Feldweg rein«, rief Jan.

Hanna trat auf die Bremse, das Wohnmobil geriet ins Schlingern, verlangsamte aber ausreichend, damit Hanna in den Weg abbiegen konnte. Der Wagen schlug bei jedem Schlagloch hart auf, ohne dass Hanna darauf Rücksicht nahm. Am Ende des Weges dirigierte Jan sie durch ein Wohngebiet, sie erreichten einen weiteren Feldweg und fuhren schließlich direkt auf den Hof zu.

Hanna hielt hinter dem am Wegrand stehenden Audi, sprang aus dem Wohnmobil und zog gleichzeitig ihre Waffe. Jan tat es ihr gleich. Sie rannten über den Hof auf das Haupthaus zu und sahen, wie jemand aus einem Kanister Flüssigkeit an der Hauswand entlang goss, sich ihnen kurz zuwandte, im nächsten Augenblick den Kanister hob und den Rest verteilte.

Hanna blieb einige Meter vor Kerstin Denecke stehen, die Waffe auf sie gerichtet. Kerstin Denecke hatte inzwischen den Kanister fallen gelassen und ein Feuerzeug in der Hand.

»Bleiben Sie weg!«, schrie sie Hanna und Jan an.

Hanna trat einen Schritt zurück. »Wie lange braucht die Feuerwehr?«, flüsterte sie Jan zu.

»Sie haben aus dem Nachbarort einen Wagen angefordert. Ich weiß nicht, wie lange.«

Hanna horchte, hörte aber keine Sirene, sie sah auch keine Lichter auf dem Zufahrtsweg. Sie schaute Kerstin Denecke direkt in die Augen. »Ich muss schießen, wenn Sie das Feuerzeug zünden.«

Kerstin Denecke schwieg.

»Du musst die Leute aus dem Haus holen«, zischte Hanna Jan zu. »Sofort!«

Jan nickte und zog sich langsam zurück.

»Hauen Sie ab!«, schrie Kerstin Denecke.

»Das kann ich nicht, Frau Denecke. Ich bin Polizistin. Legen Sie das Feuerzeug auf den Boden und treten Sie vom Haus zurück. Bitte!«

Aus dem Augenwinkel sah sie, dass Jan am Hauseingang stand. Vermutlich klingelte er Sturm.

»Gehen Sie.« Kerstin Denecke trat näher an die Hauswand und stand jetzt in der Benzinpfütze. Immer noch hielt sie das Feuerzeug hoch und hatte den Daumen am Zündrädchen.

Hanna hatte sich langsam Zentimeter um Zentimeter vorgearbeitet und stand jetzt etwa zwei Meter vor Kerstin Denecke.

»Bleiben Sie stehen!«, schrie Kerstin Denecke.

»Wollen Sie wirklich sterben? Wenn Sie jetzt Feuer legen, werden Sie verbrennen. Ihre ganze Kleidung ist voll mit Benzin.«

Kerstin Denecke erstarrte für einen Moment und sah schließlich nach unten auf ihre Hose. In diesem Augenblick sprang Hanna nach vorne, schlug mit der Waffe auf die Hand der Frau und stieß sie mit dem nächsten Schlag nach hinten. Kerstin Denecke verlor das Gleichgewicht und fiel rückwärts auf den Boden. Hanna warf sich auf sie, bekam eine Hand zu fassen und drehte sie mit einem schnellen Griff nach hinten. Kerstin Denecke schrie auf, als Hanna ihr die Handschellen anlegte und sie langsam hochzog.

Neununddreissig

Die Feuerwehr traf zehn Minuten später ein und neutralisierte das ausgeschüttete Benzin. Kurz darauf fuhren zwei Streifenwagen auf den Hof, von denen einer Kerstin Denecke in die Polizeiinspektion nach Lüneburg brachte. Hanna telefonierte noch vom Frantzen-Hof aus mit Robert Möller, der sich daraufhin direkt auf den Weg ins Kommissariat machte. Jan hatte unterdessen mit dem Leiter des Feuerwehr-Einsatztrupps gesprochen, der den Brand bei Sven Paschke gelöscht hatte. Das Schlimmste war verhindert worden, aber am Haus war ein nicht unerheblicher Schaden entstanden. Zumindest war keiner der Bewohner ernsthaft verletzt worden.

Robert Möller empfing sie in der Polizeiinspektion, in der bereits Kerstin Denecke eingetroffen war und gerade von einem Arzt untersucht wurde. Auf dem Weg zu Möllers Büro begegneten sie Thomas Kleist, der mürrisch nickend an ihnen vorbeiging.

Der SoKo-Leiter schloss hinter ihnen die Tür und wandte sich an Hanna. »Sie haben Frau Denecke observiert?«

»Hatten wir das nicht abgesprochen?«, fragte sie und sah ihn direkt an. »Sie erinnern sich doch sicher.«

Robert Möller zögerte lange, bevor er nickte. »Ja, mag sein. Ich kann Ihnen nur gratulieren. Sie haben vermutlich mehreren Menschen das Leben gerettet. Ich werde das gegenüber der Staatsanwaltschaft gebührend hervorheben.«

»Dann wäre ja so weit alles geklärt.« Hanna hielt kurz inne. »Wir benötigen sofort einen Durchsuchungsbeschluss für Kerstin Deneckes Wohnung. Sie ist dringend verdächtig, Oliver Nehring, Daniel Albers und André Borchert getötet zu haben und für den Anschlag auf Florian Hamann verantwortlich zu sein.«

Jan ahnte, wie genugtuend diese Worte für Hanna sein mussten. Bei ihren vorherigen Fällen hatte sie sich stets abgeklärter verhalten. Sie hatte sich auf die Ermittlungen fokussiert und alle Nebenschauplätze links liegen gelassen. War sie dünnhäutiger geworden? Und nachtragender?

Robert Möller sah auf die Uhr. »In zwei Stunden kann ich den Staatsanwalt erreichen. Ich werde ihn bitten, zu einer Besprechung in die Inspektion zu kommen.«

»Sollten Sie ihn nicht schon jetzt anrufen?«, fragte Hanna.

Jan räusperte sich und warf Hanna einen warnenden Blick zu. »Es wird sicher reichen, wenn der Staatsanwalt später informiert wird.«

»Das denke ich auch«, fügte Robert Möller hinzu.

»Musstest du mir vorhin unbedingt in die Quere kommen?«, fragte Hanna, als sie kurz darauf an ihren Schreibtischen saßen, um die Berichte zu schreiben. Weder Jan noch Hanna hatten sich für ein paar Stunden schlafen legen wollen.

»Was ist mit dir los? Es war dir doch sonst nicht wichtig, jemanden bloßzustellen. Wir haben die Täterin. Nur das ist wichtig.«

»Mir war so danach.« Sie schwieg eine Weile. »Vielleicht war es doch ganz gut, dass du dazwischengegangen bist. Lass uns die Sache hier sauber zu Ende bringen und nach Hause fahren.«

Die Wohnungsdurchsuchung am gleichen Tag brachte neue Beweise zutage. Der handschriftliche Abschiedsbrief von Sonja Koch an ihre Pflegeschwester umfasste zehn Seiten. Im Detail beschrieb sie den Unfall auf der Rückfahrt von dem Festival und gab sich eine Mitschuld, da sie zu dem Zeitpunkt heftig mit Daniel Albers gestritten hatte. Sie hatte ihn angefleht, zu halten und die Frau zu versorgen oder einen Rettungswagen zu rufen. Aber Daniel war ohne Zögern weitergefahren. Zwei Tage später hatte Sonja Koch in der Zeitung eine Meldung über eine angefahrene Frau gelesen, die später im Krankenhaus an ihren Verletzungen gestorben war. Sie hatte Daniel damit konfrontiert und ihm gedroht, zur Polizei zu gehen. Er setzte sie daraufhin so unter Druck, dass sie schwieg und sich von der Clique zurückzog. Der Unfall machte Sonja Koch besonders zu schaffen, da ihre leibliche Mutter unter ähnlichen Umständen ums Leben gekommen war. Sie schrieb, dass sie sich wie eine Tochter fühle, die ihre Mutter am Straßenrand habe sterben lassen.

Weiter wurden in Kerstin Deneckes Wohnung Hinweise darauf gefunden, dass sie auch die drei Jugendfreunde getötet hatte und für den Anschlag auf Florian Hamann verantwortlich war. Den tatsächlich gebuchten Bali-Urlaub hatte sie abgesagt und war in Amelinghausen geblieben.

Kerstin Denecke, gegen die Untersuchungshaft angeordnet wurde, schwieg in den ersten drei Tagen und legte erst am vierten ein umfassendes Geständnis ab. Bis zu dem Zeitpunkt lagen ausreichend Beweise vor, die Kerstin Denecke mit allen ihr vorgeworfenen Taten in Verbindung brachten. Neben dem Klettergurt, an dem sich Daniel Albers' DNA fand, waren in ihrer Wohnung K.-o.-Tropfen und Aufzeichnungen über die Opfer sichergestellt worden. An allen Tatorten fanden die Kriminaltechniker Kerstin Deneckes DNA.

Wie sich bei den Vernehmungen herausstellte, hatten sich Kerstin Denecke und Daniel Albers tatsächlich zufällig im Lüneburger Autohaus getroffen und anschließend lange im Café unterhalten. Einige Tage später hatte sie Albers zu Hause besucht. Kerstin Denecke war über Nacht geblieben, in den nächsten Monaten hatten sie sich regelmäßig gesehen und sogar darüber gesprochen, zusammenzuziehen. Der Suizid ihrer Pflegeschwester und der Abschiedsbrief änderten alles schlagartig.

In den Folgewochen hatte Kerstin Denecke Daniel Albers und André Borchert anonym unter Druck gesetzt. Sie sollten sich öffentlich zu der Unfallflucht und ihrer Schuld bekennen. Als die beiden nicht reagierten, waren Kerstin Denecke Zweifel gekommen, ob sie den Worten ihrer Schwester Glauben schenken konnte. War wirklich Daniel Albers, in den sie sich neu verliebt hatte, verantwortlich für das Leiden ihrer Schwester?

Kerstin Denecke hatte über die Jahre losen Kontakt mit Katja Weber gehalten. Sie rief sie an und verabredete sich mit ihr. Lange sprachen sie über die alten Zeiten. Als Kerstin Denecke immer mehr das Gefühl bekam, dass Katja ihr nicht alles erzählte, hatte sie ihr massiv gedroht. Über sich selbst erschrocken, brach sie jedoch rechtzeitig ab und verließ Katjas Wohnung. Wie sich zwei Wochen nach Kerstin Deneckes Festnahme herausstellte, hatte Katja Weber nach Deneckes Drohungen überstürzt die Wohnung verlassen und war mit einem Bekannten in seinem Wohnmobil nach Skandinavien gefahren. Als Kerstin Denecke zwei Tage später erneut bei ihrer Wohnung aufgetaucht war, hatte sie sie nicht mehr angetroffen.

Am Folgetag hatte sie Oliver Nehring in Celle aufgesucht. Sie war ihm Monate zuvor zufällig in Amelinghausen begegnet, wo er ihr von seinem Leben in der Gartenlaube erzählt hatte. Auch er hielt sich zurück und weigerte sich, etwas von dem Unfall zu erzählen. Kerstin Denecke kam am nächsten Tag wieder, setzte ihn für kurze Zeit mit K.-o.-Tropfen außer Gefecht und trichterte ihm Alkohol ein. Sie setzte ihn so lange unter Druck, bis er ihr schließlich beichtete, was auf der Rückfahrt von dem Open-Air-Festival passiert war. In ihrer Wut zwang sie ihn, weiterzutrinken, bis er bewusstlos auf dem Sofa zusammengesunken war.

Daniel Albers hatte keinen Verdacht geschöpft, als Kerstin Denecke ihn unerwartet in seinem Haus besucht hatte. Ohne Probleme hatte sie ihm die K.-o.-Tropfen in seinen Wein träufeln können. Als er noch bei Bewusstsein, aber bereits unfähig war, sich zu wehren, erklärte sie ihm, was folgen würde.

André Borchert hatte Kerstin Denecke zunächst nicht erkannt, als sie vor seiner Wohnungstür stand, sie aber gleich darauf hereingebeten und ihr etwas zu trinken angeboten. Bei ihm machte sie sich nicht die Mühe, ihn über ihre wahren Motive aufzuklären. Sie wartete, bis er eingeschlafen war, und schnitt ihm die Pulsadern auf.

Florian Hamann war vollkommen ahnungslos, als Kerstin Denecke ihn in der Bar angesprochen hatte. Ihr ursprünglicher Plan war gewesen, mit ihm in die Hotelsuite zu gehen. Als ihr klar wurde, dass er an Frauen nicht interessiert war, änderte sie ihren Plan und erhöhte die Dosis der K.-o.-Tropfen um ein Dreifaches, verfolgte ihn später bis zum Hotel und ging davon aus, dass er dort sterben würde.

Kerstin Denecke wurde nach wochenlanger ärztlicher Begutachtung für voll zurechnungsfähig erklärt. Die Verteidigung brachte später ein Gegengutachten ein, das allerdings vom Gericht nicht akzeptiert wurde. Im folgenden, bundesweit von den Medien begleiteten Prozess wurde sie zu lebenslanger Haft verurteilt. Der Richter sah eine besondere Schwere der Schuld vorliegen, was die Entlassung nach Ablauf der Höchststrafe ausschloss.

Vierzig

Hanna fuhr den schmalen Weg zu Jans Haus am See entlang und parkte das Wohnmobil vor dem großen Tor.

»Hast du es dir noch einmal überlegt?«, fragte Jan. »Ein paar Tage Ruhe an einem der schönsten Seen Norddeutschlands.« Er hatte Hanna eingeladen, ihm Gesellschaft zu leisten, bis er in vier Tagen nach London fliegen würde, um mit George seine letzten Tage der Sommerferien zu verbringen. »Du darfst mich dann direkt zum Flughafen fahren«, fuhr er fort. »Ich koche für uns. Du kannst hier bis zum Abwinken joggen, schwimmen und segeln. Hatte ich dir gesagt, dass mein Vater mir auch ein Segelboot vererbt hat?«

Hanna lächelte. »Nein, das hast du nicht. Kannst du überhaupt segeln?«

»Nein. Nicht die Bohne.«

»Dann wird es Zeit, dass es dir jemand zeigt.« Sie zog den Schlüssel ab und stieß ihm spielerisch in die Seite. »Das war ein Ja. Falls du es nicht mitbekommen hast.«

Jan grinste. »Hab ich durchaus.«

»Ich hoffe, du kannst kochen. Sonst bleibe ich nicht lange.«

»Kann ich. Wusstest du nicht, dass ich mal als Aushilfskoch in London gearbeitet habe?«

Hanna lachte. »Das kann ja heiter werden.«

Folge der Autorin auf Amazon

Wenn dir dieses Buch gefallen hat, folge Anna Johannsen auf Amazon. Dann erhältst du eine Benachrichtigung, wenn die Autorin ihr nächstes Buch veröffentlicht. Um der Autorin zu folgen, gehe bitte folgendermaßen vor:

Desktop:

1) Suche auf Amazon.de oder in der Amazon App nach dem Namen der Autorin.
2) Klicke auf den Namen der Autorin, um auf die Autorenseite zu gelangen.
3) Klicke auf den »Folgen«-Button.

Smartphone und Tablet:

1) Suche auf Amazon.de oder in der Amazon App nach dem Namen der Autorin.
2) Klicke auf einen Titel der Autorin.
3) Klicke auf den Namen der Autorin, um auf die Autorenseite zu gelangen.
4) Klicke auf den »Folgen«-Button.

Kindle eReader und Kindle App:

Wenn du dieses Buch auf einem Kindle eReader oder in der Kindle App liest, wird dir automatisch angeboten, der Autorin zu folgen, nachdem du die letzte Seite des Buches gelesen hast.